UNE
PREMIÈRE ANNÉE
DE LATIN

ouvrage contenant

TOUS LES EXERCICES ET LES DEVOIRS FRANÇAIS-LATINS ET LATINS-FRANÇAIS
D'UNE PREMIÈRE ANNÉE D'ÉTUDES CLASSIQUES
AVEC UN EXPOSÉ DE LA MÉTHODE ET DES PROCÉDÉS PÉDAGOGIQUES
LES PLUS SURS ET LES PLUS RAPIDES POUR ENSEIGNER
LES ÉLÉMENTS DE LA LANGUE LATINE

à l'usage

DES PROFESSEURS ET DES ÉLÈVES DES CLASSES ÉLÉMENTAIRES

PAR

ÉDOUARD BLOUME

Principal du collége de Langres
Ancien professeur élémentaire au lycée impérial Saint-Louis, à Paris

OUVRAGE AUTORISÉ

PAR LE CONSEIL DE L'UNIVERSITÉ
pour les classes élémentaires des lycées et des colléges

ET APPROUVÉ

PAR MONSEIGNEUR L'ARCHEVÊQUE DE PARIS
pour les établissements ecclésiastiques d'instruction secondaire

PARTIE DE L'ÉLÈVE
(TROISIÈME ÉDITION)

PARIS

LIBRAIRIE DE L. HACHETTE ET Cte

RUE PIERRE-SARRAZIN, Nº 14
(Près de l'École de médecine)

1857

UNE

PREMIÈRE ANNÉE

DE LATIN

Tout exemplaire non revétu de notre griffe sera réputé contrefait.

L. Hachette et Cie

Ch. Lahure, imprimeur du Sénat et de la Cour de Cassation
(ancienne maison Crapelet), rue de Vaugirard, 9.

UNE

PREMIÈRE ANNÉE

DE LATIN

ouvrage contenant

TOUS LES EXERCICES ET LES DEVOIRS FRANÇAIS–LATINS ET LATINS–FRANÇAIS
D'UNE PREMIÈRE ANNÉE D'ÉTUDES CLASSIQUES
AVEC UN EXPOSÉ DE LA MÉTHODE ET DES PROCÉDÉS PÉDAGOGIQUES
LES PLUS SURS ET LES PLUS RAPIDES POUR ENSEIGNER
LES ÉLÉMENTS DE LA LANGUE LATINE

à l'usage

DES PROFESSEURS ET DES ÉLÈVES DES CLASSES ÉLÉMENTAIRES

PAR

ÉDOUARD BLOUME

Principal du collége de Langres
Ancien professeur élémentaire au lycée impérial Saint-Louis, à Paris

OUVRAGE AUTORISÉ

PAR LE CONSEIL DE L'UNIVERSITÉ
pour les classes élémentaires des lycées et des colléges

ET APPROUVÉ

PAR MONSEIGNEUR L'ARCHEVÊQUE DE PARIS
pour les établissements ecclésiastiques d'instruction secondaire

PARTIE DE L'ÉLÈVE

(TROISIÈME ÉDITION)

PARIS

LIBRAIRIE DE L. HACHETTE ET Cie

RUE PIERRE-SARRAZIN, N° 14

(Près de l'École de médecine)

1857

AVERTISSEMENT.

Tout le monde convient que l'enseignement élémentaire est de tous les enseignements le plus important et le plus difficile. C'est de lui, en effet, que dépendent, en grande partie, la force et le succès des études; c'est celui qui exige de la part du maître qui en est chargé la plus grande somme d'expérience pratique. Et cependant, qu'a-t-on fait jusqu'ici pour suppléer à cette expérience spéciale et indispensable dont le maître le plus instruit est si souvent dépourvu?

Supposons qu'un père de famille, qu'un maître particulier ou public se proposent d'enseigner à un enfant les premiers principes de la langue latine, afin de le préparer à suivre avec succès les cours plus élevés d'un établissement secondaire; quel livre leur fournira les conseils et les indications dont ils ne peuvent se passer? Quel ouvrage leur enseignera les moyens d'adoucir et d'abréger de si pénibles commencements? Trouveront-ils même parmi les innombrables cours de

thèmes et de versions qui existent, une collection
d'exercices et de devoirs simples, variés, et surtout
parfaitement gradués, pour une première année d'é-
tudes? On sera forcé de reconnaître avec nous que
bien peu d'ouvrages répondent à ces exigences d'un
bon enseignement élémentaire.

Le maître et l'élève manquant ainsi d'une direction
sûre, perdent un temps précieux en essais pénibles et
infructueux, et l'enfant mal préparé se trouve bientôt
placé en face de difficultés sérieuses que son intelligence et son travail mieux dirigés auraient pu surmonter plus tôt, et qui influeront peut-être d'une manière fâcheuse sur toute la suite des études. De là
aussi tant de vains efforts d'un côté, tant de larmes de
l'autre, avant d'arriver aux résultats que le maître ex-
périmenté obtient rapidement et presque sans peine!

C'est l'observation journalière de pareils résultats
qui nous a déterminé à offrir aux pères de famille et
aux professeurs le fruit d'études spéciales, et d'une
expérience de quinze années d'enseignement élémentaire dans un lycée de Paris.

Cet ouvrage, en effet, leur présente réunis dans un
même volume le texte de tous les exercices français
et latins d'une première année d'études, la collection
complète de tous les devoirs que le maître était obligé
d'aller chercher çà et là dans plusieurs ouvrages différents : *exercices élémentaires* sur les déclinaisons et
conjugaisons régulières et irrégulières ; *listes* nombreuses et méthodiques de noms, adjectifs, verbes, etc.,
dans lesquelles sont compris tous les principaux *mots
racines*, dont la connaissance facilitera singulièrement
plus tard celle de la signification étymologique de
tous les autres mots de la langue ; *exercices* et *thèmes*

latins sur les premières règles de la syntaxe, *versions latines*, *thèmes d'imitation*, etc., le tout adapté à l'ordre si rationnel et aux préceptes si clairs et si simples de la grammaire latine de Lhomond.

Cette collection de devoirs est précédée d'un résumé des premières notions grammaticales indispensables à l'élève qui commence le latin. Il y apprendra d'abord à distinguer les parties du discours en français et en latin, à reconnaître la fonction des mots et leurs différences de forme dans les deux langues. Il se familiarisera ainsi bientôt avec les premiers principes *d'analyse grammaticale*.

L'analyse logique, exercice si utile, si favorable aux progrès, que les grammairiens ont eu le tort grave de transformer en un véritable épouvantail métaphysique, se trouve ici réduite aux notions les plus élémentaires et les plus indispensables qui seront complétées dans le cours de l'année suivante, de façon à mettre l'élève en état d'analyser logiquement les textes les plus mêlés d'inversions, de s'en rendre maître, pour ainsi dire, par l'analyse même de la pensée, et de résoudre ainsi tous les cas d'application.

Point de progrès sans l'analyse; c'est là une vérité reconnue aujourd'hui de tous les maîtres expérimentés, et c'est dans l'intention de favoriser un exercice aussi indispensable que nous avons imaginé de nouveaux questionnaires, destinés, dans la pratique, à rappeler sans cesse au commençant tous les détails d'une analyse [1].

Quant aux élèves qui posséderaient déjà ces con--

1. Ces questionnaires ont été en outre réduits en tableaux ou *Cahiers d'analyse grammaticale et logique, française et latine*, adaptés à toutes les grammaires. — Librairie de L. Hachette et Cie.

naissances préliminaires, ce petit abrégé aura cet avantage de réunir et de rapprocher dans leur esprit les éléments des deux langues, en servant ainsi d'introduction naturelle et de préparation à l'étude du latin. Ces premières bases une fois posées, le maître, la grammaire et la pratique feront le reste.

Le bon accueil qui a été fait aux deux premières éditions de cet ouvrage, avant même qu'il fût revêtu de la double approbation universitaire et ecclésiastique, nous imposait de sérieuses obligations pour l'avenir. Nous nous sommes efforcé de les remplir autant qu'il était en nous. Aux améliorations introduites dans la dernière édition, nous en avons ajouté de plus importantes encore dans celle-ci. Ces changements considérables, indépendamment des nouveaux et plus graves devoirs qui sont venus enlever à l'auteur le temps qu'il pouvait consacrer autrefois à de pareils travaux, expliqueront suffisamment le retard apporté à l'impression de cette troisième édition, alors que la seconde était épuisée depuis longtemps. Mais nous espérons que ce retard ne tournera pas au détriment du livre, et qu'il paraîtra compensé par les améliorations qu'on y trouvera. Les deux principales consistent en récapitulations ajoutées à toutes les parties de l'ouvrage, et en un plan nouveau adopté dans la composition des thèmes et des versions. Quelques mots suffiront pour en faire comprendre la raison et l'importance.

Tous ceux qui se sont occupés de la première instruction des enfants savent que les deux principales conditions de succès dans l'enseignement élémentaire sont : *premièrement de ne jamais faire apprendre par cœur ni appliquer dans un exercice écrit aucune règle,*

aucun principe de grammaire avant de les avoir expli-
qués bien clairement, et de s'être assuré, par des questions
et des applications de vive voix, que l'élève a saisi l'ex-
plication et parfaitement compris ce qu'il doit apprendre
et appliquer pour la première fois.

La seconde condition est de *répéter souvent les mê-*
mes choses, de revenir fréquemment sur ce qui a été vu,
en variant les exercices et les cas d'application, jusqu'à
ce que l'intelligence et la mémoire possèdent parfaitement
ce qui a été enseigné, et le retiennent pour toujours.

C'est pour faciliter aux maîtres l'observation de ces
deux principes fondamentaux de pédagogie élémentaire que nous avons considérablement augmenté le
nombre des exercices de cette première année, en les
disposant sur un nouveau plan et en y ajoutant de
nombreuses récapitulations.

Immédiatement après chaque règle reproduite tex-
tuellement ou rappelée par ses exemples, se trouvent
les exercices les plus simples, ceux qui ne présentent
que l'application d'une seule règle à la fois. Chaque
thème sur la syntaxe est ainsi précédé d'*exercices pré-*
paratoires destinés à être traduits de vive voix comme
préparation à la traduction écrite. C'est au moyen de
ces exercices que le maître complétera son explication
et s'assurera qu'il a été compris. Après cette excellente
préparation, vient le thème, où l'élève, livré à lui-
même, doit reconnaître et observer la règle qu'il vient
d'appliquer de vive voix, et qui ne peut plus dès lors
lui présenter de difficulté sérieuse. Peu à peu les
phrases de thèmes deviennent plus longues, moins
faciles, et présentent des combinaisons de plusieurs
règles mêlées dans la même phrase. Toutes ces règles
reviennent encore plusieurs fois sous les yeux de l'é-

lève, soit dans la récapitulation qui suit chaque chapitre, soit dans les récapitulations générales, où l'on revoit sans cesse tout ce qui a été vu précédemment.

Tels sont le but et les avantages de la nouvelle disposition des exercices, et des nombreuses récapitulations introduites dans l'ouvrage. On comprendra facilement que, pour suivre cette marche, il a fallu nous borner à des phrases détachées tirées d'ailleurs, pour la plupart, des auteurs latins. Ce n'est que dans les récapitulations générales qu'il nous a été possible de faire entrer quelques thèmes à sens suivi. Du reste, la plus grande sévérité a présidé au choix de tous les textes. On en a même éloigné, autant que possible, ces phrases puériles et banales qui sont un des inconvénients presque inévitables des livres de ce genre. Rien qui n'y soit religieux, moral, instructif; rien qui ne présente à l'élève l'application continuelle du sage précepte de Quintilien : *Plurimus ei de bono ac honesto sit sermo.*

Outre ces changements importants, on reconnaîtra que toutes les listes de noms, d'adjectifs, de verbes, etc., ont été augmentées, régularisées, et disposées par ordre alphabétique afin de faciliter les recherches de l'élève, et de le familiariser peu à peu avec l'usage des dictionnaires.

Les versions, précédées d'un exposé des règles de construction et de traduction latines, ont été aussi augmentées d'exercices analogues aux exercices français-latins sur les premiers éléments de la Grammaire de Lhomond. Elles forment ainsi un petit cours complet, élémentaire et gradué, ayant pour avantage de préparer promptement un enfant à la traduction de passages plus étendus et d'une latinité plus relevée.

L'élève apprendra par cœur ou lira au moins avec beaucoup d'attention les règles et observations grammaticales placées en tête de chacun des exercices. Elles ont pour objet de le guider dans son travail, de lui mettre sous les yeux le texte ou au moins l'exemple de la règle qu'il doit appliquer dans l'exercice; elles complètent ou rectifient les préceptes de la Grammaire de Lhomond.

Nous avons cru devoir retrancher de cette nouvelle édition les exercices français contenus dans la dernière, car notre intention est de les publier séparément[1]; ces deux langues ayant chacune leurs particularités, nous pensons qu'il est préférable de consacrer un ouvrage particulier à l'enseignement élémentaire de chacune d'elles. Nous avions aussi retranché, dès la deuxième édition de ce travail, la partie pédagogique uniquement destinée à l'usage du maître, afin de la publier dans un volume distinct. Mais l'importance du sujet, les souvenirs d'une longue expérience personnelle et l'abondance des matériaux fournis par de nouvelles études, ont donné à cette œuvre modeste de nouvelles proportions, et la transformeront peut-être un jour en un traité assez complet sur la matière. En attendant, nous croyons pouvoir en extraire les préceptes les plus utiles dans la pratique. Joints aux *textes* et aux *corrigés* des devoirs, ils formeront la *Partie du maître* de notre *Première année de latin*, partie distincte et séparée de celle qui doit être mise entre les mains des élèves. Nous y indiquons aux pères de famille et aux jeunes maîtres la méthode la plus sûre et les procédés pratiques les plus propres à hâter les

---

1. Sous le titre de *Une première année de français*, qui paraîtra prochainement.

progrès , à exciter l'émulation , l'amour du travail , à assurer enfin, par ce premier enseignement , la force et la solidité des études à venir.

Qu'il nous soit permis de renouveler nos sincères remercîments à nos anciens collègues qui ont bien voulu accueillir ce travail, dès son début, avec tant d'indulgence et de faveur, et qui ont ensuite contribué, par leurs conseils éclairés, à le rendre plus digne de leurs suffrages. Puissent-ils nous continuer ce bienveillant appui, et nous aurons alors l'espoir d'atteindre au but de nos efforts et de notre ambition, l'espoir d'être utile à la jeunesse et à ceux qui la dirigent dans ses premiers travaux !

UNE
PREMIÈRE ANNÉE
DE LATIN.

.

PREMIÈRE PARTIE.

PREMIÈRES NOTIONS
DE GRAMMAIRE FRANÇAISE ET DE GRAMMAIRE LATINE,

AYANT POUR BUT DE PRÉPARER A L'ANALYSE GRAMMATICALE
FRANÇAISE ET LATINE.

**Définition et distinction des parties du discours
en français et en latin.**

NOTIONS PRÉLIMINAIRES.

1. Tout discours écrit ou parlé se compose de *phrases*,
toute phrase se compose de *mots*.

Un mot est l'expression d'une idée.

La langue française a dix espèces de mots, qui sont :
nom ou *substantif*, l'*article*, l'*adjectif*, le *pronom*, le
rbe, le *participe*, l'*adverbe*, la *préposition*, la *conjonc-
m* et l'*interjection*.

L'*article* n'existant point en latin, la langue latine n'a
.c *neuf* sortes de mots.

2. Parmi les parties du discours, il y en a quatre dont
terminaison ne varie jamais, et qui pour cela sont
pelées *mots invariables*. La terminaison des autres
)ts varie souvent, et c'est pour cela qu'ils sont appelés
)ts *variables*.

1

Les mots invariables sont : l'*adverbe*, la *préposition*, la *conjonction* et l'*interjection*.

Cependant, en latin, l'adverbe change quelquefois sa terminaison pour marquer les différents degrés de signification. — Ex. *Sapienter*, sagement ; *sapientiùs*, plus sagement ; *sapientissimè*, très-sagement.

DU NOM *ou* SUBSTANTIF.

3. Le *nom* ou *substantif* est le mot qui désigne les personnes ou les choses. — Ex. *Louis, homme, livre ; — Ludovicus, homo, liber.*

4. Les noms qui ne conviennent pas à tous les individus ou à tous les objets d'une même espèce sont des *noms propres.* — Ex. *Rome, César ; — Roma, Cæsar.*

Les noms qui conviennent à tous les individus ou à tous les objets d'une même espèce sont des *noms communs.* — Ex. *Homme, arbre ; — homo, arbor.*

5. Il y a deux *nombres* dans les noms : le *singulier* et le *pluriel.*

Le nom est au *singulier* quand il ne désigne qu'une seule personne ou qu'une seule chose. — Ex. La *sœur*, le *livre ; — soror, liber.*

Il est au *pluriel* quand il désigne plusieurs personnes ou plusieurs choses. — Ex. Les *sœurs*, les *livres ; — sorores, libri.*

6. Il y a aussi deux *genres* en français : le *masculin* et le *féminin.*

Les noms d'individus mâles sont du *masculin.* — Ex. *Homme, loup ; — homo, lupus.*

Les noms d'individus femelles sont du *féminin.* — Ex. *Femme, louve ; — mulier, lupa.*

L'usage a ensuite donné le genre masculin et le genre féminin à des noms qui ne désignent cependant ni des êtres mâles ni des êtres femelles. Ainsi, l'*esprit*, l'*honneur ; — animus, honor*, sont du masculin. — La *voix*, la *moisson ; — vox, messis*, sont du féminin.

La langue latine a de plus que le français un troisième

genre qui est le genre *neutre* (1). Il comprend tous les noms qui ne sont ni masculins ni féminins.

Le *genre* et le *nombre* appartiennent seulement aux *noms ;* mais tous les autres mots variables ont aussi la propriété de les marquer par leurs désinences.

Le genre des noms n'est pas toujours le même en latin qu'en français. Ainsi nous disons, en français, *un arbre élevé,* au masculin, et en latin, *arbor alta,* au féminin.

L'usage, aidé de quelques règles, peut seul faire connaître le genre des noms en latin comme en français.

DE L'ARTICLE.

7. L'*article* est un mot qui se place devant le nom, en français, pour indiquer que ce nom est pris dans un sens déterminé, et pour en marquer le genre et le nombre.

Il n'y a que l'article *le* pour le masculin singulier, *la* pour le féminin singulier, et *les* pour le pluriel masculin et féminin. — Ex. *Le* livre, *la* table ; *les* livres, *les* tables.

8. Devant une voyelle ou une *h* muette, l'article singulier perd sa dernière lettre, qu'on remplace alors par une apostrophe : *L'amitié, l'honneur,* pour *la amitié, le honneur.* On dit alors que l'article est *élidé* (2).

9. Souvent un *article simple* s'unit à l'une des prépositions *à* ou *de* pour former un article *contracté* (3). Ainsi l'on dit : Le sceptre *du* roi, pour *de le* roi ; le sceptre *des* rois, pour *de les* rois. — Je parle *au* roi, *aux* rois, pour je parle *à le* roi, ou *à les* rois, etc.

10. L'article n'existe pas en latin. Il est remplacé par la terminaison des noms. Ainsi nous disons en français : LE *seigneur,* DU *seigneur,* AU *seigneur,* et en latin : *Dominus, domini, domino.*

---

(1) De *neuter, neutra, neutrum,* ni l'un ni l'autre.
(2) De *elidere, elido,* briser, parce que l'une des voyelles se *brise* ou disparaît à la rencontre de l'autre.
(3) Du latin *contractus, a, um,* resserré, abrégé, réuni.

DE L'ADJECTIF.

11. L'*adjectif* est un mot qui se joint au nom pour en marquer la qualité ou la manière d'être. Il ajoute au substantif une idée accessoire que le substantif ne réveille pas par lui-même.

Cette idée accessoire peut être de différente nature ; de là on distingue plusieurs sortes d'adjectifs. Il y en a deux principales : les adjectifs QUALIFICATIFS et les adjectifs DÉTERMINATIFS.

12. 1° L'adjectif QUALIFICATIF ajoute au substantif une idée de *qualité*. — Ex. Bon père, bonne mère, bons exemples ; — *Pater bonus, mater bona, exempla bona.*

2° L'adjectif DÉTERMINATIF est celui qui *détermine* une certaine manière d'être du substantif.

13. Il y a quatre espèces d'adjectifs *déterminatifs :*

1° Quand l'adjectif sert à marquer le *nombre*, il prend le nom d'*adjectif* NUMÉRAL. — Ex. Dix chevaux ; — *Decem equi.*

2° Quand il sert à indiquer, à montrer les objets, il se nomme *adjectif* DÉMONSTRATIF. — Ex. Ce cheval ; — *Hic equus.*

3° *Adjectif* POSSESSIF, quand il marque la possession. — Ex. Mon cheval ; — *Equus meus.*

4° *Adjectif* INDÉFINI, quand il ajoute au substantif une idée générale, indéfinie. — Ex. Un cheval quelconque, aucun cheval ; — *Equus quicumque, nullus equus.*

14. L'adjectif doit toujours être du même *genre* et du même *nombre* que le *nom* auquel il se rapporte. En latin, il se met, de plus, au même *cas*. — *Le bon père, de la bonne mère, aux temples saints ; — Pater bonus, matris bonæ, templis sanctis.*

15. Les *adjectifs qualificatifs* ont plusieurs degrés de signification : 1° le *positif*, qui est l'adjectif simple, comme *bon, savant ;* — *bonus, doctus ;* 2° le *comparatif*, qui marque la *comparaison*, et qui indique un degré de signification égal, inférieur ou supérieur, comme *aussi savant, moins savant, plus savant ; — tàm doctus, minùs* *doctus, doctior ;* 3° le *superlatif* (1), qui est le degré le plus élevé de l'adjectif, comme *très-bon, le plus savant ;* — *optimus, doctissimus.*

On distingue en français le *superlatif absolu,* comme *très-haut, fort bon,* et le *superlatif relatif,* comme *le plus haut, le meilleur.* Le superlatif latin n'a qu'une forme pour exprimer les deux superlatifs français.

Nous verrons plus loin les règles de formation des comparatifs et des superlatifs dans les adjectifs latins.

DU PRONOM.

16. Le *pronom* est un mot qui tient la place d'un nom et qui en fait éviter la répétition (*pro nomine,* pour le nom).

17. Il y a cinq espèces de *pronoms :*

1° Les PRONOMS PERSONNELS , qui servent plus particulièrement que les autres à désigner les trois *personnes* (2) du discours. La *première personne* est celle qui parle ; la *deuxième personne* est celle à qui l'on parle, et la *troisième personne* est celle dont on parle. De là, trois espèces de *pronoms personnels.* 1° *Pronoms de la première personne,* comme *je, moi, nous ;* — *ego, nos.* 2° *Pronoms de la seconde personne,* comme *tu, te, toi, vous ;* — *tu, vos.* 3° *Pronoms de la troisième personne,* comme *il, le, lui, eux, elles ;* — *is, ea, id, ille, illa, illud,* etc.

2° Les PRONOMS DÉMONSTRATIFS, qui servent à montrer l'objet dont ils rappellent l'idée. — *Celui-ci, celui-là, ceci, cela ;* — *Hic, hæc, hoc, ille, illa, illud.*

3° Les PRONOMS POSSESSIFS, qui rappellent l'idée du nom, en y ajoutant une idée de possession. — *Le mien, le tien, le nôtre, le vôtre, le leur ;* — *meus, tuus, noster, vester, suus.*

4° Les PRONOMS RELATIFS, qui tiennent lieu d'un nom,

_____

(1) De *super-latus,* porté au-dessus.
(2) Le mot *personne,* ainsi employé, vient du mot latin *persona, æ,* qui désignait le masque dont les acteurs se couvraient le visage pour jouer leur rôle ; et, par extension, *personnage, rôle.* Le pronom personnel, en même temps qu'il remplace le nom, indique aussi quel rôle ce nom joue dans la phrase.

dont ils marquent la *relation* avec ce qui suit ou ce qui précède. — *Qui, que, dont;* — *qui, quæ, quod*, etc.

5° Les PRONOMS INDÉFINIS, qui désignent les personnes ou les choses d'une manière vague et indéfinie. — *On, chacun, aucun, quiconque;*—*quisque, nullus, quicumque.*

18. Certains mots, désignés dans la grammaire latine sous le nom de *pronoms* ou de *pronoms adjectifs*, sont tantôt *adjectifs déterminatifs*, quand ils se joignent au nom pour y ajouter une idée de possession, de démonstration, etc., et tantôt *pronoms*, quand ils tiennent la place même du nom. Tels sont *is*, *hic*, *ille*, *meus*, *noster*, etc.

DU VERBE.

19. Le *verbe* est un mot qui affirme que l'on est ou que l'on fait quelque chose, comme *être, parler, dormir;* — *esse, loqui, dormire.*

20. Dans ces mots : *Dieu est grand*, le mot *Dieu* est le *sujet; grand* est un adjectif qu'on appelle ici *attribut;* le mot *est* sert à joindre l'attribut au sujet, et se nomme VERBE. Les trois mots réunis forment ce qu'on appelle une *proposition.*

Dans cette proposition : *Dieu gouverne*, le mot *gouverne* est encore un verbe ; mais il diffère du premier en ce qu'il renferme en lui-même, non-seulement le verbe EST, mais encore l'attribut GOUVERNANT. En effet, ces mots *Dieu gouverne*, équivalent à ceux-ci : *Dieu est gouvernant.*

21. Il y a donc *deux* principales sortes de verbes :

1° Le verbe *être*, qui joint l'attribut au sujet, et qu'on appelle *verbe substantif;*

2° Les verbes qui renferment en eux-mêmes l'*attribut* et le *verbe*, et qu'on appelle pour cela *verbes attributifs.*

Tous les verbes sont attributifs; le verbe ÊTRE est le *seul* verbe substantif.

22. Les verbes *attributifs* se divisent en verbes TRANSITIFS et verbes INTRANSITIFS.

Ils sont *transitifs* ou *actifs* quand ils marquent que

l'action faite par le sujet passe directement sur un objet étranger : *Justus colit virtutem;* — *le juste pratique la vertu.*

Ils sont *intransitifs* ou *neutres* quand l'action se passe tout entière dans le sujet, comme dans ces phrases : *Puer ambulat;* — *l'enfant marche.* — *Domus ardet;* — *la maison brûle.*

23. Les verbes *transitifs* ont deux voix : 1° la *voix active* (1), quand c'est le sujet qui fait l'action : *Discipulus* AUDIT *magistrum;* — *l'élève* ÉCOUTE *le maître;* 2° la *voix passive* (2), quand le sujet reçoit l'action faite par un autre : *Discipulus laudatur a magistro;* — *l'élève est loué par le maître.*

24. Les verbes *pronominaux* ou *réfléchis* en français sont ceux qui se conjuguent avec deux pronoms de la même personne, dont le premier est le sujet du verbe et le second son complément : *Je me flatte; tu te repens; il se promène.* Le premier pronom peut être remplacé par un nom : *Alexandre se repentit de son crime.*

Cette espèce de verbe n'existe point en latin.

25. Les verbes *impersonnels,* ou plutôt *unipersonnels,* sont ceux qu'on n'emploie qu'à la troisième personne du singulier : *Il faut, il pleut;* — *oportet, pluit.* Dans ces verbes, le pronom français *il* ne tient la place d'aucun nom.

26. La langue latine a, de plus, une espèce de verbes qu'on appelle *déponents,* dont la *forme* est passive, mais dont le sens est *actif.* Tels sont *imitor, polliceor;* — *j'imite, je promets.*

27. Les modes (de *modus, i,* manière) sont certaines manières de représenter l'action du verbe. Il y a *cinq modes,* savoir :

Le mode *indicatif* (de *indico,* j'indique) énonce simplement l'action comme présente, passée ou future.

Le *conditionnel* (de *conditio,* condition) représente

---

(1) De *ago, egi, actum, agere,* agir, parce que c'est le sujet qui *agit.*
(2) De *pati, patior, passus sum,* souffrir, parce que c'est le sujet qui *souffre,* reçoit l'action faite par un autre.

l'action comme subordonnée à une condition. Les verbes latins n'ont pas de conditionnel distinct; on rend le *présent* et le *passé* du *conditionnel* français par l'*imparfait* et le *plus-que-parfait* du *svbjonctif* latin.

L'*impératif* (de *impero*, je commande) est le mode qui sert à exprimer le commandement.

Le *subjonctif* (de *subjungo*, je subordonne) représente l'action comme subordonnée à une autre action, à un doute ou à une volonté.

L'*infinitif* (de *infinitus*, indéterminé) représente l'existence ou l'action d'une manière générale, sans l'attribuer à aucune personne. C'est pour cela qu'il prend le nom de *mode impersonnel*, tandis que les quatre autres modes sont appelés *modes personnels*.

28. Il n'y a réellement que trois temps dans les verbes : le *présent*, qui indique que la chose se fait; le *passé* ou *parfait*, qu'elle s'est faite, et le *futur*, qu'elle se fera. Mais les deux derniers se subdivisent en plusieurs autres temps.

Le PASSÉ ou PARFAIT comprend

Le *parfait* (de *perfectus*, achevé), qui marque une action passée. Il est *défini* ou *indéfini* selon qu'il précise plus ou moins le temps où l'action s'est faite; *antérieur*, quand ce temps en a précédé un autre.

L'*imparfait* (de *imperfectus*, inachevé) indique une action qui avait lieu au moment où une autre se faisait.

Le *plus-que-parfait* représente l'action comme parfaitement achevée déjà au moment où une autre s'accomplissait.

Le futur est *simple* quand il exprime simplement une action à venir, et *passé* ou *antérieur* quand cette action devra être achevée au moment où une autre aura lieu.

Faire passer un verbe, de vive voix ou par écrit, par toutes ses formes de modes, temps et personnes, cela s'appelle *conjuguer*.

29. Tous les verbes se conjuguent sur un certain nombre de modèles qu'on appelle *conjugaisons*. Il y a en français et en latin quatre *conjugaisons* pour les verbes actifs et les verbes neutres. Ces conjugaisons ou modèles de conjugaison sont en français les verbes *aimer*, *finir*, *recevoir*, *rendre*, et en latin les verbes *amare*, *monere*, *legere*, *audire*.

30. En français, les verbes passifs n'ont qu'un seul modèle sur lequels ils se conjuguent tous. En latin, chaque conjugaison *active* a sa conjugaison *passive* correspondante. — Ex. *Amo, j'aime; amor, je suis aimé;* — *audio, j'entends; audior, je suis entendu*, etc.

DU PARTICIPE.

31. Le *participe* est un mot ainsi nommé, parce qu'il *participe* en effet de la nature du verbe et de celle de l'adjectif. Il participe du verbe, puisqu'il marque, comme lui une action, et de l'adjectif, puisqu'il se joint comme lui, à un nom pour en modifier la signification. Souvent même il s'accorde avec ce nom comme l'adjectif. — *Aimé, fini*, viennent des verbes *aimer, finir*, et s'emploient comme de véritables adjectifs : *Une personne aimée, des travaux finis.* — *Amans, monitus*, viennent des verbes *amo* et *moneo*, et en même temps ils se déclinent absolument, le premier comme *prudens*, et le second comme *bonus, a, um*.

DE LA PRÉPOSITION.

32. La *préposition* est un mot invariable qui marque le rapport de certains mots entre eux. Son nom vient de ce qu'elle est toujours placée devant le mot qui est son complément (*præ posita*, placé devant). — Ex. *Aller* A *Rome.* — *Loquor* CUM *amico, je parle* AVEC *mon ami* ou A *mon ami*.

DE L'ADVERBE.

33. L'*adverbe* est un mot invariable (1) qui modifie le sens du *verbe*, de l'*adjectif*, du *substantif*, et même d'un autre *adverbe*.

_____

(1) L'adverbe, cependant, modifie sa terminaison en latin, lorsqu'il est au comparatif ou au superlatif : *prudenter*, prudemment; *prudentiùs*, plus prudemment; *prudentissimè*, très-prudemment, etc.

..

Son nom vient de ce qu'il est le plus ordinairement placé près du verbe (*ad verbum*).

Il agit PRUDEMMENT. — PRUDENTER *agit.*

DE LA CONJONCTION.

34. La *conjonction* (de *conjunctus*, joint) est un mot invariable qui sert à unir des phrases, des propositions ou des mots entre eux. — Ex. *Nolite interficere puerum, est* ENIM *frater noster;* — ne tuez pas cet enfant, CAR il est notre frère.

Je l'ai vu périr, ET *je n'ai pu le sauver.*

La mère OU *la fille.*

DE L'INTERJECTION.

35. L'*interjection* est un mot invariable destiné à peindre un mouvement vif et subit de l'âme. Il vient *se jeter*, pour ainsi dire, au milieu du discours; c'est pour cela qu'on l'appelle *interjection* (*inter jacta*, jetée parmi): AH! *quel plaisir!* HÉLAS! *quelle douleur!* AH! *quelle magnificence!* — En latin: PROH! EVAX! EIA! etc.

REMARQUE.

36. Il y a en français certaines locutions ou manières de parler qui remplissent les fonctions d'*adverbes*, de *prépositions*, de *conjonctions* ou d'*interjections*. — Ex.: Locutions adverbiales: *Avant-hier, sans doute, sur-le-champ,* etc. — Locutions prépositives: *Concernant, excepté, à côté de,* etc. — Locutions conjonctives: *Au reste, par conséquent, du moins,* etc. — Locutions interjectives: *Grand Dieu! paix! plaît-il? courage!* etc.

DU SUJET ET DES COMPLÉMENTS DES VERBES (1).

Du sujet ou nominatif du verbe.

37. On appelle *sujet* d'un verbe ce qui est ou ce qui fait la chose que marque le verbe. — Ex. *Le soleil brille ;* — *sol lucet ;* sujet *le soleil, sol.* — *Le maître enseigne ;* — *magister docet ;* sujet *le maître, magister.*

38. En grammaire latine, le *sujet* se nomme aussi *nominatif,* parce qu'en latin le sujet d'un verbe est toujours au *nominatif.*

Un verbe peut avoir plusieurs sujets : *Pierre et Paul jouent ;* — *Petrus et Paulus ludunt.*

39. Un moyen facile de trouver le *sujet* ou *nominatif* d'un verbe est de faire avec ce verbe la question *Qui est-ce qui ?* pour les personnes, et *Qu'est-ce qui ?* pour les choses. Les mots qui répondent à ces questions sont les sujets des verbes. Ainsi, dans les exemples ci-dessus, nous disons : *Qu'est-ce qui brille ? Le soleil. — Qui est-ce qui enseigne ? Le maître.* Le *soleil* et le *maître* sont donc les sujets des verbes *brille* et *enseigne.*

Du complément en général et des compléments ou régimes du verbe en particulier.

40. Tout mot qui achève ou *complète* la signification d'un autre mot est un *complément.*

Exemples.

Le livre de Pierre. — Quel livre ? Celui de Pierre. *Pierre* est ici le complément de *livre.*

Avide de louanges. — Avide de quoi ? De louanges. *Louanges* est le complément de l'adjectif *avide.*

Romulus fonda Rome. — Romulus fonda quoi ? Rome. *Rome* est le complément du verbe *fonda.*

---

(1) Nous avons renvoyé à la *seconde année de latin* les notions théoriques d'*analyse logique* qui figuraient ici, dans la dernière édition de cet ouvrage. Nous n'en avons conservé que la partie la plus élémentaire, la plus pratique et la plus utile pour les travaux de cette *première année.*

Il se promène dans le jardin. — Où se promène-t-il? Dans le jardin. *Jardin* est donc le complément du verbe *il se promène.*

Pendant l'année. — Pendant quoi? Pendant l'année. *Année* est le complément de la préposition *pendant.*

On voit par là que plusieurs espèces de mots peuvent avoir des compléments.

41. En grammaire latine, on appelle aussi le complément *régime*, parce que le mot complété gouverne, régit(1) son complément à certains cas, à certains modes, etc....

Exemples.

Liber PETRI (le livre de Pierre), complément ou régime d'un nom.

Avidus LAUDUM (avide de louanges), complément d'un adjectif.

Romulus condidit ROMAM (Romulus fonda Rome). *Ambulat in* HORTO (il se promène dans le jardin), compléments de verbes.

Per ANNUM (pendant l'année), complément d'une préposition.

Ut VALEAT (afin qu'il se porte bien), complément d'une conjonction.

42. Les verbes ont deux espèces de compléments : 1° le *complément direct ;* 2° le *complément indirect.*

43. Le COMPLÉMENT DIRECT est celui qui complète *directement* la signification du verbe, c'est-à-dire sans le secours d'une préposition. — Ex. *J'aime* DIEU ; — *Amo* DEUM. — *J'imite mon* PÈRE ; — *imitor* PATREM *meum.* — *Le juste hait le* VICE ; — *justus odit* VITIUM.

On peut trouver le complément direct d'un verbe en faisant après ce verbe la question *qui?* ou *quoi?* — *J'aime qui? Dieu.* — *J'imite qui? Mon père.* — *Le juste hait quoi? Le vice. Dieu,* mon *père* et le *vice* sont les compléments directs des verbes *j'aime, j'imite, hait.*

44. Le COMPLÉMENT INDIRECT est le mot qui complète la signification du verbe *indirectement*, c'est-à-dire avec le secours d'une préposition — Ex. *Nous n'avons pas d'armes* CONTRE *la* MORT; — *nulla habemus arma* CONTRÀ MORTEM. — *Dieu forma le corps de l'homme* DU LIMON *de la terre;* — *Deus finxit corpus hominis* È LIMO *terræ. Contre*

(1) De *regere*, gouverner.

la mort (contrà mortem) et *du limon (è limo)* sont des compléments indirects.

45. Quand le complément indirect n'est pas absolument nécessaire au sens du verbe, et qu'il ne fait qu'exprimer quelque circonstance de temps, de lieu, de manière, etc., on le nomme *complément circonstanciel.* —Ex. *Il faut prier Dieu* AVEC FERVEUR. — *Saint Louis rendait la justice à ses sujets* SOUS UN CHÊNE *du bois de Vincennes.*

46. REMARQUES. Le complément indirect, en français, n'est pas toujours précédé d'une préposition. Cette préposition est quelquefois sous-entendue : *Il a dormi* SIX HEURES, c'est-à-dire PENDANT SIX HEURES.

47. Il y a des pronoms qui sont toujours *compléments directs,* comme *le, la, les, que : Je* LE *vois, je* LA *vois, je* LES *vois, les hommes* QUE *je vois.*

D'autres, au contraire, exprimant un rapport indirect, sont toujours *compléments indirects,* comme s'ils étaient précédés d'une préposition. Tels sont *lui, leur, dont, en, y,* qui s'emploient pour *à lui, à elle, à eux, duquel, desquels, de cela, à cela,* etc. — *Je lui parle, je leur parle,* pour *Je parle à lui, à eux.* — *Les livres dont je me sers,* pour *desquels je me sers,* etc.

Enfin, les pronoms *me, te, se, nous, vous* sont compléments directs quand ils sont employés pour *moi, toi, soi, nous, vous,* et compléments indirects quand on les emploie pour *à moi, à toi, à nous, à vous,* etc., comme dans *Je te parle, il nous parle,* etc.

48. En latin, le complément indirect peut être au *génitif,* au *datif* ou à l'*ablatif* sans préposition. Ces cas, en effet, sont destinés à marquer les rapports indirects que nous exprimons en français par le moyen des prépositions. C'est pour cela qu'on les nomme *cas indirects :* Ex. : *Miserere* PAUPERUM, *ayez pitié* DES PAUVRES ; — *studeo* GRAMMATICÆ, *j'étudie la* GRAMMAIRE (ou je m'applique à la grammaire).

Un verbe peut n'avoir qu'une espèce de complément, ou réunir les deux espèces. Il peut aussi avoir plusieurs compléments de la même espèce.

Questionnaires et modèles d'analyse grammaticale française et latine.

AVERTISSEMENT.

L'expérience prouve combien les procédés ordinaires d'analyse grammaticale et d'analyse logique sont défectueux, difficiles et incomplets. L'élève à qui l'on donne un mot à analyser se souvient rarement de tous les détails dont il doit rendre compte ; il est même difficile au maître qui corrige un travail de ce genre, de reconnaître toujours, à la simple lecture, les omissions plus ou moins importantes qu'il renferme.

C'est pour remédier, autant que possible, à ces inconvénients, que nous allons indiquer d'une manière sommaire la série des questions auxquelles l'élève doit répondre dans une analyse grammaticale française ou latine.

On remarquera que les questionnaires suivants peuvent aussi bien servir à l'analyse orale qu'à l'analyse écrite.

QUESTIONNAIRE D'ANALYSE GRAMMATICALE FRANÇAISE.

49. L'élève doit d'abord répondre à la question générale, c'est-à-dire indiquer quelle est l'*espèce* du mot, si c'est un *substantif*, un *adjectif*, un *verbe*, etc.; s'il est variable ou invariable, puis il passe aux détails qui sont particuliers à chaque espèce de mots.

Question générale.

Quelle est l'espèce du mot ?

Mots variables.

Nom . . . .
- Quelle espèce de *nom* ?
- De quel genre est-il ?
- A quel nombre ?
- Quelle est sa fonction dans la phrase ? (1)

Article . . . . . .
- Quelle forme ? (2)
- De quel genre ?
- A quel nombre ?
- Quel nom détermine-t-il ?

(1) Est-il sujet, complément direct ou indirect ?
(2) Simple, élidé ou contracté ?

Adjectif......
- Quelle espèce d'*adjectif*? (1)
- A quel genre ?
- A quel nombre ?
- A quel degré ? (2)
- Quelle est sa fonction ? (3)

Pronom......
- Quelle espèce de *pronom* ?
- A quel genre ?
- A quel nombre ?
- Quel est le nom qu'il représente ?
- Quelle est sa fonction (4) ?

Verbe.......
- Quelle espèce de *verbe* ?
- Quels sont ses temps primitifs ?
- De quelle conjugaison ?
- A quelle personne ?
- A quel nombre ?
- A quel temps ?
- A quel mode ?
- Quel est son sujet ?

Participe....
- Quelle espèce de *participe* ?
- De quel verbe vient-il ?
- A quel genre (s'il est variable) ?
- A quel nombre ?
- Quelle est sa fonction dans la phrase ?

Mots invariables.

Préposition. Quel est son complément ?

Adverbe .... Quel est le mot qu'il modifie ?

Conjonction. Quels mots, quelles propositions réunit-elle ?

Interjection. Quelle est sa fonction ? (5)

QUESTIONNAIRE D'ANALYSE GRAMMATICALE LATINE.

Questions générales.

50.   Quelle est la signification française du mot ?
Quelle est l'espèce de ce mot ?

---

(1) *Qualificatif* ou *déterminatif*. S'il est *déterminatif*, est-il *numéral*, *possessif*, etc. ?
(2) S'il est *qualificatif*.
(3) Qualifie ou détermine tel mot. Si l'adjectif est *pris substantivement*, il doit être analysé comme *nom*.
(4) Sujet ou complément, etc. ?
(5) Les questions et les réponses seront les mêmes pour les *locutions prépositives, conjonctives, interjectives et adverbiales.*

Mots variables.

Nom........
- Quelle espèce de *nom* ?
- Quels sont le nominatif et le génitif ?
- A quelle déclinaison appartient-il ?
- De quel genre ?
- A quel cas ?
- A quel nombre ?
- Quelle est sa fonction dans la phrase ?
- Pourquoi est-il à ce cas, ce genre, etc. ? En vertu de quelle règle ?

Adjectif.....
- Quelle espèce d'*adjectif* ?
- D'où vient-il ? (1)
- A quel degré ?
- A quel cas ?
- A quel nombre ?
- A quel genre ?
- Quel est le nom auquel il se rapporte ?
- Pourquoi est-il à ce cas, ce nombre, etc. ? Et en vertu de quelle règle ?

Pronom....
- Quelle espèce de *pronom* ?
- D'où vient-il ? (2)
- A quel cas ?
- A quel nombre ?
- A quel genre ?
- Quel est le nom qu'il remplace ?
- Pourquoi est-il à ce cas, ce genre, etc. ? En vertu de quelle règle ?

Verbe.......
- Quelle espèce de *verbe* ?
- Quels sont les temps primitifs ?
- De quelle conjugaison ?
- A quelle personne ?
- A quel nombre ?
- A quel temps ?
- A quel mode ?
- Pourquoi est-il à ce temps, ce mode, etc. ? En vertu de quelle règle ?

(1) Dire le nominatif et le génitif, et indiquer même sur quel adjectif modèle il se décline.

(2) Dire le nominatif et le génitif.

Participe.... {
Quelle espèce de *participe?*
De quel verbe? (1)
A quel cas?
A quel nombre?
A quel genre?
A quel mot se rapporte-t-il?
Pourquoi est-il à ce cas, ce genre, etc.? En vertu de quelle règle?
}

Mots invariables.

Adverbe..... {
Quelle espèce d'*adverbe?*
Quel degré?
Quel est le mot qu'il modifie?
}

Préposition.. {
Quel cas gouverne-t-elle?
Quel est son complément?
}

Conjonction. Quelle est sa fonction dans la phrase?

Interjection.. Que marque-t-elle?

Depuis longtemps l'expérience nous a prouvé de quelle utilité sont ces *questionnaires analytiques*, dans le travail si important de l'analyse.

Nous avons cherché à perfectionner encore ce procédé, en réunissant dans des tableaux très-simples les questions qui appartiennent à chaque espèce d'analyse. Ces tableaux forment des cahiers d'analyse tout préparés (2), où l'élève n'a plus qu'à remplir chaque colonne en répondant à la question qui est en tête. On conçoit, dès lors, combien cela facilite et abrège son travail, combien cette disposition méthodique est propre aussi à rendre la correction plus facile et plus complète, en favorisant singulièrement les progrès de l'élève. (Voir la *Partie du maître*.)

———

Modèles d'analyses.

ANALYSE GRAMMATICALE D'UNE PHRASE FRANÇAISE.

Phrase à analyser.

Quand Télémaque entendit le nom de son père, il fut saisi de douleur, et les larmes qui coulèrent abondam-

---

(1) Dire les temps primitifs.
(2) Ces cahiers se trouvent à la librairie de L. Hachette et Cie :
1° *Cahiers d'analyse grammaticale française*, adaptés à toutes les grammaires; 2° *Cahiers d'analyse grammaticale latine*; 3° *Cahiers d'analyse logique, française et latine* adaptés à tous les traités. — Prix de chaque cahier, in-4, broché : 30 cent.

ment de ses yeux, donnèrent un nouveau lustre à sa beauté.

Analyse.

Quand	Conjonction — mot invariable — réunit les deux propositions : *Quand Télémaque entendit...* il *fut saisi.*
Télémaque	Nom — propre — au masculin — singulier — sujet de *entendit.*
Entendit	Verbe — actif — de *entendre, entendant, entendu, j'entends, j'entendis* — quatrième conjugaison — troisième personne — du singulier — du parfait défini — de l'indicatif — sujet *Télémaque.*
Le	Article — simple — masculin — singulier — déterminant *nom.*
Nom	Substantif — commun — masculin — singulier — complément direct de *entendit.*
De	Préposition — mot invariable — complément *son père.*
Son	Adjectif — déterminatif possessif — masculin — singulier — déterminant *père.*
Père,	Nom — commun — masculin — singulier — complément indirect de *nom.*
Il	Pronom personnel de la troisième personne — masculin — singulier — remplaçant *Télémaque* — sujet de *fut saisi.*
Fut saisi	Verbe — passif — de l'actif *saisir, saisissant, saisi, je saisis, je saisis* — deuxième conjugaison — troisième personne — singulier — parfait — défini de l'indicatif — sujet *il.*
De	Préposition — mot invariable — complément *douleur.*
Douleur,	Nom — commun — féminin — singulier — complément indirect du verbe *il fut saisi.*
Et	Conjonction — mot invariable — unit les deux propositions *il fut saisi...* et *les larmes donnèrent...*

Les	Article — simple — féminin — pluriel — détermine *larmes.*
Larmes	Nom — commun — féminin — pluriel — sujet de *donnèrent*, et antécédent de *qui.*
Qui	Pronom — relatif — féminin — pluriel — remplaçant *larmes* — sujet de *coulèrent.*
Coulèrent	Verbe — neutre — de *couler, coulant, coulé, je coule, je coulai* — première conjugaison — troisième personne — du pluriel — du parfait défini de l'indicatif — sujet *qui.*
Abondamment	Adverbe — mot invariable — modifiant *coulèrent.*
De	Préposition — mot invariable — complément *ses yeux.*
Ses	Adjectif — déterminatif possessif — masculin — pluriel — détermine *yeux.*
Yeux	Nom — commun — masculin — pluriel — complément indirect du verbe *coulèrent.*
Donnèrent	Verbe — actif — de *donner, donnant, donné, je donne, je donnai* — première conjugaison — troisième personne — du pluriel — parfait défini — de l'indicatif — sujet *larmes.*
Un	Adjectif — déterminatif — numéral — masculin — singulier — déterminant *lustre.*
Nouveau	Adjectif qualificatif — masculin — singulier — qualifiant *lustre.*
Lustre	Nom — commun — masculin — singulier — complément direct de *donnèrent.*
A	Préposition — mot invariable — complément *sa beauté.*
Sa	Adjectif — déterminatif — possessif — féminin — singulier — déterminant *beauté.*
Beauté.	Nom — commun — féminin — singulier — complément indirect du verbe *donnèrent.*

ANALYSE GRAMMATICALE D'UNE PHRASE LATINE.

Phrase à analyser.

Postquam consumpti sunt cibi quos attulerant, Jacobus dixit filiis suis : Proficiscimini iterum in Ægyptum, ut ematis cibos. (*Epitome historiæ sacræ.*)

Analyse.

Postquam
: *Après que.* — Conjonction — mot invariable — réunit la proposition *cibi consumpti sunt* à la proposition *Jacobus dixit.*

Cibi
: *Les vivres.* — Nom — commun — de *cibus, cibi* — masculin — deuxième déclinaison — nominatif — pluriel — sujet de *consumpti sunt.* — Règle *Ego sum.*

Quos
: *Que.* — Pronom — relatif — de *qui, quæ, quod* — accusatif masculin — pluriel — se rapporte à *cibi* — régime direct de *attulerunt.* — Règle *Deus quem amo.*

Attulerant
: *Ils avaient apportés.* — Verbe — actif irrégulier — de *affero, affers, attuli, allatum, afferre* — troisième conjugaison — troisième personne — du pluriel — du plus-que-parfait — de l'indicatif — sujet *filii* sous-entendu. — Règle *Ego audio.*

Consumpti sunt,
: *Eurent été consommés.* — Verbe — passif — de *consumor, consumeris, consumptus sum, consumi* — troisième conjugaison, troisième personne — du pluriel — du parfait de l'indicatif — sujet *cibi.*

Jacobus
: *Jacob.* — Nom propre — de *Jacobus, i* — masculin — deuxième déclinaison — au nominatif — singulier — sujet de *dixit.*

Dixit
: *Dit.* — Verbe — actif — de *dico, dicis, dixi, dictum, dicere* — troisième conjugaison — troisième personne — du singulier — du parfait de l'indicatif — sujet *Jacobus.* — Règle *Ego audio.*

Suis
: *A ses.* — Adjectif pronominal possessif — de *suus, a, um* — au datif — pluriel — masculin — se rapporte à *filiis.* — Règle *Deus sanctus.*

Filiis   *Fils.* — Nom — commun — de *filius, filii* — masculin — deuxième déclinaison — au datif — pluriel — complément indirect de *dixit*. — Règle *Do vestem pauperi.*

Proficiscimini   *Partez.* — Verbe — déponent — de *proficiscor, profisceris, profectus sum, proficisci* — troisième conjugaison — deuxième personne — du pluriel — de l'impératif — sujet *vos* sous-entendu. — Règle *Puer, abige muscas.*

Iterùm   *De nouveau.* — Adverbe — modifie *proficiscimini.*

In   *En.* — Préposition — mot invariable — gouverne l'ablatif ou l'accusatif.

Ægyptum   *Égypte.* — Nom — propre — de *Ægyptus, i* — féminin — deuxième déclinaison — à l'accusatif — singulier — à cause de la préposition *in*. — Règle *Eo in Galliam.*

Ut   *Afin que.* — Conjonction — mot invariable — réunit les deux verbes *proficiscimini* et *ematis.*

Ematis   *Que vous achetiez.* — Verbe actif — de *emo, emis, emi, emptum, emere* — troisième conjugaison — deuxième personne — du pluriel — au présent du subjonctif — sujet *vos* sous-entendu — au subjonctif à cause de *ut*. — Règle *Luce ut quiescam.*

Cibos   *Des vivres.* — Nom — commun — de *cibus, i* — deuxième déclinaison — à l'accusatif — pluriel — complément direct de *ematis*. — Règle *Amo Deum.*

DEUXIÈME PARTIE.

EXERCICES ÉLÉMENTAIRES
SUR LA PREMIÈRE PARTIE DE LA GRAMMAIRE LATINE.

DES DÉCLINAISONS.

La *déclinaison* consiste à faire successivement passer un nom latin par toutes les inflexions ou terminaisons qu'il peut affecter.

Ces inflexions ou terminaisons s'appellent *cas*. Les cas sont le *nominatif*, le *vocatif*, le *génitif*, le *datif*, l'*accusatif* et l'*ablatif*.

Ces dénominations sont loin d'être indifférentes et arbitraires ; elles ont toutes une signification particulière qu'il n'est pas inutile de connaître.

Le mot *cas* vient du mot latin *casus*, *ûs*, qui veut dire *chute*. On désigne par ce mot les différentes *chutes* ou terminaisons des noms. *

Voici l'origine du nom des différents cas :

Le *nominatif* (*nominativus*) est ainsi appelé parce que ce cas sert ordinairement à *nommer* (*nominare*) la personne ou l'objet dont il est question, et qui va servir de sujet à l'affirmation du verbe.

Le *génitif* (*genitivus*, de *gignere*, *genitum*, engendrer) forme les autres cas, à l'exception du *nominatif* et du *vocatif*. Nous allons voir tout à l'heure que c'est le *génitif* qui nous fournira toujours la *racine* du nom.

Le *datif* (*dativus*, du verbe *do*, *das*, *dedi*, *datum*, *dare*) marque la personne ou l'objet auquel on attribue ou on donne quelque chose. Il marque le but, l'avantage ou le désavantage.

L'*accusatif* (*accusativus*, d'*accuso*, *as*, *avi*, *atum*, *are*, accuser), sert à *accuser*, à déclarer, à faire connaître la personne ou l'objet qui est le but direct de l'action du verbe.

Le *vocatif* (*vocativus*, de *voco*, *as*, *avi*, *atum*, *are*, appeler) sert à nommer ou à appeler la personne à qui l'on parle.

L'*ablatif* (*ablativus*), de *aufero*, *fers*, *abstuli*, *ablatum*, *auferre*, emporter, enlever, ôter, séparer, indique la séparation, l'éloignement, le point de départ.

Un nom se compose de deux parties distinctes :

La *racine* ou *radical*, et la *terminaison*.

Le *radical* est la partie du nom qui ne change dans aucun des cas.

La *terminaison* est la dernière partie du nom qui change à chaque cas.

Il est important de savoir trouver le radical d'un nom ; car cette partie du mot une fois connue, on n'a plus qu'à y ajouter les terminaisons propres à la déclinaison.

Pour trouver ce radical, on n'a qu'à enlever, au génitif singulier, la terminaison propre à la déclinaison. Ainsi à *domini*, la terminaison *i* (*domin-i*); à *manûs*, la terminaison *ûs* (*man-ûs*), etc. (1).

Les différentes manières de décliner les noms ont été ramenées à un certain nombre de *classes* ou *déclinaisons* dont la grammaire donne les modèles. Les caractères distinctifs de ces déclinaisons sont le *génitif singulier* et le *génitif pluriel*.

DES GENRES EN LATIN.

Nous n'avons que deux genres en français : le *masculin*, qui désigne les êtres *mâles*, et le *féminin*, qui désigne les êtres *femelles*. — L'usage a donné ensuite ces genres à des choses qui n'ont pas de sexe.

Outre ces deux genres, les Latins en ont un autre qu'on appelle *neutre* (de *neuter, tra, trum*, ni l'un ni l'autre); c'est le genre des noms qui ne sont ni masculins ni féminins.

Certains noms, en outre, sont masculins quand ils s'appliquent à un homme, et féminins quand ils s'appliquent à une femme. On dit alors que ces noms sont du genre *commun* (*hic* et *hæc* adolescens).

D'autres noms sont du genre *douteux*, c'est-à-dire s'emploient tantôt comme masculins, tantôt comme féminins, sans raisons particulières (*hic* et *hoc vulgus*, le vulgaire).

PREMIÈRE DÉCLINAISON.

Elle comprend tous les noms dont le génitif singulier est en Æ, et le génitif pluriel en ARUM.

Noms à décliner

SUR ROSA.

Masculins.

Aurig a, æ, *le cocher.*	Agricol a, æ, *le laboureur.*
Colleg a, æ, *le collègue.*	Assecl a, æ, *le laquais.*
Conviv a, æ, *le convive.*	Naut a, æ, *le matelot.*
Scrib a, æ, *l'écrivain.*	Pers a, æ, *le Perse.*
Homicid a, æ, *l'homicide.*	Pirat a, æ, *le pirate.*
Geometr a, æ, *le géomètre.*	Poet a, æ, *le poëte.*

---

(1) L'élève, habitué à trouver ainsi le radical de chaque nom, ne sera plus exposé à décliner *ager* sur *puer*, en disant *agero, agerum*, etc.... au lieu d'ajouter simplement au radical *agr* la terminaison *o, um*, etc.

Féminins.

Aquil a, æ, *l'aigle.*
Al a, æ, *l'aile.*
Amphor a, æ, *l'amphore.*
Anchor a, æ, *l'ancre.*
Bacc a, æ, *la baie, la graine.*
Ar a, æ, *l'autel.*
Cas a, æ, *la cabane.*
Cann a, æ, *la canne, le jonc.*
Caus a, æ, *la cause.*
Ærumn a, æ, *le chagrin.*
Clementi a, æ, *la clémence.*
Columb a, æ, *la colombe.*
Column a, æ, *la colonne.*
Pugn a, æ, *le combat.*
Coron a, æ, *la couronne.*
Matron a, æ, *la dame.*
Aqu a, æ, *l'eau.*
Schol a, æ, *l'école.*
Eloquenti a, æ, *l'éloquence.*
Arist a, æ, *l'épi.*
Stell a, æ, *l'étoile.*
Fabul a, æ, *la fable.*
Femin a, æ, *la femme.*
Fili a, æ, *la fille.*
Flamm a, æ, *la flamme.*
Tibi a, æ, *la flûte.*
Silv a, æ, *la forêt.*
Form a, æ, *la forme.*
Formic a, æ, *la fourmi.*
Glori a, æ, *la gloire.*

Herb a, æ, *l'herbe.*
Hor a, æ, *l'heure.*
Justiti a, æ, *la justice.*
Lingu a, æ, *la langue.*
Litter a, æ, *la lettre (d'alphabet).*
Epistol a, æ, *la lettre (missive).*
Lun a, æ, *la lune.*
Merul a, æ, *le merle.*
Miseri a, æ, *la misère.*
Musc a, æ, *la mouche.*
Mus a, æ, *la muse.*
Music a, æ, *la musique.*
Natur a, æ, *la nature.*
Veni a, æ, *le pardon.*
Patri a, æ, *la patrie.*
Plant a, æ, *la plante.*
Plum a, æ, *la plume.*
Port a, æ, *la porte.*
Uv a, æ, *le raisin.*
Norm a, æ, *la règle.*
Rip a, æ, *la rive.*
Vi a, æ, *la route.*
Cur a, æ, *le soin, le souci.*
Statu a, æ, *la statue.*
Mens a, æ, *la table.*
Amit a, æ, *la tante.*
Terr a, æ, *la terre.*
Tub a, æ, *la trompette.*
Victori a, æ, *la victoire.*
Viol a, æ, *la violette.*

Communs.

C'est-à-dire *masculins* quand ils désignent un homme, et *féminins* quand ils désignent une femme :

Adven a, æ, *l'étranger.*
Incol a, æ, *l'habitant.*

Indigen a, æ, *l'indigène* (qui est du pays).
Mari a, æ, *Marie* (nom propre).

La première *déclinaison* n'a pas de noms *neutres.*

N. B. On fera d'abord copier ces listes à l'élève; puis on choisira plusieurs noms à décliner de vive voix et par écrit sur les modèles de la grammaire, en ayant soin de faire toujours séparer le radical de la terminaison. Lorsqu'il sera ainsi bien exercé à faire passer un nom par toutes ses terminaisons, on lui fera traduire aussi de vive voix et par écrit des exercices dans le genre de ceux qui suivent, en les multipliant et en les variant autant qu'il sera nécessaire.

EXERCICES.

Sur les noms de la première déclinaison.

Liber Petri.

Règle. Pour joindre deux noms en français, nous mettons l'un des mots *de, du, des* entre les deux; en latin, le second des deux noms se met au génitif. — Le livre *de* Pierre; *liber Petri.* — La puissance *des* dieux; *potentia deorum* (1).

Le verbe *video, je vois,* veut à l'accusatif son complément direct, c'est-à-dire le mot qui répond à la question *qui?* ou *quoi?* faite après le verbe. Les prépositions *cum,* avec, et *in,* dans, veulent l'ablatif. Quand il y a mouvement pour passer d'un lieu dans un autre, la préposition *in* veut l'accusatif.

1. La gloire du poëte. — La plume de l'écrivain. — Les plumes des écrivains. — Du laboureur. — Au pirate. — Dans la lune. — Je vois les étoiles. — O patrie du poëte! — Je vois des violettes dans l'herbe. — A la langue des étrangers. — Avec la justice et l'éloquence. — Les matelots voient (*vident,* acc.) les heures dans les étoiles.

2. Dans les combats des Perses. — A la flamme des autels. — J'entre (*intro*) dans la cabane du laboureur. — Dans les cabanes des laboureurs. — O plume de la colombe! — Aux plumes des colombes. — Dans la route de la forêt. — Dans les routes des forêts. — Je vois la cause du chagrin et de la misère. — Je vois les causes des chagrins et des misères.

---

(1) Le maître doit bien faire remarquer que le nom précédé des mots *de, du, des,* ne doit se mettre au génitif que lorsqu'il est complément d'un *nom* précédent, et non pas lorsqu'il est, dans la phrase, sujet ou complément d'un verbe, comme dans ces exemples : DES enfants sont venus; *pueri venerunt.* — Nous envoyons DES livres; *mittimus libros.*

Du reste, l'enfant ne sera pas exposé à confondre les rôles du nom dans la phrase, s'il a déjà été exercé sur les notions d'analyse logique que nous donnons plus haut.

5. Je blâme (*vitupero*, acc.) l'injustice de l'étranger. —
Dans la forme des fables. — Dans les fables des poëtes.—
La gloire des poëtes. — Dans la patrie de l'étranger. —
Je vois des fourmis dans l'herbe de la forêt. — A la forme
de la statue.— O éloquence de la nature! — O couronnes
de la gloire! — Des étrangers ont vu (*viderunt*, acc.) la
gloire de la patrie. — J'ai reçu (*accepi*, acc.) des lettres
et de l'argent. — J'envoie (*mitto*, acc.) des lettres aux
convives.

DEUXIÈME DÉCLINAISON.

Elle comprend tous les noms dont le génitif singulier est en ı, et le
génitif pluriel en ORUM.

Noms à décliner

sur DOMINUS.

Masculins.

Agn us, i, *l'agneau.*
Av us, i, *l'aïeul, le grand-père.*
Stimul us, i, *l'aiguillon.*
Cib us, i, *l'aliment.*
Asin us, i, *l'âne.*
Ann us, i, *l'année.*
Patron us, i, *l'avocat.*
Cerv us, i, *le cerf.*
Camp us, i, *le champ, la plaine.*
Equ us, i, *le cheval.*
Corv us, i, *le corbeau.*
Consobrin us, i, *le cousin.*
Cycn us, i, *le cygne.*
Digit us, i, *le doigt.*
Discipul us, i, *l'écolier.*
Serv us, i, *l'esclave.*
Villic us, i, *le fermier.*
Fic us, i, *le figuier.*
Case us, i, *le fromage.*
Gall us, i, *le Gaulois.*
Gladi us, i, *le glaive.*
Glob us, i, *le globe.*

Lud us, i, *le jeu, la récréation.*
Joc us, i, *le jeu, la plaisanterie.*
Liban us, i, *le Liban.*
Her us, i, *le maître de la maison.*
Domin us, i, *le maître, seigneur.*
Morb us, i, *la maladie.*
Medic us, i, *le médecin.*
Nunti us, i, *le messager.*
Mund us, i, *le monde.*
Mul us, i, *le mulet.*
Nid us, i, *le nid.*
Ocul us, i, *l'œil.*
Avuncul us, i, *l'oncle.*
Paul us, i, *Paul* (nom propre).
Popul us, i, *le peuple.*
Philosoph us, i, *le philosophe.*
Pute us, i, *le puits.*
Riv us, i, *le ruisseau.*
Dol us, i, *la ruse.*
Son us, i, *le son.*
Vent us, i, *le vent.*

Féminins.

Bibl us, i, *papier, parchemin.*
Cedr us, i, *le cèdre.*
Ceras us, i, *le cerisier.*
Corinth us, i, *Corinthe* (nom propre).
Ægypt us, i, *l'Égypte.*
Laur us, i, *le laurier.*
Myrt us, i, *le myrte.*
Method us, i, *la méthode.*

Ulm us, i, *l'ormeau.*
Papyr us, i, *le papier.*
Popul us, i, *le peuplier.*
Platan us, i, *le platane.*
Pir us, i, *le poirier.*
Mal us, i, *le pommier.*
Hum us, i, *la terre, le sol.*
Vann us, i, *le van.*
Alv us, i, *le ventre.*

Douteux (masculins et féminins).

Phasel us, i, *la chaloupe.*
Balan us, i, *le gland.*
Pelag us, i, *la haute mer* (neut.)

Pampin us, i, *le pampre.*
Vulg us, i, *le vulgaire* (masc. ou neut., mais plutôt neutre).

Noms à décliner

sur PUER et sur LIBER (1).

Masculins.

Socer, i, *le beau-père.*
Celtiber, i, *le Celtibérien.*
Puer, i, *l'enfant.*
Cancer, i, *l'écrevisse.*
Armiger, i, *l'écuyer.*
Gener, i, *le gendre.*
Vir, i, *l'homme,*
Iber, i, *l'Ibérien* (nom de peuple).
Vesper, i, *le soir.*

Arbiter, tri, *l'arbitre.*
Ager, gri, *le champ.*
Coluber, bri, *la couleuvre.*
Culter, tri, *le couteau.*
Magister, tri, *le maître.*
Æger, gri, *le malade.*
Minister, tri, *le ministre.*
Faber, bri, *l'ouvrier.*
Aper, pri, *le sanglier.*
Auster, tri, *le vent du midi.*

Noms à décliner

sur TEMPLUM.

Neutres.

Aliment um, i, *l'aliment.*
Antr um, i, *l'antre.*
Fulcr um, i, *l'appui.*
Scut um, i, *le bouclier.*

Marsupi um, i, *la bourse.*
Cerebr um, i, *le cerveau.*
Sacrari um, i, *la chapelle.*
Aratr um, i, *la charrue.*

(1) Les noms qui se déclinent sur *liber, libri,* rejettent l'e au génitif.

Castell um, i, *le château.*
Coll um, i, *le cou.*
Collegi um, i, *le collége.*
Cori um, i, *le cuir.*
Offici um, i, *le devoir.*
Dors um, i, *le dos.*
Ædifici um, i, *l'édifice.*
Mancipi um, i, *l'esclave.*
Ingeni um, i, *l'esprit.*
Studi um, i, *l'étude.*
Exempl um, i, *l'exemple.*
Cœn um, i, *la boue, la fange.*
Foli um, i, *la feuille.*
Bell um, i, *la guerre.*
Incendi um, i, *l'incendie.*
Organ um, i, *l'instrument.*
Instrument um, i, *l'instrument.*
Gaudi um, i, *la joie.*
Judici um, i, *le jugement.*
Mal um, i, *le mal.*
Specul um, i, *le miroir.*
Monument um, i, *le monument.*

Verb um, i, *le mot, parole.*
Obstacul um, i, *l'obstacle.*
Impediment um, i, *l'obstacle.*
Ov um, i, *l'œuf.*
Aur um, i, *l'or.*
Sax um, i, *la pierre, le rocher.*
Don um, i, *le présent.*
Præmi um, i, *le prix, récompense.*
Preti um, i, *le prix, valeur.*
Oti um, i, *le repos, le loisir.*
Sign um, i, *le signe, la statue.*
Somni um, i, *le songe.*
Spectacul um, i, *le spectacle.*
Supplici um, i, *le supplice.*
Tect um, i, *le toit.*
Doli um, i, *le tonneau.*
Tel um, i, *le trait, javelot.*
Viti um, i, *le vice.*
Vin um, i, *le vin.*
Vel um, i, *la voile, le voile.*

EXERCICES

Sur les noms de la deuxième déclinaison.

4. Dans (1) le jeu de l'enfant. — Dans les jeux des enfants. — O discipline des philosophes! — Je vois (2) les nids du jardin. — Dans la guerre du peuple. — Dans les guerres des peuples. — Dans les champs du beau-père. — Je me sers (3) des instruments du médecin. — Semblable (4) au ruisseau des champs. — Je vois des œufs dans le nid du corbeau. — Je vois le vulgaire des hommes.

5. Des hommes furent enfermés (5) dans le ventre du cheval des Grecs (6). — A l'écuyer. — Dans le vin. — O miroir des vices des peuples! — Dans les devoirs des écoliers et des enfants. — Aux aliments des malades. — Les glaives des Gaulois. — O mulet du fermier! — A la feuille du pommier. — Je cueille (7) les fruits des poi-

(1) In, *abl.* — (2) Video, *acc.* — (3) Utor, *abl.* — (4) Similis, *dat.* — (5) Inclusi sunt. — (6) Græcus, i. — (7) Carpo, *acc.*

riers. — Je vois les filles du beau-père. — Dans les livres des enfants.

6. Du jugement des arbitres. — Aux mulets des fermiers. — Je vois les chevaux des messagers. — Je préfère (1) le peuplier au frêne. — Les poules font éclore (2)
les poulets des (3) œufs — Des songes ont trompé (4)
le malade dans le sommeil. — Les charrues sont (5) des
couteaux. — L'incendie a détruit (6) les temples et les
monuments. — Dans les colléges. — Les couleuvres
rampent (7) sur la terre (8). — Je préfère les cerisiers
aux peupliers.

TROISIÈME DÉCLINAISON.

Le caractère distinctif des noms de cette déclinaison est d'avoir le
génitif singulier en **is**, et le génitif pluriel en **um**, et quelquefois en
ium.

Cette déclinaison comprend des noms de tous les genres et de toutes
les terminaisons. Ces noms se divisent en deux classes distinctes : 1° les
noms *imparisyllabiques*, qui ont plus de syllabes au génitif qu'au nominatif, et 2° les *parisyllabiques*, qui n'ont pas plus de syllabes au
génitif qu'au nominatif.

Tous les noms en *or* sont du masculin, excepté trois qui sont féminins, et quatre qui sont neutres. Les trois féminins sont *arbor*, *is*,
l'arbre; *uxor*, *is*, l'épouse, et *soror*, *is*, la sœur. Les quatre neutres
sont *cor*, *cordis*, le cœur; *ador*, *adoris*, le blé; *marmor*, *oris*, le
marbre, et *æquor*, *æquoris*, la plaine.

NOMS IMPARISYLLABIQUES.

Ablatif singulier en *e*, et génitif pluriel en *um*.

Noms à décliner

SUR SOROR.

Masculins.

Magnes, magnet is, *l'aimant*.
Aries, aries is, *le bélier*.
Silex, silic is, *le caillou, le silex*.
Eques, equit is, *le cavalier*.

---

(1) Antepono, *acc.* — (2) Excludunt, *acc.* — (3) Ex, *abl.* — (4) Deluserunt,
acc. — (5) Sunt, *nom.* — (6) Diruit, *acc.* — (7) Repunt. — (8) Humus, i, *gén.*,
sans préposition.

Cinis, ciner is, *la cendre.*
Carbo, carbon is, *le charbon.*
Dux, duc is, *le chef.*
Comes, comit is, *le compagnon.*
Consul, consul is, *le consul.*
Mos, mor is, *la coutume*, au pluriel, *les mœurs.*
Sermo, sermon is, *le discours.*
Dolor, dolor is, *la douleur.*
Fulgor, fulgor is, *l'éclat.*
Accipiter, accipitr is, *l'épervier.*
Conjux, conjug is, *l'époux* (1).
Error, error is, *l'erreur.*
Flos, flor is, *la fleur.*
Frater, fratr is, *le frère.*
Custos, custod is, *le gardien.*
Cardo, cardin is, *le gond d'une porte.*
Gurges, gurgit is, *le gouffre.*
Adeps, adip is, *la graisse.*
Hæres, hæred is, *l'héritier.*
Ligo, ligon is, *le hoyau.*
Homo, homin is, *l'homme.*
Honor, honor is, *l'honneur.*
Hospes, hospit is, *l'hôte.*
Judex, judic is, *le juge.*
Arator, arator is, *le laboureur.*
Lepus, lepor is, *le lièvre.*

Leo, leon is, *le lion.*
Mas, mar is, *le mâle.*
Passer, passer is, *le moineau.*
Vervex, vervec is, *le mouton.*
Paries, pariet is, *la muraille.*
Auceps, aucup is, *l'oiseleur.*
Pavo, pavon is, *le paon.*
Pecten, pectin is, *le peigne.*
Nepos, nepot is, *le petit-fils, le neveu.*
Pater, patr is, *le père.*
Pes, ped is, *le pied.*
Lapis, lapid is, *la pierre.*
Sus, su is, *le porc.*
Pulvis, pulver is, *la poussière.*
Princeps, princip is, *le prince.*
Carcer, carcer is, *la prison.*
Pulex, pulic is, *la puce.*
Remex, remig is, *le rameur.*
Ordo, ordin is, *l'ordre, le rang.*
Rex, reg is, *le roi.*
Vomis, vomer is, *le soc (de charrue).*
Miles, milit is, *le soldat.*
Turbo, turbin is, *le tourbillon.*
Grex, greg is, *le troupeau.*
Vultur, vultur is, *le vautour.*
Fur, fur is, *le voleur.*

Féminins.

Ætas, ætat is, *l'âge.*
Arbor, arbor is, *l'arbre.*
Civitas, civitat is, *la cité.*
Regio, region is, *la contrée.*
Asperitas, asperitat is, *l'aspérité, la dureté.*
Incus, incud is, *l'enclume.*
Uxor, uxor is, *l'épouse.*
Palus, palud is, *le marais, l'étang.*
Æstas, æstat is, *l'été.*
Mulier, mulier is, *la femme.*
Frons, frond is, *le feuillage.*
Fraus, fraud is, *la fraude.*

Grando, grandin is, *la grêle.*
Grus, gru is, *la grue.*
Halex, halec is, *le hareng.*
Hirundo, hirundin is, *l'hirondelle.*
Hiems, hiem is, *l'hiver.*
Virgo, virgin is, *la jeune fille.*
Lectio, lection is, *la lecture.*
Legio, legion is, *la légion.*
Lex, leg is, *la loi.*
Laus, laud is, *la louange.*
Mater, matr is, *la mère.*
Seges, seget is, *la moisson.*
Natio, natio nis, *la nation.*

---

(1) Conjux, *fém.*, désigne *l'épouse*, et Conjux, *masc.*, *l'époux*.

Nux, nuc is, *la noix.*
Origo, origin is, *l'origine.*
Voluptas, voluptat is, *le plai-
sir.*
Cuspis, cuspid is, *la pointe.*
Lis, lit is, *le procès.*
Radix, radic is, *la racine.*
Ratio, ratio nis, *la raison.*
Merces, merced is, *la récom-
pense.*
Religio, religio nis, *la religion.*

Quies, quiet is, *le repos.*
Abies, abiet is, *le sapin.*
Societas, societat is, *la société.*
Stirps, stirp is, *la souche, le
tronc.*
Calx, calc is, *le talon, la chaux.*
Forceps, forcip is, *la tenaille.*
Virtus, virtut is, *la vertu, la
force.*
Voluntas, voluntat is, *la volonté.*
Vox, voc is, *la voix, la parole.*

Noms à décliner

SUR CORPUS.

Neutres.

Fœdus, fœder is, *l'alliance.*
Sidus, sider is, *l'astre.*
Agmen, agmin is, *le bataillon.*
Vulnus, vulner is, *la blessure.*
Nemus, nemor is, *le bois, le
bosquet.*
Rus, rur is, *la campagne.*
Latus, later is, *le côté.*
Scelus, sceler is, *le crime.*
Crimen, crimin is, *le crime.*
Numen, numin is, *la divinité.*
Jus, jur is, *le droit.*
Fulgur, fulgur is, *l'éclair.*
Thus, thur is, *l'encens.*
Flumen, flumin is, *le fleuve.*
Fulmen, fulmin is, *la foudre.*
Frigus, frigor is, *le froid.*
Pignus, pignor is, *le gage.*
Gramen, gramin is, *le gazon.*
Guttur, guttur is, *le gosier.*

Crus, crur is, *la jambe.*
Olus, oler is, *le légume.*
Lumen, lumin is, *la lumière.*
Uber, uber is, *la mamelle.*
Marmor, marmor is, *le marbre.*
Nomen, nomin is, *le nom.*
Pectus, pector is, *la poitrine.*
Omen, omin is, *le présage.*
Ver, ver is, *le printemps.*
Littus, littor is, *le rivage.*
Semen, semin is, *la semence.*
Limen, limin is, *le seuil.*
Sulfur, sulfur is, *le soufre.*
Tempus, tempor is, *le temps.*
Caput, capit is, *la tête.*
Vellus, veller is, *la toison.*
Pecus, pecor is, *le troupeau.*
Ulcus, ulcer is, *l'ulcère, la plaie.*
Carmen, carmin is, *le vers.*
Iter, itiner is, *le voyage.*

REMARQUE.

Quelques noms *imparisyllabiques* ont le génitif pluriel en *ium.* Ces
noms ont leur radical terminé par deux consonnes. Ce sont presque
tous des monosyllabes.

Masculins.

Dens, dent is, *la dent.*

Fons, font is, *la fontaine.*

Mons , mont is , *la monta-*   Pons, pont is, *le pont.*
gne.   As, ass is, *le sou.*

Féminins.

Ars, art is, *l'art.*   Glans, gland is, *le gland.*
Caro, carn is, *la chair.*   Merx, merc is, *la marchandise.*
Arx, arc is, *la citadelle.*   Mors, mort is, *la mort.*
Cohors, cohort is, *la cohorte.*   Gens, gent is, *la nation.*
Mens, ment is, *l'esprit.*   Nix, niv is, *la neige.*
Falx, falc is, *la faux.*   Nox, noct is, *la nuit.*
Frons, frond is, *le feuillage.*   Pars, part is, *la partie.*
Fax, fac is, *le flambeau.*   Dos, dot is, *la qualité.*
Fornax, fornac is, *la fournaise.*   Sors, sort is, *le sort.*
Frons, front is, *le front.*   Urbs, urb is, *la ville.*

PARISYLLABIQUES.

Ces noms ont encore l'ablatif en *e*, mais ils ont tous le génitif pluriel en *ium*, et se déclinent sur *avis*.

Noms à décliner

sur AVIS.

Masculins.

Axis, ax is, *l'axe.*   Amnis, amn is, *le fleuve* (2).
Crinis, crin is, *cheveu, crinière.*   Orbis, orb is, *le globe, le cer-*
Civis, civ is, *le citoyen* (1).   *cle.*
Torques, torqu is, *le collier.*   Mensis, mens is, *le mois.*
Collis, coll is, *la colline.*   Unguis, ungu is, *l'ongle.*
Funis, fun is, *la corde.*   Imber, imbr is, *la pluie.*
Hostis, host is, *l'ennemi.*   Piscis, pisc is, *le poisson.*
Ensis, ens is, *l'épée.*   Callis, call is, *le sentier.*
Fascis, fasc is, *le faisceau.*   Anguis, angu is, *le serpent.*
Ignis, ign is, *le feu.*   Testis, test is, *le témoin.*

Féminins.

Apis, ap is, *l'abeille.*   Clades, clad is, *la défaite, le*
Ovis, ov is, *la brebis.*   *désastre.*
Felis, fel is, *le chat.*   Fames, fam is, *la faim, la fa-*
Clavis, clav is, *la clef.*   *mine* (sans pl.).

(1) (2) Ablatif en *e* ou en *i*, mais plutôt en *e*.

Classis, class is, *la flotte* (1).
Cædes, cæd is, *le meurtre.*
Messis, mess is, *la moisson.*
Avis, av is, *l'oiseau* (2).
Auris, aur is, *l'oreille.*
Cutis, cut is, *la peau du corps.*
Pellis, pell is, *la peau détachée du corps.*

Pestis, pest is, *la peste*, *le fléau.*
Vulpes, vulp is, *le renard.*
Rupes, rup is, *le rocher.*
Sedes, sed is, *le siége.*
Vicis, vic is, *le tour, le sort.*
Vallis, vall is, *la vallée.*
Vitis, vit is, *la vigne.*

Noms à décliner

SUR CUBILE.

Neutres.

Les *parisyllabiques neutres* ont l'ablatif singulier en *i*, le nominatif pluriel en *ia*, et le génitif en *ium*.

Leur nominatif singulier est en *e*, mais l'usage a retranché cet *e* des nominatifs en *al* et en *ar*. — Ainsi, *animal* est pour *animale*, *calcar* pour *calcare*, etc....

Altare, altar is, *l'autel.*
Præsepe, præsep is, *l'étable.*
Monile, monil is, *le collier.*
Pulvinar, pulvinar is, *le coussin.*
Vectigal, vectigal is, *l'impôt.*
Rete, ret is, *le filet.*
Laquear, laquar is, *le lambris.*

Mare, mar is, *la mer.*
Cervical, cervical is, *l'oreiller.*
Torcular, torcular is, *le pressoir.*
Sedile, sedil is, *le siége.*
Tribunal, tribunal is, *le tribunal.*

EXERCICES

Sur tous les noms de la troisième déclinaison.

7. L'esprit de l'homme. — Les qualités de la jeune fille. — Les compagnons de voyage. — Le voleur a été jeté dans (3) la prison de la ville. — Je vois les voleurs dans (4) les prisons des villes. — Le renard n'est pas (5) semblable (6) aux brebis du troupeau. — O blessure du soldat ! — Aux murailles des villes. — J'ai vu (7) la mort du vieillard. — Aux toisons des troupeaux.

8. Pour (8) gage de l'alliance.— Je reçois (9) les gages

(1) (2) Ablatif en *e* ou en *i*, mais plutôt en *e*.
(3) Conjectus est in, *avec l'acc., à cause du mouvement.* — (4) In, *abl.* —
(5) Non est, *nom.* — (6) Similis, *gén.* ou *dat.* — (7) Vidi, *acc.* — (8) Pro, *abl.*
— (9) Accipio, *acc.*

des alliances. — A la lumière des astres. — Il offre (1) des troupeaux aux ennemis. — Pour (2) le consul de la nation. — Pour les consuls des nations. — Dans (3) le tourbillon des fleuves. — Je vois (4) la cendre des rois de la nation. — O prison des voleurs ! O juges des tribunaux ! — Je vois les juges des tribunaux. — Dans un mois d'hiver. — A la loi des âges. — Je vois des hirondelles dans la contrée.

9. Pour la mort des ennemis. — Dans la flotte de la nation. — Pour les citoyens du globe. — Dans le tribunal. — Pour l'impôt. — Dans la mer. — A la partie des nuits. — Le prince donne (5) un chef au bataillon. — Les princes donnent (6) des chefs aux bataillons. — Dans la défaite des légions. — Pour (7) la louange du prince.— Pour les louanges des princes.— Je vois l'astre des nuits dans les espaces du firmament. — Pour gages des marchandises.

10. Aux gardiens des villes, des maisons, des rues, des contrées, des nations. — Je vois l'autel de la divinité.— Je vois les autels des divinités. — Je vois l'origine de la religion. — Je vois les origines des religions. — Le général des ennemis offre (8) un gage de paix au roi de la nation.— Les généraux des ennemis offrent (9) des gages de paix aux rois des nations. — L'oiseleur tend des piéges (10) aux oiseaux des bois. — Je vois des oiseaux dans les filets de l'oiseleur. — Dans la défaite des ennemis. — Je préfère (11) les feuillages et les fleurs de l'été aux neiges et aux pluies de l'hiver.

QUATRIÈME DÉCLINAISON.

Elle comprend les noms dont le génitif singulier est en ûs (qui est une contraction de uis), et le génitif pluriel en uum.

Quelques noms de cette déclinaison ont le datif et l'ablatif pluriels en ubus.

---

(1) Offert, *acc.* — (2) Pro, *abl.*— (3) In, *abl.* — (4) Video, *acc.* — (5) Præficit, *acc.*— (6) Præficiunt, *acc.* — (7) Ad, *acc.*—(8) Offert, *acc.* — (9) Offerunt, *acc.*—(10) Insidiatur, *dat.*— (11) Antepono, *acc.*

Elle comprend aussi quelques noms neutres en *u*, qui sont indéclinables au singulier.

Noms à décliner

SUR MANUS.

Masculins.

Exercit us, ûs, *l'armée.*
Cœt us, ûs, *l'assemblée.*
Equitat us, ûs, *la cavalerie.*
Cant us, ûs, *le chant.*
Curr us, ûs, *le char.*
Curs us, ûs, *la course.*
Met us, ûs, *la crainte.*
Grad us, ûs, *le degré.*
Sumpt us, ûs, *la dépense.*
Fluct us, ûs, *le flot.*
Fruct us, ûs, *le fruit.*
Quæst us, ûs, *le gain.*
Gemit us, ûs, *le gémissement.*
Gest us, ûs, *le geste.*
Gust us, gust ûs, *le goût.*
Lus us, ûs, *le jeu.*

Magistrat us, ûs, *le magistrat.*
Mot us, ûs, *le mouvement.*
Juss us, ûs, *l'ordre.*
Port us, ûs, *le port.* (Dat. et abl. plur. en *ubus.*)
Pass us, ûs, *le pas.*
Quest us, ûs, *la plainte.*
Rit us, ûs, *le rite, cérémonie.*
Salt us, ûs, *le saut, la forêt.*
Sin us, ûs, *le sein, le golfe.*
Senat us, ûs, *le sénat.*
Sens us, ûs, *le sentiment.*
Sex us, ûs, *le sexe.*
Spirit us, ûs, *le souffle, l'esprit.*
Vult us, ûs, *le visage.*

Féminins.

Socr us, ûs, *la belle-mère.*
Nur us, ûs, *la bru.*
Querc us, ûs, *le chéne.*
Cupress us, ûs, *le cyprès* (fait aussi *us, i*).

Pin us, ûs, *le pin* (fait aussi *us, i*).
Portic us, ûs, *le portique.*
Col us, ûs, *la quenouille.*
An us, ûs, *la vieille femme.*

Cette déclinaison comprend peu de noms féminins.

Noms à décliner

SUR CORNU.

Neutres.

Veru, *la broche.* (Dat. et abl. plur. en *ubus.*)
Genu, *le genou.*

Gelu, *la glace, gelée.*
Tonitru, *le tonnerre.*

EXERCICES

Sur les noms de la quatrième déclinaison.

11. J'entends (1) les plaintes de la belle-mère et de la bru. — Les mouvements de l'assemblée sont semblables (2) au mouvement des flots. — La vieille femme conduit (3) sa bru par (4) la main. — La vieille femme se sert (5) de la quenouille. — Les brus se servent (6) des quenouilles. — Dans (7) le char du magistrat. — La course du char. — Dans les courses de chars. — Dans les mains de la bru.

12. J'entends (1) le bruit du tonnerre et des flots. — Je vois (8) la cavalerie de l'armée. — Je vois le sénat et les armées dans la crainte. — J'obéis (9) à l'ordre du magistrat ; aux ordres des magistrats. — Pour (10) la dépense des armées et des ports. — J'entends (1) le tonnerre et le mouvement des flots. — Aux assemblées des magistrats. — Au sentiment de la belle-mère. — Je recueille (11) les fruits du chêne, du cyprès et du pin ; des chênes, des cyprès et des pins.

13. Je donne (12) à la belle-mère la broche et la quenouille de la vieille femme. — Il offre (13) au sénat la dépense de la cavalerie et des chars de l'infanterie. — L'un commandait (14) la cavalerie et l'autre l'infanterie par (15) ordre du sénat.—Les flots ont englouti (16) les chars, la cavalerie et l'infanterie de l'armée de Pharaon (17).

CINQUIÈME DÉCLINAISON.

La cinquième déclinaison a le nominatif en ES, le génitif singulier en EI, et le génitif pluriel en ERUM.

Tous les noms de cette déclinaison sont féminins, excepté *dies, ei,* le jour, qui est du masculin et du féminin, et *meridies, ei,* midi, qui est du masculin.

-----

(1) Audio, *acc.* — (2) Sunt similes, *dat.* — (3) Ducit, *acc.* — (4) Se rend par l'ablatif. — (5) Utitur, *abl.* —(6) Utuntur, *abl.* — (7) In, *abl.* — (8) Video, *acc.* — (9) Pareo, *dat.*— (10) Pro, *abl.*—(11) Colligo, *acc.*—(12) Do, *acc.*—(13) Offert, *acc.*—(14) Unus præerat, *dat.*—(15) Se rend par l'ablatif.—(16) Obruerunt, *acc.*—(17) Pharao, onis.

Noms à décliner

SUR DIES.

Féminins.

Dies, di ei, *le jour* (masc. et f.)   Res, r ei, *la chose.*
Species, speci ei, *l'apparence.*   Facies, faci ei, *le visage.*
Planities, planiti ei, *la plaine.*   Progenies, progeni ei, *la race.*
Fides, fid ei, *la foi.*   Acies, aci ei, *le tranchant* (le
Effigies, effigi ei, *l'image.*   front d'une armée).
Glacies, glaci ei, *la glace.*   Eluvies, eluvi ei, *le déborde-*
Spes, sp ei, *l'espérance.*   *ment.*
Macies, maci ei, *la maigreur.*   Series, seri ei, *la suite.*

Remarque. — *Res* et *dies* sont les seuls noms de cette déclinaison qui soient usités à tous les cas du pluriel. Les autres ne doivent s'employer qu'au *nominatif*, au *vocatif* et à l'*accusatif* (1).

Il y a plusieurs noms qui appartiennent en même temps à la première et à la cinquième déclinaison. Nous ne citerons que les suivants :

Durities, tiei (*ou* duritia, æ),   Mollities, tiei (*ou* mollitia, æ),
 la dureté.   *la mollesse.*
Luxuries, riei (*ou* luxuria, æ),   Segnities, tiei (*ou* segnitia, æ),
 le luxe.   *la lenteur*, etc.

Il y a aussi d'autres noms qui sont de la troisième et de la cinquième déclinaison. — Ex.: *Plebs, plebis,* et *plebes, plebei,* le peuple; *requies, requietis,* et *requies, requiei,* le repos, etc.

EXERCICES

Sur les noms de la cinquième déclinaison.

14. L'espérance du jour. — A l'espérance des jours. — A la dureté du tranchant. — A l'apparence du visage. — Je vois (2) les visages et les images. — A la lenteur des jours. — O dureté de la glace ! — Dans les jours de la foi. — Aux jours de la race. — Au luxe du peuple.— Dans l'espérance du repos. — Je vois (2) l'armée dans la plaine.

---

(1) On trouve cependant *specierum, speciebus, spebus, glacierum.*
(2) Video, *acc.*

EXERCICES MÊLÉS

Sur tous les cas des cinq déclinaisons.

15. Je vois (1) l'image de la lune dans (2) les eaux du lac. — J'admire (3) l'éloquence de l'orateur. — Je vois les troupeaux des bergers dans les bois de la montagne. — La lenteur des pas du vieillard. — Dans l'attente des jours de bonheur. — Les principaux (4) de la cité et de la contrée accordent (5) des récompenses aux fermiers et aux laboureurs. — Je préfère (6) les habitants de la campagne aux habitants des villes. — Nous donnons (7) des habits aux pauvres de la contrée.

16. J'offre (8) à ma sœur une fleur du jardin. — J'envoie (9) une lettre au magistrat de la ville.—Je préfère (6) la réalité (10) à l'apparence, comme (11) le jour à la nuit. — J'entends (12) le bruit du tonnerre dans les rochers du rivage. — Je préfère (6) le bonheur de la paix aux triomphes de la guerre. — Nous offrons (13) de l'encens au Dieu (14) des chrétiens. — J'admire (3) le courage, la patience et les vertus du philosophe Socrate (15).

17. Je préfère la frugalité à la mollesse. — Dans le chemin de la vertu et du bonheur.—Pour (16) le messager des ennemis. — O maître du monde, du ciel et de la terre ! — O maître corbeau, modèle d'éloquence, de sagesse et de beauté !—L'été donne (17) des feuillages aux bois et aux montagnes, de la verdure aux prairies et des fleurs aux jardins.—Je vois le mouvement des flots de la mer. — Je vois les honneurs du consul dans les rangs de la légion.—Le roi donne des lois à la nation des citoyens.

18. Je vois des bois, des fleurs et des moissons dans les vallées et dans les montagnes.—Vers (18) la porte de la cabane des laboureurs. — Les matelots et les pirates voient (19) les flammes du combat. — Je vois l'esclave

---

(1) Video, *acc.* — (2) In, *abl.* — (3) Miror, *acc.* — (4) Princeps, cipis. — (5) Tribuunt. — (6) Antepono, *acc.* — (7) Damus, *acc.* — (8) Offero, *acc.*, à ma *meæ*. — (9) Mitto, *acc.*—(10) Res, rei. —(11) Ut.—(12) Audio, *acc.* — (13) Offerimus, *acc.* — (14) Deus, i. — (15) Socrates, is. — (16) Pro, *abl.* — (17) Dat, *acc.* —(18) Ad, *acc.* — (19) Vident, *acc.*

dans le jardin du maître.—Les enfants et les pères voient les guerres des peuples. — J'admire la sagesse des lois de la ville. — Je préfère les roses des jardins aux violettes des prairies. — J'offre un prix à l'écolier pour le travail du collége.

19. Dieu accorde (1) des récompenses à la vertu. — J'envoie un soldat au général de l'armée. — Je donne du feuillage aux troupeaux. — Les laboureurs payent (2) des impôts aux rois des nations. — Les armées des ennemis ont envoyé (3) des présents au sénat par (4) l'ordre des consuls. — Les laboureurs et les habitants des champs recueillent (5) les moissons et les fruits de la terre dans les années d'abondance.

20. Le soldat a reçu (6) des blessures dans la poitrine et dans le côté. — Les juges des tribunaux ont découvert (7) la fraude des héritiers de l'oncle et du grand-père dans le procès de la famille (8). —Vous recevrez (9) le fruit du travail et de la patience. — Je préfère le murmure des ruisseaux au bruit des vents et des orages. —La terre a (10) la forme d'un globe.—Elle contient (11) des eaux, du feu, des pierres et des métaux. —Elle produit (12) des plantes et des arbres, des fleurs et des fruits.

21. Dieu a créé (13) la terre et a réglé (14) le mouvement du monde et des astres. — Le soleil brille (15) dans le ciel ; il est (16) une source de lumière et de chaleur.—Il donne la vie aux plantes et aux animaux. — Nous voyons (17) sur la terre, des vallées, des plaines, des champs et des montagnes, avec (18) des arbres, des gazons, des fleurs et des légumes. — Il a péri (19) dans la mêlée (20). — Les généraux offrent (21) des présents au Seigneur des armées dans les temples de la cité.

---

(1) Concedit, *acc.* — (2) Tribuunt, *acc.* — (3) Miserunt, *acc.* — (4) *Se rend par l'ablatif.* — (5) Colligunt, *acc.* — (6) Accepit, *acc.* — (7) Dete gerunt, *acc* —(8) Gens, gentis.—(9) Accipietis, *acc.* — (10) Habet, *acc.* — (11) Continet, *acc.*—(12) Generat, *acc.* — (13) Creavit, *acc.* — (14) Constituit, *acc.*—(15) Fulget.—(16) Est.—(17) Videmus, *acc.* — (18) Cum, *abl.* — (19) Cecidit. — (20) Acies, aciei. — (21) Offerunt, *acc.*

ADJECTIFS.

L'*adjectif* est un mot qui se joint au nom pour en marquer la *qualité* ou la *manière d'être*.

Les adjectifs latins se déclinent comme les noms, et ont les trois genres, le *masculin*, le *féminin* et le *neutre*.

a en latin plusieurs classes d'adjectifs : 1° ceux qui se déclinent sur *rosa*, *dominus*, *puer* et *templum*, et qui appartiennent à la première et à la seconde déclinaison, comme les adjectifs *bonus* et *niger;* 2° ceux qui suivent la troisième déclinaison, comme *prudens*, *fortis* et *celeber.*

Aucun adjectif n'appartient à la *quatrième* ni à la *cinquième* déclinaison.

PREMIÈRE CLASSE.

Adjectifs à décliner

SUR BONUS.

Largus, a, um, *abondant, abondante.*
Jucundus, a, um, *agréable.*
Antiquus, a, um, *ancien.*
Arduus, a, um, *ardu, difficile.*
Avidus, a, um, *avide.*
Barbarus, a, um, *barbare.*
Albus, a, um, *blanc.*
Cæruleus, a, um, *bleu.*
Inclytus, a, um, *célèbre.*
Certus, a, um, *certain.*
Carus, a, um, *cher.*
Dilectus, a, um, *chéri.*
Sævus, a, um, *cruel.*
Delicatus, a, um, *délicat.*
Dignus., a, um, *digne.*
Divinus, a, um, *divin.*
Durus, a, um, *dur.*
Inconsultus, a, um, *étourdi.*
Exiguus, a, um, *étroit.*
Fulvus, a, um, *fauve.*
Fecundus, a, um, *fécond.*
Funestus, a, um, *funeste.*
Magnus, a, um, *grand.*

Peritus, a, um, *habile.*
Honestus, a, um, *honnête.*
Probus, a, um, *honnête.*
Altus, a, um, *haut.*
Beatus, a, um, *heureux.*
Humanus, a, um, *humain.*
Impius, a, um, *impie.*
Importunus, a, um, *importun.*
Ingenuus, a, um, *ingénu.*
Ingratus, a, um, *ingrat.*
Injustus, a, um, *injuste.*
Lætus, a, um, *joyeux.*
Justus, a, um, *juste.*
Latus, a, um, *large.*
Lentus, a, um, *lent.*
Longus, a, um, *long.*
Malus, a, um, *mauvais.*
Novus, a, um, *nouveau.*
Obscurus, a, um, *obscur.*
Superbus, a, um, *orgueilleux.*
Perfidus, a, um, *perfide.*
Parvus, a, um, *petit.*
Rarus, a, um, *rare.*

Rotundus, a, um, *rond.*
Sanus, a, um, *sain.*
Sanctus, a, um, *saint, sainte.*
Cruentus, a, um, *sanglant.*

Doctus, a, um, *savant.*
Firmus, a, um, *solide.*
Tranquillus, a, um, *tranquille,*
Mœstus, a, um, *triste.*

Et tous les participes en *us*, *a*, *um*.

Adjectifs à décliner

sur NIGER.

Quelques-uns conservent l'e du nominatif aux autres cas, comme *liber, libera, liberum;* génitif, *liberi, liberæ, liberi;* et d'autres le perdent, comme *niger, nigra, nigrum;* génitif, *nigri, nigræ, nigri.*

Adjectifs qui perdent l'e au génitif.

Teter, tra, trum, *affreux.*
Pulcher, pulchra, pulchrum, *beau.*
Dexter, tra, trum, *droit (qui est à droite).*
Integer, gra, grum, *entier.*
Creber, bra, brum, *fréquent.*

Sinister, tra, trum, *gauche (qui est à gauche).*
Æger, gra, grum, *malade.*
Ater, tra, trum, *noir (mat).*
Niger, gra, grum, *noir (luisant).*
Piger, gra, grum, *paresseux.*
Ruber, bra, brum, *rouge.*
Sacer, cra, crum, *sacré.*

Adjectifs qui conservent l'e au génitif.

Asper, aspera, asperum, *âpre, rude.*
Laniger, a, um, *couvert de laine.*
Frugifer, frugifera, um, *fécond.*
Prosper, prospera, prosperum, *heureux.*

Liber, libera, liberum, *libre.*
Miser, misera, miserum, *malheureux.*
Satur, satura, saturum, *rassasié* (le seul en *ur*).
Tener, tenera, tenerum, *tendre.*

SECONDE CLASSE.

Adjectifs à décliner

sur PRUDENS.

(Imparisyllabiques.)

Absens, absentis, *absent.*
Vetus, veteris, *ancien* (1).
Loquax, loquacis, *bavard.*
Clemens, clementis, *clément.*
Discors, discordis, *désuni.*
Diligens, diligentis, *diligent.*
Duplex, duplicis, *double.*
Efficax, efficacis, *efficace.*
Par, paris, *égal.*
Elegans, elegantis, *élégant.*
Uber, uberis, *fécond* (1).
Fervens, ferventis, *fervent.*
Ferox, ferocis, *fier.*
Frequens, frequentis, *fréquent.*
Ingens, ingentis, *grand.*
Solers, solertis, *habile.*
Audax, audacis, *hardi.*
Felix, felicis, *heureux.*
Impatiens, impatientis, *impatient.*
Innocens, innocentis, *innocent.*
Insolens, insolentis, *insolent.*

Multiplex, multiplicis, *multiple.*
Iners, inertis, *paresseux.*
Patiens, patientis, *patient.*
Pauper, pauperis, *pauvre.*
Perspicax, perspicacis, *perspicace.*
Præsens, præsentis, *présent.*
Velox, velocis, *prompt.*
Potens, potentis, *puissant.*
Rapax, rapacis, *rapace.*
Præceps, præcipitis, *rapide.*
Recens, recentis, *récent.*
Locuples, locupletis, *riche.*
Sapiens, sapientis, *sage.*
Sospes, sospitis, *sauf.*
Simplex, simplicis, *simple.*
Fallax, fallacis, *trompeur.*
Concors, concordis, *uni.*
Vehemens, vehementis, *véhément.*
Vivax, vivacis, *vivace.*
Vorax, voracis, *vorace.*

(Et tous les participes en *ans, antis,* et en *ens, entis.*)

Adjectifs à décliner

sur FORTIS.

Agilis, agile, *agile.*
Suavis, suave, *agréable.*
Brevis, breve, *court.*
Dulcis, dulce, *doux.*
Facilis, facile, *facile.*
Debilis, debile, *faible.*
Fidelis, fidele, *fidèle.*
Feralis, ferale, *funèbre.*

Hilaris, hilare, *gai.*
Pinguis, pingue, *gras.*
Humilis, humile, *humble.*
Illustris, illustre, *illustre.*
Levis, leve, *léger.*
Mediocris, mediocre, *médiocre.*
Mobilis, mobile, *mobile.*

(1) Font aussi au pluriel neutre *vetera* et *ubera.*

Nobilis, nobile, *noble.*
Gravis, grave, *pesant.*
Comis, come, *poli.*
Salutaris, salutare, *salutaire.*

Similis, simile, *semblable.*
Sublimis, sublime, *sublime.*
Utilis, utile, *utile.*
Viridis, viride, *vert.*

Adjectifs à décliner

SUR CELEBER.

Ces adjectifs se déclinent sur *fortis*, sauf la terminaison en *er* pour le masculin. Ils sont au nombre de douze.

Acer, acris, cre, *aigre, vif.*
Celeber, celebris, bre, *célèbre.*
Equester, equestris, tre, *équestre.*
Silvester, silvestris, tre, *de forêt.*
Alacer, alacris, cre, *gai, alerte.*
Paluster, palustris, tre, *de marais.*
Campester, campestrie, tre, *de plaine.*

Celer, celeris, celere, *prompt* (le seul qui conserve l'*e* devant *is*).
Pedester, pedestris, tre, *qui va à pied (pédestre).*
Volucer, volucris, cre, *qui vole.*
Saluber, salubris, bre, *salutaire.*
Terrester, terrestris, tre, *terrestre.*

ACCORD DE L'ADJECTIF ET DU NOM.

Deus sanctus.

Règle. L'adjectif se met toujours au même genre, au même nombre et au même cas que le nom auquel il se rapporte. — Ex. Dieu saint ; *Deus sanctus.* — A l'exemple utile ; *exemplo utili.* — Les femmes modestes ; *mulieres modestæ.*

Afin de bien familiariser l'élève avec l'observation de cette règle fondamentale, nous allons donner une liste d'adjectifs de formes variées, joints à des noms de toutes les déclinaisons et de tous les genres, destinés à être déclinés de vive voix et par écrit.

SUR BONUS.

Masculins.

Ager, agri, patrius, a, um, *le champ paternel.*
Puer, pueri, inconsultus, a, um, *l'enfant étourdi.*
Hostis, tis, sævus, a, um, *l'ennemi cruel.*
Vir, viri, impius, a, um, *l'homme impie.*
Agricola, æ, probus, a, um, *le laboureur honnête.*
Mons, montis, arduus, a, um, *la montagne escarpée.*

Odor, doris, jucundus, a, um, *l'odeur agréable.*
Pater, tris, dilectus, a, um, *le père chéri.*

Féminins.

Barba, æ, longus, a, um, *la barbe longue.*
Quercus, ùs, superbus, a, um, *le chêne orgueilleux.*
Fagus, i, patulus, a, um, *le hêtre touffu.*
Dies, ei, obscurus, a, um, *le jour obscur.*
Mater, matris, lætus, a, um, *la mère joyeuse.*
Gens, gentis, barbarus, a, um, *la nation barbare.*
Uva, æ, maturus, a, um, *le raisin mûr.*
Terra, æ, rotundus, a, um, *la terre ronde.*
Virgo, virginis, pius, a, um, *la vierge pieuse.*

Neutres.

Animal, alis, ingratus, a, um, *l'animal ingrat.*
Vulnus, eris, decorus, a, um, *la blessure honorable.*
Tergum, i, squamosus, a, um, *le dos couvert d'écailles*
Bellum, i, cruentus, a, um, *la guerre sanglante.*
Mare, is, cæruleus, a, um, *la mer bleue.*
Caput, itis, durus, a, um, *la tête dure.*
Vinum, i, merus, a, um, *le vin pur.*

SUR NIGER.

Masculins.

Corvus, i, niger, a, um, *le corbeau noir.*
Ictus, ùs, creber, bra, brum, *le coup fréquent.*
Ignis, is, sacer, cra, crum, *le feu sacré.*
Fructus, ùs, asper, a, um, *le fruit âpre.*
Medicus, i, æger, gra, grum, *le médecin malade.*
Ramus, i, tener, a, um, *le rameau flexible.*

Féminins.

Ovis, is, laniger, a, um, *la brebis couverte de laine.*
Mulier, eris, miser, a, um, *la femme malheureuse.*
Formica, æ, impiger, gra, grum, *la fourmi laborieuse.*
Manus, ùs, dexter, tra, trum, *la main droite.*
Nox, noctis, ater, tra, trum, *la nuit affreuse.*
Pars, partis, integer, gra, grum, *la partie entière.*
Via, æ, asper, pera, um, *la route escarpée.*
Terra, æ, frugifer, a, um, *la terre fertile.*

Neutres.

Nemus, oris, sacer, cra, crum, *le bois sacré.*
Latus, eris, sinister, tra, trum, *le côté gauche.*
Mare, is, ruber, bra, brum, *la mer rouge.*
Malum, i, asper, a, um, *la pomme âpre.*
Tempus, oris, miser, a, um, *le temps malheureux.*
Pecus, oris, satur, a, um, *le troupeau rassasié.*

sur PRUDENS.

Masculins.

Civis, vis, innocens, entis, *le citoyen innocent.*
Sermo, monis, vehemens, mentis, *le discours véhément.*
Captivus, i, ferox, ocis, *le fier captif.*
Frater, tris, absens, entis, *le frère absent.*
Magister, tri, solers, ertis, *le maître habile.*
Nauta, æ, infelix, licis, *le matelot malheureux.*
Labor, oris, efficax, acis, *le travail efficace.*

Féminins.

Aquila, æ, audax, dacis, *l'aigle audacieux.*
Anima, æ, simplex, plicis, *l'âme simple.*
Ira, æ, impatiens, entis, *la colère impatiente.*
Clades, is, recens, entis, *la défaite récente.*
Hora, æ, præceps, cipitis, *l'heure rapide (fugitive).*
Memoria, æ, iners, ertis, *la mémoire paresseuse.*
Planta, æ, vivax, acis, *la plante vivace.*
Regina, æ, clemens, mentis, *la reine clémente.*

Neutres.

Animal, is, patiens, entis, *l'animal patient.*
Collegium, ii, locuples, letis, *le collège riche.*
Consilium, i, audax, acis, *l'entreprise audacieuse.*
Pignus, oris, fallax, acis, *le gage trompeur.*
Odium, ii, vetus, eris, *la haine ancienne.*
Judicium, ii, multiplex, icis, *le jugement multiple.*
Monstrum, i, vorax, acis, *le monstre vorace.*
Præceptum, i, sapiens, entis, *le sage précepte.*
Semen, inis, uber, eris, *la semence féconde.*
Tempus, oris, præceps, cipitis, *le temps rapide.*

sur FORTIS.

Masculins.

Amicus, i, fidelis, e, *l'ami fidèle.*
Cervus, i, agilis, e, *le cerf agile.*
Conviva, æ, hilaris, e, *le gai convive.*
Hospes, pitis, comis, e, *l'hôte poli.*
Dies, ei, illustris, e, *le jour éclatant.*
Cibus, i, suavis, e, *le mets agréable.*
Odor, oris, suavis, e, *l'odeur suave.*
Serpens, entis, agilis, e, *le serpent agile.*

Féminins.

Cupressus, ûs, feralis, e, *le cyprès funèbre.*
Gens, entis, nobilis, e, *la famille illustre.*
Flamma, æ, mobilis, e, *la flamme mobile.*
Gratia, æ, salutaris, e, *la gráce salutaire.*
Viola, æ, humilis, e, *l'humble violette.*
Origo, inis, similis, e, *l'origine semblable.*
Pluma, æ, levis, e, *la plume légère.*

Neutres.

Ingenium, ii, sublimis, e, *l'esprit sublime.*
Brachium, ii, debilis, e, *le faible bras.*
Folium, ii, viridis, e, *la feuille verte.*
Suber, eris, levis, e, *le liége léger.*
Opus, eris, facilis, e, *l'ouvrage facile.*
Somnium, ii, brevis, e, *le songe court.*

sur CELEBER.

Masculins.

Exercitus, ûs, pedester, tris, tre, *l'armée de pied.*
Ager, gri, campester, tris, tre, *le champ de la plaine.*
Equus, i, acer, cris, cre, *le cheval ardent.*
Rex, regis, celeber, bris, bre, *le roi célèbre.*
Viator, oris, alacer, cris, cre, *le voyageur alerte.*

Féminins.

Ars, artis, equester, tris, e, *l'art équestre.*
Hora, æ, volucer, cris, e, *l'heure qui vole.*
Planta, æ, saluber, bris, e, *la plante salutaire.*

Pirus, i, silvester, tris, e, *le poirier sauvage.*
Arundo, inis, paluster, tris, e, *le roseau du marais.*

Neutres.

Prælium, ii, terrester, tris, e, *le combat terrestre (sur terre).*
Cœnum, i, paluster, tris, e, *la fange du marais.*
Malum, i, silvester, tris, e, *la pomme sauvage.*
Responsum, i, celer, eris, e, *la prompte réponse.*
Tonitru, u, celer, eris, e, *le tonnerre rapide.*

NOMS

SUIVIS DE DEUX ADJECTIFS

à décliner conjointement.

L'ami constant et fidèle.
Amicus, i, masc., *constans, antis, et, fidelis, e.*
Le champ aride et stérile.
Ager, gri, masc., *aridus, a, um, et, sterilis, e.*
L'arbre sauvage et touffu.
Arbor, oris, fém., *silvester, tris, tre, et, opacus, a, um.*
Le sommet élevé et verdoyant.
Cacumen, inis, neut., *summus, a um, et, viridans, antis.*
La femme rusée et babillarde.
Mulier, eris, fém., *callidus, a, um, et, loquax, acis.*
Le matelot audacieux et intrépide.
Nauta, æ, masc., *audax, acis, et, impavidus, a, um.*
Le combat inégal et acharné.
Pugna, æ, fém., *impar, aris, et, acer, cris, cre.*
L'avocat prolixe et bavard.
Causidicus, i, masc., *verbosus, a, um, et, loquax, acis.*
Le pommier verdoyant et fertile.
Malus, i, fém., *virens, entis, et, fecundus, a, um.*
Le sanglier furieux et menaçant.
Aper, pri, masc., *rabidus, a, um, et, minax, acis.*
Le songe vain et menteur.
Somnium, ii, neut., *inanis, e, et, mendax, acis.*
Le roi juste et clément.
Rex, regis, masc., *æquus, a, um, et, clemens, entis.*
L'hirondelle légère et voyageuse.
Hirundo, inis, fém., *volucer, cris, cre, et, vagus, a, um.*
La tête blanche et vénérable.
Caput, pitis, neut., *canus, a, um, et, venerabilis, e.*
La source limpide et sacrée.
Fons, fontis, masc., *limpidus, a, um, et, sacer, cra, crum.*
La famille ancienne et célèbre.

Gens, gentis, fém., *antiquus, a, um, et, celeber, bris, bre,*
Le témoin véridique et intègre.
Testis, is, masc., *verax, acis, et, integer, gra, grum.*
Le meurtre affreux et déplorable.
Cædes, is, fém., *atrox, ocis, et, flebilis, e.*
La mer écumante et profonde.
Mare, is, neut., *spumans, antis, et, altus, a, um.*
Le char prompt et rapide.
Currus, us, masc., *celer, eris, ere, et, præceps, cipitis.*
Le genou faible et tremblant.
Genu, u, neut., *debilis, e, et, tremens, entis.*
La chose caduque et périssable.
Res, ei, fém., *caducus, a, um, et, fugax, acis.*
Le chien fidèle et vigilant.
Canis, is, masc., *fidus, a, um, et, vigil, ilis.*
Le cadavre pâle et hideux.
Cadaver, eris, neut., *pallens, entis, et, deformis, e.*
Le jardinier actif et industrieux.
Olitor, oris, masc , *impiger, gra, grum, et, industrius, a, um.*
Le cerf tremblant et agile.
Cervus, i, masc., *pavens, entis, et, agilis, e.*
Le convive poli et enjoué.
Conviva, æ, masc., *comis, e, et, facetus, a, um,*
Le démon orgueilleux et rebelle.
Dæmon, monis, masc., *superbus, a, um, et, rebellis, e.*
Le flot enflé et menaçant.
Fluctus, us, masc., *tumidus, a, um, et, minax, acis.*
Le fleuve écumant et rapide.
Fluvius, ii, masc., *spumans, antis, et, rapidus, a, um.*
Le convoi triste et lugubre.
Funus, eris, neut., *mœstus, a, um, et, lugubris, e.*
Le baladin babillard et trompeur.
Histrio, onis, masc., *garrulus, a, um, et, fallax, acis.*
L'idole vaine et profane.
Idolum, i, neut., *inanis, e, et, profanus, a, um.*
Le portrait fidèle et animé.
Imago, inis, fém., *fidus, a, um, et, spirans, antis.*

EXERCICES VARIÉS

SUR LA DÉCLINAISON ET L'ACCORD DES ADJECTIFS ET DES NOMS.

NOMS ET ADJECTIFS EMPLOYÉS DANS LES EXERCICES.

Noms.

Animal, *animal, is,* neut.
Armée, *exercitus, ûs,* masc.
Bois, bocage, *nemus, nemoris,* n.
Chef, *dux, ducis,* masc.
Chêne, *quercus, ûs,* fém.
Cheval, *equus, i,* masc.
Chose, *res, rei,* fém.
Consul, *consul, consulis,* masc.
Contrée, *regio, regionis,* fém.
Corne, *cornu, u,* neut.
Divinité, *numen, numinis,* neut.
Douleur, *dolor, doloris,* masc.
Eau, *aqua, æ,* fém.
Enfant, *puer, pueri,* masc.
Ennemi, *hostis, hostis,* masc.
Esclave, *servus, i,* masc.
Fable, *fabula, æ,* fém.

Femme, *mulier, mulieris,* fém.
Feuillage, *frons, frondis,* fém.
Guerre, *bellum, i,* neut.
Jour, *dies, diei,* fém.
Laboureur, *agricola, æ,* masc.
Magistrat, *magistratus, ûs,* m.
Maître, *magister, tri,* masc.
Mer, *mare, is,* neut.
Montagne, *mons, montis,* masc.
Nation, *natio, nationis,* fém.
Père, *pater, tris,* masc.
Peuplier, *populus, i,* fém.
Renard, *vulpes, is,* fém.
Songe, *somnium, ii,* neut.
Spectacle, *spectaculum, i,* neut.
Tête, *caput, capitis,* neut.
Ville, *urbs, urbis,* fém.

Adjectifs.

Acharné, *acer, cris, cre.*
Admirable, *mirabilis, e.*
Audacieux, *audax, audacis.*
Beau, *pulcher, chra, chrum.*
Célèbre, *celeber, bris, bre.*
Diligent, *diligens, diligentis.*
Divin, *divinus, a, um.*
Élégant, *elegans, elegantis.*
Hardi, *audax, audacis.*
Haut, *altus, a, um.*
Heureux, *beatus, a, um.*
Heureux, prospère, *prosper, a, um.*
Impatient, *impatiens; impatientis.*
Libre, *liber, libera, liberum.*
Malheureux, *infelix, infelicis.*

Nouveau, *novus, a, um.*
Paresseux, *piger, pigra, grum.*
Pauvre, *pauper, pauperis,*
Perfide, *perfidus, a, um.*
Profond, *altus, a, um.*
Prompt, *celer, celeris, celere.*
Prospère, *prosper, a, um.*
Puissant, *potens, potentis.*
Rapide, *celer, celeris, celere.*
Sacré, *sacer, cra, crum.*
Saint, *sanctus, a, um.*
Sanglant, *cruentus, a, um.*
Salutaire, *saluber, bris, bre.*
Semblable, *similis, e.*
Utile, *utilis, e.*
Vert, *viridis, e.*
Vif, *acer, cris, cre.*

3

EXERCICES.

22. Le laboureur diligent et heureux. — Les heureux laboureurs de la belle contrée. — *Je plains le sort* (1) des malheureux laboureurs *dans* (2) les contrées pauvres. — *J'ai lu* (3) de belles fables. — *J'étudie* (4) les fables élégantes et utiles. — *Dans* (2) les fables nouvelles. — L'eau salutaire. — Les eaux salutaires. — A l'eau rapide et salutaire. — *Dans* (2) l'eau rapide et salutaire. — Dans les eaux rapides et salutaires.— *J'ai vu* (5) le cheval impatient et rapide du chef illustre, les chevaux impatients et rapides des chefs illustres.

23. O malheureux esclave! — *Je plains le sort* (1) des esclaves diligents, pauvres et malheureux. — *Je vois* (6) les hauts peupliers et les chênes verts des bois sacrés.— O enfant divin! — *Par* (7) l'enfant divin. — Aux enfants diligents. — Les maîtres illustres des enfants diligents. — Les choses utiles aux maîtres et aux enfants. — La guerre sanglante et acharnée. — Les guerres sanglantes et acharnées. — *Dans* (2) les guerres malheureuses. — Dans les songes heureux.

24. O spectacle malheureux des guerres sanglantes et acharnées! — Au consul célèbre de la nation libre. — *Dans* (2) les contrées pauvres et libres. — Au père de l'enfant diligent. — Les enfants paresseux des malheureux pères. — Les chefs diligents et hardis des armées célèbres.— *Par* (8) une vive douleur.— *Par* de vives douleurs. — J'admire (9) la tête élégante et le beau feuillage des hauts peupliers. — A la femme élégante et belle. — Aux femmes élégantes et belles.— *Je loue* (10) la divinité sainte et puissante.

25. O seigneur saint et puissant! — Dans la ville nouvelle. — A la ville sainte. — Aux magistrats puissants des villes libres. — Des choses splendides. — Dans l'armée tranquille. — *Par* (11) un ennemi audacieux et

(1) Doleo sortem, *acc.* — (2) In, *abl.* — (3) Legi, *acc.*— (4) Studeo, *datif.* — (5) Vidi, *acc.* — (6) Video, *acc.* — (7) A, *abl.* — (8) *Se rend par l'abl.* — (9) Miror, *acc.* — (10) Laudo, *acc.* —(11) Ab, *abl.*

acharné. — *J'ai vu* (1) le hardi renard dans le bois de la montagne, dans les bois des montagnes. — Dans la mer profonde. — Dans les mers profondes. — *Fuyez* (2) les mers profondes et perfides. — *Par* (3) un animal audacieux et perfide. — *Fuyez* (2) la corne de l'animal perfide, les cornes des animaux audacieux et perfides.

26. Dans les jours malheureux de la guerre sanglante, des guerres sanglantes. — Dans les choses semblables. — Dans la chose admirable et belle. — Aux choses élégantes et nouvelles des jours heureux. — Aux chefs perfides des nations puissantes. — O songes heureux des jours rapides! — *Par* (3) une armée puissante. — Le spectacle admirable de la mer profonde.—*Je conduis* (4) l'animal impatient et rapide, les animaux rapides et impatients. — Par un animal perfide. — Dans les choses sanglantes de la guerre. — Je respecte (5) les choses sacrées. — *Je respecte* les magistrats puissants des villes libres. — Aux pères malheureux des enfants paresseux.

REMARQUE.

Un verbe placé entre le nom et l'adjectif n'empêche pas l'accord. — Ex. : La rose est belle; *rosa est pulchra.*—Les temples sont saints; *templa sunt sancta.*—La terre paraît ronde ; *terra videtur rotunda.*

EXERCICES.

27. La vertu est (*est*) aimable.—Les vertus sont (*sunt*) aimables. — Le fardeau est pesant. — Les fardeaux sont pesants.— Les hommes sont mortels.— Le vin est salutaire. — Le lion est cruel. — Les lions sont cruels. — Les enfants deviendront (*fient*) savants. — Les fruits deviendront mûrs. — Mon oncle est riche. — Mes oncles sont riches. — Alexandre (6) fut appelé (7) grand. — Les fruits (8) semblent (9) mûrs.

28. La discorde est nuisible. — La victoire est glo-

---

(1) Vidi, *acc.* — (2) Fugite, *acc.*—(3) A, *abl.*, — (4) Duco, *acc.*—(5) Veneror, *acc.*—(6) Alexander, dri, *masc.*—(7) Vocatus est. — (8) Poma, orum.—(9) Videntur.

rieuse. — Les victoires sont glorieuses. — L'abeille est laborieuse. — Les abeilles sont laborieuses. — Le taureau est vigoureux. — Les brebis sont douces. — Les lièvres sont timides. — Les cerfs sont légers. — Les loups sont féroces. — Les chiens sont fidèles. — Les animaux sont utiles. — Le poëte est devenu (*factus est*) célèbre. — Les poëtes sont devenus (*facti sunt*) célèbres. — Mes (1) sœurs sont devenues (*factæ sunt*) savantes. — Les arts paraissent (2) nécessaires.

PRONOMS.

PRONOMS PERSONNELS.

Les *pronoms personnels* sont ceux qui désignent les personnes (3).

Ces pronoms sont :

1° Pour la première personne, *ego*, moi, je ; pluriel, *nos*, nous ;

2° Pour la deuxième personne, *tu*, te, toi, tu ; pluriel, *vos*, vous ;

3° Pour la troisième personne, le pronom réfléchi *suî*, *sibi*, *se*, se, soi, lui ; le pronom adjectif *is*, *ea*, *id*, lui, elle, cela, et quelques autres. (Ces pronoms sont déclinés dans la grammaire.)

La politesse française veut que nous disions quelquefois *vous* à une seule personne ; en latin, on doit toujours se servir de *toi* avec le singulier. On n'emploie *vous* et le pluriel qu'en parlant à plusieurs personnes.

EXERCICES

Sur les pronoms personnels.

29. De moi. — De toi. — De nous. — D'eux. — A moi. — A toi. — A vous — A eux. — A elles. — A soi. — Dans (*in*, abl.) nous. — Dans vous. — Dans eux. — Dans toi. — Par (*a*, *ab*, abl.) toi. — Par vous. — Par nous. — Par elles. — A vous. — Moi, je vaincrai (*vincam*). — Nous sommes (*sumus*) chez vous (*apud*, acc.), chez eux, chez elles, chez toi. — Je parle de (*loquor de*, abl.) toi, de moi, de lui, d'elle, de vous, de nous, d'eux, d'elles.

50. Je te vois (je vois toi — *video*, acc.). — Je l'ai vu

---

(1) Meus, a, um. — (2) Videntur. — (3) Voir page 5.

(j'ai vu lui, *vidi*). — Je les vois (je vois eux). — Je l'aime (j'aime lui — *diligo*, acc.). — Je vous nuis (je nuis à vous — *noceo*, dat.); je leur nuis (je nuis à eux). — Je te nuis (je nuis à toi). — Je le dis (je dis cela, *dico, is, ea, id*). — Tu l'as fait (tu as fait cela, *fecisti*). — Je vous loue (je loue vous — *laudo*, acc.). — Je les loue (je loue eux, elles).

51. Dieu aura pitié de nous (*Deus miserebitur*, gén.). — Vous nous louez (vous louez nous, *laudatis*, acc.). — Il n'est pas maître de lui (de soi, *non est compos*, gén.). — Il se flatte (il flatte soi, *blanditur*, dat.). — Ils ne sont pas maîtres d'eux (de soi, *non sunt compotes*, gén.). — Ils se louent (ils louent soi, *laudant*, acc.). — Ils se flattent (ils flattent soi, *blandiuntur*, dat.). — Chacun pense à soi (*quisque cogitat de*, abl.). — Il s'occupe de (*cogitat de*) lui. — Elle s'occupe d'elle-même, etc....

Ou ajoute souvent la particule *met* à ces pronoms, pour signifier *même*. Ainsi on dit : *egomet, memet*, moi-même; *temet*, toi-même; *semetipsum*, soi-même. On dit aussi *tute*, *meme* et *sese*, le plus usité de tous.

PRONOMS ADJECTIFS DÉMONSTRATIFS.

Ces pronoms adjectifs sont :

1° *Is, ea, id*, il, elle, ce, cette, ce, cela, employé aussi comme pronom personnel de la troisième personne;

2° *Hic, hæc, hoc*, ce, cette, ce, celui-ci, celle-ci, cela, employé pour désigner les personnes ou les choses les plus rapprochées;

3° *Ille, illa, illud*, celui-là, celle-là, cela, employé pour désigner les personnes ou les choses les plus éloignées;

4° *Ipse, ipsa, ipsum*, employé pour rendre *même* placé après le nom ou le pronom : — Moi-même, toi-même, lui-même, cela même; l'homme même, les animaux mêmes, etc.;

5° *Idem, eadem, idem*, employé pour rendre *même* placé devant le nom ou le pronom avec une idée d'identité, de ressemblance; — Le même, la même; le même homme, la même chose, les mêmes soldats, etc.... (Ils sont déclinés dans la grammaire.)

A décliner :

Cette même ville.
Hæc eadem urbs, fém.

Ce roi lui-même.
Hic rex ipse, masc.

Ce même esclave.

Hoc idem mancipium, neut.

Cette même alliance.

Hoc idem fœdus, neut.

Ce voyage nécessaire.

Id iter necessarium, neut.

Ce juge intègre lui-même.

Hic judex, integer ipse, masc.

Cette nation indomptée.

Illa gens indomita, fém.

Ce crime horrible.

Istud facinus horrendum, neut.

Cette terre fertile elle-même.

Hæc ipsa fertilis terra.

Cette même blessure.

Hoc idem vulnus, neut.

EXERCICES VARIÉS.

32. J'ai pitié (1) de cet homme (2), de cette femme (3), de cet esclave (4), de ces hommes, de ces femmes, de ces esclaves. — J'ai pitié de lui, d'elles, d'eux-mêmes, d'elles-mêmes. — Je préfère (5) cet homme-ci à cette femme-là. — A cause de (6) lui, à cause d'elle, à cause d'eux-mêmes, à cause d'elles-mêmes. — Je préfère ces esclaves-ci à ces hommes-là. — Je parle des (7) mêmes hommes, je parle des mêmes esclaves.

33. A cause des mêmes hommes, des mêmes femmes, des mêmes esclaves. — Sans (8) eux, sans ceux-ci, sans celles-là. — Semblable (9) à ces hommes, à ces esclaves. — Pour (10) les mêmes hommes, pour les femmes elles-mêmes. — Des mêmes hommes, des mêmes femmes, des mêmes esclaves. — J'aime (11) les hommes eux-mêmes, les femmes elles-mêmes, les esclaves eux-mêmes. — Pour l'homme même, pour la femme même, pour l'esclave même. — Etc.

PRONOMS ADJECTIFS POSSESSIFS.

Ces pronoms sont :

1° *Meus, mea, meum,* le mien, la mienne, le mien, sur lequel se déclinent *tuus, a, um,* le tien, la tienne, le tien; *suus, sua, um,* le sien, la sienne, le sien, et *cujus, a, um,* à qui;

2° *Noster, nostra, nostrum,* le nôtre, la nôtre, le nôtre, sur lequel se décline *vester, vestra, vestrum,* le vôtre, la vôtre, le vôtre (12);

(1) Misereor, *gén.* — (2) Homo, inis, *masc.* — (3) Mulier, eris, *fém.* — (4) Mancipium, ii, *neut.* — (5) Antepono, *acc.* — (6) Propter, *acc.* — (7) Loquor de, *abl.* — (8) Sine, *abl.* — (9) Similis, *dat.* — (10) Pro, *abl.* — (11) Diligo, *acc.* — (12) Meus *fait* ô mi *au vocatif.* Tous les autres, excepté *noster,* n'ont point de vocatif.

3° *Suus, a, um* signifie *son, sa, ses,* et *leur, leurs,* adjectifs possessifs. *Liber suus, libri sui* veulent dire *son livre* et *ses livres* si l'on ne
parle que d'une seule personne, et *leur livre, leurs livres* quand on
parle de plusieurs.

A décliner :

Mon parent pauvre.
Meus parens inops, masc.
Ta tendre mère.
Tua tenera mater, fém.
Son ouvrage parfait.
Suum opus perfectum, neut.
Notre aïeul malade.
Noster avus æger, masc.
Votre fidèle image.
Vestra fidelis imago, fém.

Ma vie heureuse.
Mea vita felix, fém.
Ton temps précieux.
Tuum tempus pretiosum, neut.
Sa patrie lointaine.
Sua longinqua patria, fém.
Notre ami constant.
Noster amicus constans, masc.
Votre troupe audacieuse.
Vestrum agmen audax, neut.

EXERCICES VARIÉS.

34. Mon frère. — Ta sœur. — Son bras. — O mon
frère! — O mon bras! — De mes frères. — De mes
sœurs. — De mes bras. — Aux miens. — Aux miennes.
— Dans ma patrie. — A cause de vos défauts. — Je préfère vos livres aux miens. — Vous êtes mes filles. —
J'aime mes enfants. — Je parle de (*loquor de*, abl.) nos
affaires. — Il parle de (*loquitur de*, abl.) ses travaux.

35. A qui est (*cujus, a, um*) ce troupeau? — Pour tes
frères. — Je vois mes prés, mes champs et nos moissons.
— Un père aime ses enfants. — Tu chéris ton père, ta
mère, tes oncles, tes tantes. — Il était semblable à son
père; il sera semblable à sa mère. — Nous serons semblables à nos frères, à nos sœurs. — Ces troupeaux sont
à nous (*sont les nôtres*). — Nos esclaves eux-mêmes. —
Dans nos mêmes sentiments. — O mon père, je te chéris (*diligo*).

PRONOM ADJECTIF RELATIF.

Ce pronom est *qui, quæ, quod,* qui, lequel, laquelle, que, dont, etc.
Il marque la *relation* du mot qui précède et auquel il se rapporte
avec les mots qui suivent. — Le mot qui précède le relatif et auquel
il se rapporte se nomme *antécédent.*

RÈGLES

Concernant l'emploi de *qui, quæ, quod.*

Qui, quæ, quod s'accorde toujours avec son antécédent en *genre* et en *nombre*, mais non en *cas*. Il se met à différents cas, suivant le rôle qu'il joue dans la phrase.

1° Le QUI français est toujours le sujet d'une nouvelle proposition et doit, par conséquent, se mettre au nominatif en latin. — Ex. *Amo Deum qui est bonus;* j'aime Dieu *qui* est bon. (*Amo Deum qui* (*Deus*) *est bonus.*)

2° Le pronom français QUE étant toujours le complément d'un verbe, doit prendre le cas que demande le verbe. — Ex. *Faveo virtuti quam colis;* je favorise la vertu *que* vous pratiquez. (*Faveo virtuti quam* (*virtutem*) *colis.*)

3° DONT, DUQUEL, DE LAQUELLE, DESQUELS, etc. sont aussi des compléments, et doivent, par conséquent, prendre le *cas* que demande le mot qui les régit.

EXERCICES.

56. Le père qui. — La mère qui. — L'esclave qui. — Les pères qui. — Les mères qui. — Les esclaves qui. — A la race qui. — Dans le temple qui. — Des pères qui. — Aux esclaves qui. — Je vois les roses qui sont belles. — Je suis loué des (*laudor ab,* abl.) hommes qui sont justes. — Par les esclaves qui sont laborieux. — Par les femmes qui sont modestes. — J'ai pitié (*misereor,* gén.) des pauvres que je vois, des esclaves que je vois. — J'admire (*miror,* acc.) les femmes qui sont modestes.

57. Semblable à l'esclave qui..., au père qui..., aux temples qui.... — Je parle de la vertu qui est aimable. — Je préfère les livres qui sont utiles aux ouvrages (*opus, eris,* neut.) qui sont dangereux. — Enfants, écoutez (*audite,* acc.) la voix du maître qui instruit (*docet*), des maîtres qui instruisent (*docent*). — Nous admirons (*miramur,* acc.) le soleil qui éclaire (*illuminat,* acc.), la lune qui éclaire, les astres qui éclairent (*illuminant*), la terre que nous habitons (*incolimus,* acc.).

38. L'enfant *que* j'aime (*amo,* acc.). — Dans le livre que tu lis (*legis,* acc.). — Semblable aux roses que tu cueilles (*legis,* acc.). — L'Europe (*Europa, æ*) que nous habitons, (*incolimus,* acc.). — Les livres dont (desquels) tu te sers (*uteris*, abl.). — Les arts (*artes*, fém.) que tu étudies (*studes*, dat.). — La vertu que tu pratiques. — La chose que tu as vue. — Les choses que nous avons vues. — Les esclaves que tu as délivrés, etc.

COMPOSÉS DE *qui*.

(*Quidam*, *quædam*, *quoddam*, un certain, une certaine, un certain.)

Quidam sert aussi à exprimer *un* lorsque ce mot signifie *un certain*. Ex. Un homme avait deux fils; *vir quidam habebat duos filios*.

59. A un certain homme. — D'une certaine femme. — Certains esclaves. — De certains hommes. — J'aime certains enfants. — Le goût (*sapor*) de certains fruits (*pomum*, *i*). — Dans certaines choses. — Pour certains hommes. — J'aime certains fruits.

(*Quicumque*, *quæcumque*, *quodcumque*, quiconque, quelconque.)

40. Un homme quelconque. — Une femme quelconque. — Un esclave quelconque. — J'aime quiconque. — Avec (*cum*, abl.) quiconque. — (Au pluriel, *quicumque* signifie tous ceux qui...; *quæcumque*, *quæcumque*, toutes celles qui, toutes les choses qui.) — Tous ceux que vous voyez. — Toutes celles que vous voyez. — Toutes les choses qu'il fait (*agit*).

(*Quilibet*, *quælibet*, *quodlibet. Quivis*, *quævis*, *quodvis*, qui l'on veut, qui l'on voudra.)

41. A qui l'on voudra. — Envoyez (*mitte*, acc.) qui vous voudrez. — A la femme qu'on voudra. — Je louerai (*laudabo*, acc.) qui l'on voudra, ceux qu'on voudra, celles qu'on voudra. — Je dirai (*dicam*, acc.) ce que l'on voudra. — Je conduirai (*ducam*, acc.) les esclaves qu'on voudra, les animaux qu'on voudra.

Qui, INTERROGATIF (*quis*, *quæ*, *quid* et *quod*).

Quis, *quæ*, *quid* et *quod* avec un nom — quel, quelle, quelle chose, quoi?

42. Quel homme? — Quelle femme? — Quel exemple? — Quoi? — A quel homme? — A quelle femme? — Par quels exemples? — Quelles femmes voyez-vous (*videtis*, acc.)? — Quels hommes voyez-vous? — Quels exemples voyez-vous? — Qui a fait (*fecit*, acc.) cela (*is, ea, id*)? — Qu'as-tu fait (*fecisti*)? — Que dis-tu (*dicis*, acc.)?

COMPOSÉ DE quis.

Quisnam, quænam, quodnam — *quispiam, quæpiam, quodpiam* — qui, quel, quelle? — *Quisque, quæque, quodque;* chacun, chacune, chaque chose.

43. De chacun. — De chaque chose. — Quel homme? — A chacun. — A quel homme? — Quels hommes, quelles femmes? — Par quel chemin (*via, æ*, fém.)? — Par quels exemples? — Qui aimez-vous (*amas*, acc.)? — Quels hommes, quelles femmes, quels esclaves avez-vous vus (*vidisti*, acc.)? — A chaque femme. — A chaque esclave. — Chacun vint (*venit*).

Quisquis, quidquid, qui que ce soit, tout ce qui (les deux mots se déclinent). Il n'a que les cas suivants : *cuicui*, à qui que ce soit ; *quoquo*, de qui que ce soit qui ; tous ceux, *quosquos*.

Aliquis, aliqua, aliquod et *aliquid*, quelqu'un, quelqu'une, quelque chose.

44. De quelqu'un. — A quelqu'un. — Par quelqu'une. — Faire (*agere*, acc.) quelque chose. — Parler à quelqu'un (*loqui cum*, abl.). — Parler de quelqu'un (*loqui de*, abl.), de quelque chose.

Au pluriel, devant un nom de choses qui se comptent, on se sert de *aliquot*, indécl.

Ecquis, ecqua, ecquod et *ecquid*, quel, quelle, quoi.

Unusquisque, unaquæque, unumquodque, chacun, chacune ; gén. *uniuscujusque*, dat. *unicuique*, etc.

De quelqu'un. — A chacun. — Vers (*ad*, acc.) chacun.

—Pour (*pro*, abl.) chacun, pour chacune. — Chaque chose, etc....

RÉCAPITULATION GÉNÉRALE.

NOMS, ADJECTIFS ET PRONOMS.

45. Je préfère (1) la frugalité des pasteurs et des laboureurs à la mollesse des habitants des villes. — Le coucher du soleil, le lever de la lune et des astres, annoncent (2) la fin du jour et le commencement de la nuit. — Les sages et divins préceptes de la religion chrétienne sont (3) la véritable source des vertus humaines. — Les cerfs timides et légers habitent (4) les forêts vertes et profondes; ils fuient (5) la poursuite des chiens et des chasseurs. — La vertu que tu pratiques (6) est avantageuse à toi et à chacun.

46. Les mers profondes et agitées deviennent (7) souvent le lugubre tombeau de nos courageux matelots et de nos riches navires. — Les travaux de l'écolier ne sont pas (8) semblables aux travaux du maître; ils lisent (9) cependant les mêmes livres et étudient (10) les mêmes sciences. — Certaines femmes, certains enfants même ont montré (11) un grand courage dans certains dangers. — Que voyez-vous (12)? Le soleil qui nous éclaire (13), les arbres qui croissent (14), les animaux qui nous servent (15), toutes ces choses sont (16) les œuvres d'un Dieu bon et puissant. — Dans vos jeux et dans vos travaux, mêlez (17) toujours l'agréable à l'utile.

VERBES.

De même que les noms se rapportent tous à un certain nombre de

---

(1) Antepono, *acc.* — (2) Indicant, *acc.* — (3) Sunt. — (4) Incolunt, *acc.* — (5) Fugiunt, *acc.* — (6) Colis, *acc.* — (7) Fiunt. — (8) Non sunt. — (9) Legunt, *acc.* — (10) Student, *dat.* — (11) Ostenderunt, *acc.* — (12) Vides, *acc.* — (13) Tournez *qui éclaire nous*, illuminat, *acc.* — (14) Crescunt. — (15) Tournez *qui servent nous*, famulantur, *dat.* — (16) Sunt. — (17) Misce, *acc.*

modèles appelés *déclinaisons*, tous les verbes latins se rapportent aussi à quatre classes principales qu'on appelle *conjugaisons*.

On reconnaît par la terminaison de l'*infinitif* et de la seconde personne du présent de l'*indicatif* à laquelle des quatre conjugaisons appartient un verbe.

Voici les temps primitifs des quatre conjugaisons modèles :

	Prés. de l'ind.		Parfait.	Supin.		Infinitif.	
1re CONJUG.	Amo,	AS	Amavi	Amatum	Am	ARE	*Aimer.*
2e CONJUG.	Moneo,	ES	Monui	Monitum	Mon	ERE	*Avertir.*
3e CONJUG.	Lego,	IS	Legi	Lectum	Leg	ERE	*Lire.*
(b s.)	(Accipio,	IS)	(Accèpi)	(Acceptum)	(Accip	ERE)	(*Recevoir*).
4e CONJUG.	Audio,	IS	Audivi	Auditum	Aud	IRE.	*Entendre.*

A l'aide de deux terminaisons caractéristiques, l'élève reconnaîtra bientôt la conjugaison à laquelle appartient un verbe.

Mais il est des verbes qui, appartenant à une conjugaison, s'éloignent cependant dans quelques temps ou dans quelques personnes des modèles de conjugaison donnés par la grammaire. Ce sont les verbes appelés *verbes irréguliers*. Ainsi, le verbe *voco, vocas, vocavi, vocatum, vocare*, appeler, est un verbe *régulier*, parce qu'il se conjugue absolument comme le modèle *amo*. Mais le verbe *do, das, dedi, datum, dare*, donner, est *irrégulier* dans son parfait, et par suite dans les temps qui en sont formés. Le verbe *domo, domas, domui, domitum, domare*, dompter, est *irrégulier* dans son parfait et dans son supin, ainsi que dans les temps qui en sont formés.

Voilà pourquoi il importe, afin de conjuguer facilement tous les verbes, non-seulement de bien connaître le modèle de la conjugaison, mais encore les temps primitifs du verbe qu'on veut conjuguer, et les règles de formation des temps telles que nous les donnons ci-après.

Rien n'est plus important aussi que la conjugaison fréquente de vive voix et par écrit de verbes nombreux et de formes variées, afin de se bien familiariser avec les principes de la conjugaison latine.

L'élève devra toujours, dans les commencements, indiquer, avant chaque temps, s'il est *primitif* ou de quel temps primitif il dérive.

C'est afin de faciliter l'exercice fondamental de la conjugaison latine, que nous donnons ci-après des listes nombreuses et variées de verbes appartenant à chacune des quatre conjugaisons, actifs et neutres, réguliers et irréguliers.

Nous allons d'abord commencer par le verbe *sum*, qui est, dans toutes les langues, le fondement de la conjugaison des autres verbes.

VERBE *SUM.*

Sum, es, fui, esse, Être.

(Voir ce verbe dans *la Grammaire.*)

COMPOSÉS DE *Sum.*

Ces verbes sont composés d'une préposition et du verbe **Sum.**

Adsum, ades, adfui, adesse, *être présent.*
Absum, abes, abfui, abesse, *être absent.*
Desum, dees, defui, desse, *manquer à.*
Insum, ines, —, inesse, *être dans.*
Intersum, interes, interfui, interesse, *assister à.*
Obsum, obes, obfui, obesse, *nuire, être nuisible.*
Præsum, præes, præfui, præesse, *commander, présider, être
    à la tête de.*
Subsum, subes, subfui, subesse, *être dessous.*
Supersum, superes, superfui, superesse, *rester, survivre.*
Prosum, prodes, profui, prodesse, *être utile, servir à.*

Le verbe *prosum* prend un *d* devant les temps du verbe *Sum* qui
commencent par une voyelle : *proderam, prodesse.*

RÈGLE GÉNÉRALE POUR TOUS LES VERBES.

Ego sum.

Tout verbe s'accorde en nombre et en personne avec son nominatif
ou sujet. **Ex.** Je suis, *ego sum.* (*Ego* est du singulier ; *sum* est aussi
du singulier. *Ego* est de la première personne ; *sum* est aussi de la
première personne.)

Vous êtes, *tu es* ; il est, *ille est* ; nous sommes, *nos sumus* ; vous
êtes, *vos estis* ; ils sont, *illi sunt.*

Cette règle regarde également tous les autres verbes.

Le *pronom sujet* est presque toujours sous-entendu devant le
verbe.

EXERCICES VARIÉS

Sur le verbe *Sum* et ses composés.

47. Nous étions. — Vous serez. — Qu'ils aient été. —
Que j'eusse été. — Vous seriez. — Soyez. — Qu'il soit. —

Devant être. — Avoir été. — Qu'ils eussent été. — Soyons.
— Qu'ils soient. — Avoir dû être. — J'avais présidé. —
Tu manqueras. — Nous nuisons. — Vous aurez com-
mandé. — Qu'ils fussent restés (1). — Que je servisse.
— Que j'assiste. — Tu serais présent. — Avoir dû être
absent.

48. Devoir nuire. — Avoir été à la tête de. — Il
commandait. — Nous sommes restés. — Vous avez survécu. — Soyez utiles. — Qu'ils aient été dessous. — Être
dans. — Devant servir à. — J'aurais présidé. — Tu es
présent. — Qu'il eût été absent. — Nous assistions à. —
Être nuisible. — Devoir commander. — Que vous res-
tiez. — Qu'ils survivent. — Avoir été utile. — J'ai été
dessous. — Que j'aie été dans. — Tu aurais servi. — Devoir présider. — Devant survivre.

49. Il aura été présent. — Que nous fussions absents.
— Ils avaient assisté. — J'aurai nui. — Tu commande-
rais. — Il y a une mesure (une mesure, *modus*, est) dans
les choses. — Vous êtes frères. — Tu étais riche; nous
étions pauvres. — Qu'il soit bon. — Sois-moi propice. —
Il y eut des rois (des rois furent). — Il y a des hommes
qui.... — Il y a un Dieu bon et puissant (un Dieu bon et
puissant est).

RÈGLE.

Les composés de *sum* veulent leur complément au datif, excepté
absum qui veut l'ablatif avec *a* ou *ab*.

50. Il assistait au spectacle. — Ils sont absents de la
ville. — Tu manquais à l'appel. — Nous avons survécu à
cette défaite. — Sois utile à tes semblables. — Nous aurions assisté à ce repas. — Je souhaiterais que (*optarem*,
ut, subj.) mon père me survécût. — Les écoliers ont
manqué au même devoir. — Les vestales (*vestalis*, *is*)
présidaient au feu sacré.

___

(1) Le verbe *rester*, comme la plupart des verbes neutres français, se conjugue avec l'auxiliaire *être* au lieu de l'auxiliaire *avoir*, dans ses temps composés. Ainsi l'on dit, *je suis resté, nous serons restés,* pour *j'ai resté, nous aurons resté.*

RÈGLES DE FORMATION DES TEMPS

DANS LES VERBES LATINS.

Les verbes actifs ont deux espèces de temps : 1° les TEMPS PRIMITIFS ; 2° les TEMPS DÉRIVÉS.

Les *temps primitifs* sont ceux qui servent à former les autres. Les *temps dérivés* sont ceux qui *dérivent* des temps *primitifs*, c'est-à-dire qui en sont formés.

Voilà pourquoi, en cherchant un verbe dans le dictionnaire, il faut avoir grand soin d'en remarquer les temps primitifs, et faire en sorte de les retenir.

Les *temps primitifs* sont : 1° le *présent de l'indicatif;* 2° le *parfait;* 3° le *supin;* 4° l'*infinitif.*

Nous allons voir quels temps *dérivés* se forment de chaque temps *primitif.*

———

FORMATION DES TEMPS

DANS LES VERBES ACTIFS.

PREMIÈRE RÈGLE.

LE PRÉSENT DE L'INDICATIF

forme *cinq* temps, savoir :

1° L'IMPARFAIT DE L'INDICATIF, en changeant *o* en *abam* pour la première conjugaison, *eo* en *ebam* pour la seconde, et *o* en *ebam* pour les deux autres. — *Amo, amabam.*—*Moneo, monebam.* — *Lego, legebam.* — *Audio, audiebam.*

2° Le FUTUR DE L'INDICATIF, en changeant *o* en *abo* pour la première conjugaison, *eo* en *ebo* pour la seconde, et *o* en *am* pour les deux autres. — *Amo, amabo.* — *Moneo, monebo.* — *Lego, legam.* — *Audio, audiam.*

3° Le PRÉSENT DU SUBJONCTIF, en changeant *o* en *em* pour la première conjugaison, et *o* en *am* pour les trois autres. — *Amo, amem.* — *Moneo, moneam.* — *Lego, legam.* — *Audio, audiam.*

4° Le PARTICIPE PRÉSENT, en changeant *o* en *ans* pour la première conjugaison, *eo* en *ens* pour la seconde, et *o* en *ens* pour les deux autres. — *Amo, amans.* — *Moneo, monens.* —*Lego, legens.* — *Audio, audiens.*

5° Les GÉRONDIFS, en changeant *o* en *andi, andum, ando* pour la première conjugaison, *eo* ou *o* en *endi, endum, endo* pour les trois autres. — *Amo, amandi, amandum, amando.* — *Moneo, monendi, monendum, monendo.* — *Lego, legendi, legendum, legendo.* — *Audio, audiendi, audiendum, audiendo.*

DEUXIÈME RÈGLE.

LE PARFAIT

forme *cinq* temps, savoir :

1° Le PLUS-QUE-PARFAIT DE L'INDICATIF, en changeant *i* en *eram.* — *Amavi, amaveram.* — *Monui, monueram.* — *Legi, legeram.* — *Audivi, audiveram.*

2° Le FUTUR PASSÉ, en changeant *i* en ero. — *Amavi, amavero.* — *Monui, monuero.* — *Legi, legero.* — *Audivi, audivero.*

3° Le PARFAIT DU SUBJONCTIF, en changeant *i* en *erim.* — *Amavi, amaverim.* — *Monui, monuerim.* — *Legi, legerim.* — *Audivi, audiverim.*

4° Le PLUS-QUE-PARFAIT DU SUBJONCTIF, en changeant *i* en *issem.* — *Amavi, amavissem.* — *Monui, monuissem.* — *Legi, legissem.* — *Audivi, audivissem.*

5° Le PARFAIT DE L'INFINITIF, en changeant *i* en *isse.* — *Amavi, amavisse.* — *Monui, monuisse.* — *Legi, legisse.* — *Audivi, audivisse.*

TROISIÈME RÈGLE.

LE SUPIN

forme *quatre* temps, savoir :

1° Le FUTUR DE L'INFINITIF (1), en changeant *um* en *urum, uram esse.* — *Amatum, amaturum, uram esse.* — *Monitum, moniturum, uram esse.* — *Lectum, lecturum, uram esse.* — *Auditum, auditurum, uram esse.*

2° Le FUTUR PASSÉ DE L'INFINITIF, en changeant *um* en *urum, uram fuisse.* — *Amatum, amaturum, uram fuisse.* — *Monitum, moniturum, uram fuisse.* — *Lectum, lecturum, uram fuisse.* — *Auditum, auditurum, uram fuisse.*

3° Le PARTICIPE FUTUR ACTIF, en changeant *um* en *urus, ura, urum.* — *Amatum, amaturus, a, um.* — *Monitum, moniturus,*

---

(1) Le *futur* et le *futur passé* de l'infinitif ne sont autre chose que les accusatifs masculins, féminins ou neutres du *participe futur actif.* Cependant, comme ce temps lui-même dérive du *supin,* nous croyons pouvoir faire aussi dériver ces temps du *supin,* afin de bien montrer aux élèves : *que tous les temps dérivés se forment des temps primitifs.*

a, um. — *Lectum, lecturus, a, um.* — *Auditum, auditurus, a, um.*

4° Le PARTICIPE PASSÉ PASSIF, en changeant *m* en *s.* — *Amatum, amatus, a, um.* — *Monitum, monitus, a, um.* — *Lectum, lectus, a, um.* — *Auditum, auditus, a, um.*

QUATRIÈME RÈGLE.

L'INFINITIF

forme *deux* temps, savoir :

1° L'IMPÉRATIF, en retranchant *re.* — *Amare, ama.* — *Monere, mone.* — *Legere, lege.* — *Audire, audi.* (Il faut excepter de cette règle les trois verbes *dicere, ducere, facere,* qui font, à l'impératif, *dic, duc, fac.*)

2° L'IMPARFAIT DU SUBJONCTIF, en ajoutant *m.* — *Amare, amarem.* — *Monere, monerem.* — *Legere, legerem.* — *Audire, audirem.*

FORMATION DES TEMPS

DANS LES VERBES PASSIFS.

Les verbes passifs ont deux espèces de temps : 1° les *temps simples,* comme le présent *amor,* l'imparfait *amabar,* le futur *legar,* etc.; 2° les *temps composés,* qui se forment du participe passé, auquel on ajoute l'auxiliaire *sum, fui, eram,* etc. — Ex. : *Amatus sum,* j'ai été aimé. — *Monitus eram, auditus sim,* etc.

PREMIÈRE RÈGLE.

Les temps *simples* du passif se forment des mêmes temps de l'actif en ajoutant *r* à ceux qui sont terminés par un *o* (*Amo, amor.* — *Monebo, monebor,* etc.); et en changeant *m* en *r* aux temps de l'actif qui sont terminés par *m* (*Amabam, amabar.* — *Monerem, monerer.* — *Legam, legar,* etc.).

DEUXIÈME RÈGLE.

On a vu que le *participe passé passif* se forme du *supin actif* en changeant *um* en *us.* — *Amatum, amatus.* — *Auditum, auditus,* etc.

REMARQUES.

1° L'*impératif passif* est toujours semblable à l'*infinitif actif*. Ex. : *Amare*, sois aimé. — *Monere*, sois averti. — *Legere*, sois lu. — *Audire*, sois entendu.

2° La seconde personne du pluriel de l'*impératif* est toujours semblable à la même personne du *présent de l'indicatif*.

3° Le *supin passif* se forme du *supin actif* en y retranchant *m*. Ex. : *Amatum, amatu.* — *Monitum, monitu,* etc.

VERBES ACTIFS.

On appelle verbes *actifs* ceux qui sont terminés en *o*, et qui ont un *passif.* Ils expriment une action faite par le sujet et reçue par un complément direct. — Ex. *Pierre aime Paul.* — Le sujet se met toujours au nominatif, et le complément direct à l'accusatif. — Ex. *Petrus amat Paulum.*

Les verbes qui sont *neutres* en latin se conjuguent aussi comme les verbes actifs ; seulement ils n'ont point de passif, et veulent ordinairement leur complément au datif.

Un verbe peut être *actif* en français, et *neutre* ou *déponent* en latin. Ex. Favoriser, *favere*, neutre ; imiter, *imitari*, déponent.

PREMIÈRE CONJUGAISON ACTIVE.

Am ARE, *Am* AS.

(Voir le verbe *Amo* dans *la Grammaire.*)

Verbes qui se conjuguent sur AMO.

ACTIFS.

Réguliers.

Adoro, adoras, adoravi, adoratum, adorare, *adorer.*
Nuntio, nuntias, nuntiavi, nuntiatum, nuntiare, *annoncer.*
Exspecto, exspectas, exspectavi, exspectatum, exspectare, *attendre.*
Voco, vocas, vocavi, vocatum, vocare, *appeler.*
Vitupero, vituperas, vituperavi, vituperatum, vituperare, *blâmer.*
Cremo, cremas, cremavi, crematum, cremare, *brûler (act.).*
Sedo, sedas, sedavi, sedatum, sedare, *calmer, apaiser.*
Muto, mutas, mutavi, mutatum, mutare, *changer.*
Calceo, calceas, calceavi, calceatum, calceare, *chausser.*

Amputo, amputas, amputavi, amputatum, amputare, *couper*.
Creo, creas, creavi, creatum, creare, *créer*.
Rogo, rogas, rogavi, rogatum, rogare, *demander*.
Voro, voras, voravi, voratum, vorare, *dévorer*.
Educo, educas, educavi, educatum, educare, *élever*.
Æstimo, æstimas, æstimavi, æstimatum, æstimare, *estimer*.
Vito, vitas, vitavi, vitatum, vitare, *éviter*.
Verbero, verberas, verberavi, verberatum, verberare, *frapper*.
Macto, mactas, mactavi, mactatum, mactare, *immoler*.
Lacero, laceras, laceravi, laceratum, lacerare, *lacérer*.
Laudo, laudas, laudavi, laudatum, laudare, *louer*.
Multiplico, multiplicas, multiplicavi, multiplicatum, multiplicare, *multiplier*.
Impetro, impetras, impetravi, impetratum, impetrare, *obtenir*.
Paro, paras, paravi, paratum, parare, *préparer*.
Oro, oras, oravi, oratum, orare, *prier*.
Narro, narras, narravi, narratum, narrare, *raconter*.
Vasto, vastas, vastavi, vastatum, vastare, *ravager*.
Reformido, reformidas, reformidavi, reformidatum, reformidare, *redouter*.
Desidero, desideras, desideravi, desideratum, desiderare, *regretter*.
Delecto, delectas, delectavi, delectatum, delectare, *réjouir*.

Irréguliers.

Adjuvo, adjuvas, adjuvi, adjutum, adjuvare, *aider*.
Seco, secas, secui, sectum, secare, *couper* (secaturus, *au participe futur*).
Do, das, dedi, datum, dare, *donner*.
Veto, vetas, vetui, vetitum, vetare, *défendre*.
Domo, domas, domui, domitum, domare, *dompter*.
Lavo, lavas, lavi, lautum, lavare, *laver*.

NEUTRES.

Réguliers.

Flagro, flagras, flagravi, flagratum, flagrare, *brûler*.
Milito, militas, militavi, militatum, militare, *combattre*.
Pugno, pugnas, pugnavi, pugnatum, pugnare, *combattre*.
Erro, erras, erravi, erratum, errare, *errer, se tromper*.
Certo, certas, certavi, certatum, certare, *disputer*.
Dubito, dubitas, dubitavi, dubitatum, dubitare, *douter*.
Insulto, insultas, insultavi, insultatum, insultare, *insulter*.
Aro, aras, aravi. aratum, arare. *labourer*.
Nato, natas, natavi, natatum, natare, *nager*.
Pecco, peccas, peccavi, peccatum, peccare, *pécher*.

Regno, regnas, regnavi, regnatum, regnare, *régner.*
Cœno, cœnas, cœnavi, cœnatum, cœnare, *souper.*
Laboro, laboras, laboravi, laboratum, laborare, *travailler.*
Volito, volitas, volitavi, volitatum, volitare, *voler, voltiger.*

Irréguliers.

Cubo, cubas, cubui, cubitum, cubare, *être couché.*
Sono, sonas, sonui, sonitum, sonare, *résonner.*
Asto, astas, astiti, —, astàre, *se tenir auprès.*
Sto, stas, steti, statum, stare, *se tenir debout.*
Tono, tonas, tonui, tonitum, tonare, *tonner, faire grand bruit.*

EXERCICES

Sur les verbes actifs et neutres de la 1ʳᵉ conjugaison (1).

51. J'adore. — Je frappe. — Tu loues. — Tu désires. — Il appelle. — Nous blâmons. — Vous charmez. — Ils annoncent. — Il créait. — J'ai multiplié. — Tu redoutais. — Il réjouissait. — Nous frappâmes. — Nous donnions. — J'ai donné. — Nous racontâmes. — Priez. — Ils se tenaient auprès. — J'ai lavé. — Je lavai. — Tu frappas. — Nous multipliâmes. — Vous donnâtes. — Il déchira. — Il tonnait. — Tandis (*dùm*, subj.) qu'il tonnait.

52. Dispute. — J'ai blâmé. — Avoir blâmé. — Que j'appelasse. — Ils appelleraient. — Tu préparas. — Ils appelleront. — Ils ont donné. — Ils auront donné. — Qu'ils aient donné. — Qu'il ait donné. — Vous avez donné. — Il douta. — Je me trompe. — Je me suis tenu auprès. — Que je me tinsse auprès. — Mon ami a aidé. — Mes amis ont aidé. — Il aura aidé. — Nagez. — Ils auront aidé. — Tu auras aidé. — Que vous ayez aidé. —

(1) Les élèves restent ordinairement assez longtemps avant de se servir des temps de l'infinitif. Jusque-là, ces formes sont pour eux autant d'énigmes dont le mot ne leur est donné que beaucoup trop tard. Nous commencerons dès maintenant à les leur faire employer, en indiquant les tournures à prendre ; et quand l'élève arrivera au fameux *que retranché*, il sera fort étonné d'avoir terrassé le monstre sans le savoir.

Il suffira pour cela de lui faire remarquer que dans les locutions françaises analogues à celles-ci : *Je crois* ou *je dis que le maître* LOUE, A LOUÉ, LOUERA, AURA LOUÉ *l'écolier diligent*, il faut, pour les traduire en latin, remplacer les temps de l'*indicatif* par les temps correspondants de l'*infinitif*, et tourner ainsi : *Je dis le maître* LOUER, AVAIT LOUÉ, DEVAIT LOUER, AVOIR DU LOUER *l'écolier diligent ; — Dico magistrum laudare, laudavisse, laudaturum esse, laudaturum fuisse discipulum impigrum.*

Qu'il ait aidé. — Afin que (*ut* avec le subj.) nous apaisions. — Nous immolerions.

55. Qu'ils aient aidé. — Vous avez péché. — Ils auront aidé. — Tu as aidé. — Vous avez aidé. — Que j'aie aidé. — Ils eurent travaillé. — Que nous ayons dompté. — Nous aurons dompté. — La mort aura dompté. — Le plaisir d'annoncer. — En coupant. — A défendre. — Nous aurions défendu. — Devant dompter. — Devoir dompter. — Il résonnera. — Avoir dû chausser. — Que je chausse. — Nous eussions coupé. — Tu auras lavé. — Que tu aies lavé.

54. Il régnera. — J'aiderai. — J'aiderais. — J'aurais dompté. — J'aurai dompté. — Qu'ils eussent nagé. — Vous aurez coupé. — Tiens-toi debout. — Je me serai tenu debout (pour *je m'aurai tenu*). — Que nous annoncions. — Qu'il raconte. — Je crois que mon frère désire (1). — Je crois que mes frères ont désiré (2). — Je crois que ces esclaves couperont (3). — Je crois que ma sœur aura redouté (4). — Je viens raconter (supin en *um*). — Le temps de prier. — En domptant.

DEUXIÈME CONJUGAISON ACTIVE.

Mon ĒRE, *Mon* ES (5).

(Voir ce verbe dans *la Grammaire*.)

Verbes qui se conjuguent sur MONEO.

ACTIFS.

Réguliers.

Habeo, habes, habui, habitum, habere, *avoir.*

----

(1) Tournez : Je crois mon frère désirer; *credo meum fratrem....* — '2) Tournez : Je crois mes frères avoir désiré; *credo meos fratres....* — (3) Tournez : Je crois ces esclaves devoir couper; *credo hæc mancipia....* — (4) Tournez : Je crois ma sœur avoir dû redouter; *credo meam sororem....*

(5) On remarquera que la différence qui distingue la terminaison des infinitifs de la deuxième et de la troisième conjugaison, consiste en ce que, dans la seconde, l'*e* de *ere* est long (*monēre*), tandis qu'il est bref dans la troisième (*legĕre*).

Debeo, debes, debui, debitum, debere, *devoir*.
Prohibeo, prohibes, prohibui, prohibitum, prohibere, *empê-cher, défendre*.
Adhibeo, adhibes, adhibui, adhibitum, adhibere, *employer*.
Terreo, terres, terrui, territum, terrere, *épouvanter, effrayer*.
Exerceo, exerces, exercui, exercitum, exercere, *exercer*.
Mereo, meres, merui, meritum, merere, *mériter*.
Coerceo, coerces, coercui, coercitum, coercere, *retenir*.

Irréguliers.

Obsideo, obsides, obsedi, obsessum, obsidere, *assiéger*.
Augeo, auges, auxi, auctum, augere, *augmenter*.
Suadeo, suades, suasi, suasum, suadere, *conseiller*.
Foveo, foves, fovi, fotum, fovere, *échauffer*.
Deleo, deles, delevi, deletum, delere, *effacer, détruire*.
Removeo, removes, *removi*, remotum, removere, *éloigner*.
Doceo, doces, docui, doctum, docere, *enseigner*.
Misceo, misces, miscui, mistum *ou* mixtum, miscere, *mêler*.
Mordeo, mordes, momordi, morsum, mordere, *mordre*.
Possideo, possides, possedi, possessum, possidere, *posséder*.
Impleo, imples, implevi, impletum, implere, *remplir*.
Respondeo, respondes, respondi, responsum, respondere, *ré-pondre*.
Torreo, torres, torrui, tostum, torrere, *rôtir*.
Teneo, tenes, tenui, tentum, tenere, *tenir*.
Tondeo, tondes, totondi, tonsum, tondere, *tondre*.
Video, vides, vidi, visum, videre, *voir*.

NEUTRES.

Réguliers.

Studeo, studes, studui, studere, *étudier* (1).
Emineo, emines, eminui, eminere, *exceller*.
Floreo, flores, florui, florere, *fleurir* (1).
Careo, cares, carui, carere, *manquer de* (1).
Noceo, noces, nocui, nocitum, nocere, *nuire*.
Placeo, places, placui, placitum, placere, *plaire*.
Doleo, doles, dolui, dolitum, dolere, *souffrir, être fâché*.
Valeo, vales, valui, valere, *valoir* (1).

Irréguliers.

Ferveo, ferves, ferbui, —, fervere, *bouillir*.

(1) Sans supin.

Fulgeo, fulges, fulsi, —, fulgere, *briller*.
Ardeo, ardes, arsi, arsum, ardere, *brûler*.
Sedeo, sedes, sedi, sessum, sedere, *être assis*.
Faveo, faves, favi, fautum, favere, *favoriser*.
Pendeo, pendes, pependi, pensum, pendere, *pendre (être sus-
    pendu)*.
Censeo, censes, censui, censum, censere, *penser*.
Fleo, fles, flevi, fletum, flere, *pleurer*.
Lugeo, luges, luxi, luctum, lugere, *porter le deuil*.
Rideo, rides, risi, risum, ridere, *rire*.

EXERCICES

Sur les verbes actifs et neutres de la 2ᵉ conjugaison.

55. Le maître enseigne la grammaire. — Nous avons
effrayé les méchants. — Les hommes manqueraient. —
Ils auraient manqué, qu'ils aient manqué. — Tu aurais
pleuré. — Ton père empêcherait, aurait empêché, aura
empêché. — Vous vous abstiendrez, vous vous serez abstenus. — Que vous vous soyez abstenus. — Que j'eusse
mêlé. — Avoir dû mêler. — Avoir effacé. — Avoir
été suspendu. — Je suis assis. — Je serai assis. —
J'aurai été assis. — Il a favorisé. — L'eau aura bouilli.
— Le désir de voir. — Quoiqu'il ait effrayé (*quamvis*,
subj.).

56. Tu excelles. — J'irai voir (*ibo*, supin). — Je suis
suspendu. — J'étais suspendu. — J'ai été suspendu. —
Nous avions conseillé. — Nous aurions conseillé. —
Nous aurons conseillé. — Ils auraient rôti. — Ils auront
rôti. — A rôtir. — Tu retenais. — Devant rôtir. — De
rôtir. — Avoir dû rôtir. — Devoir rôtir. — Rôtis. —
Favorise. — Taisons-nous. — J'ai favorisé. — J'aurai
favorisé. — Que j'aie favorisé. — Vous aurez mêlé. —
Que vous ayez mêlé. — Qu'ils aient favorisé. — Afin
qu'il vît (*ut*, subj.).

57. Ils auront favorisé. — Les soldats ont assiégé. —
Ils assiégeront. — La nécessité d'assiéger. — Pour mê-
ler. — Mêle. — Qu'ils s'abstiennent. — J'avais tenu. —
Tenons. — Que nous tenions. — Que nous tinssions. —

Que j'aie pensé. — Je crois qu'il nuira (1). — Je crois que les esclaves rempliront, auront rempli (2). — J'ai vu des enfants pleurer (3). — Je crois que le maître empêchera, aura empêché (4). — Je crois que le chien mord, a mordu, mordra (5) le sanglier. — Quoiqu'il eût étudié (*quamvis*, subj.).

58. A effacer. — Devant assiéger. — Devant mordre. — J'aurai mordu. — Que j'aie pensé. — Tu auras enseigné. — Vous aurez augmenté. — Qu'ils aient conseillé. — Qu'ils aient rôti. — Nous aurons plu. — Que nous ayons tenu. — Je vais favoriser (*supin*). — Nous nous serons abstenus. — Que nous nous soyons abstenus. — Tu enseignes. — Que tu enseignes. — J'ai porté le deuil. — Que nous ayons porté le deuil. — Que tu brûles. — Tu auras effrayé.

TROISIÈME CONJUGAISON ACTIVE.

Leg ĕRE, *leg* IS.

(Voir ce verbe dans *la Grammaire*.)

Verbes qui se conjuguent sur LEGO.

ACTIFS. (Formes variées.)

Arguo, arguis, argui, argutum, arguere, *accuser*.
Emo, emis, emi, emptum, emere, *acheter*.
Accendo, accendis, accendi, accensum, accendere, *allumer*.
Bibo, bibis, bibi, bibitum, *bibere*.
Frango, frangis, fregi, fractum, frangere, *briser*.
Quæro, quæris, quæsivi, quæsitum, quærere, *chercher*.
Duco, ducis, duxi, ductum, ducere, *conduire*.
Cognosco, cognoscis, cognovi, cognitum, cognoscere, *connaître*.
Struo, struis, struxi, structum, struere, *construire*.
Credo, credis, credidi, creditum, credere, *croire*.
Colo, colis, colui, cultum, colere, *cultiver*.

---

(1) Tournez : Je crois lui devoir nuire : *credo illum....* — (2) Tournez : Je crois les esclaves devoir remplir, avoir dû remplir ; *credo mancipia....* — (3) Tournez : J'ai vu des enfants pleurant. — (4) Tournez : Je crois le maître devoir empêcher, avoir dû empêcher ; *credo magistrum....* — (5) Tournez : Je crois le chien mordre, avoir mordu, devoir mordre ; *credo canem,...*

Solvo, solvis, solvi, solutum, solvere, *délier.*
Peto, petis, petivi, petitum, petere, *demander.*
Exuo, exuis, exui, exutum, exuere, *dépouiller.*
Destruo, destruis, destruxi, destructum, destruere, *détruire.*
Dico, dicis, dixi, dictum, dicere, *dire.*
Scribo, scribis, scripsi, scriptum, scribere, *écrire.*
Gigno, gignis, genui, genitum, gignere, *engendrer.*
Mitto, mittis, misi, missum, mittere, *envoyer.*
Ago, agis, egi, actum, agere, *faire.*
Fingo, fingis, finxi, fictum, fingere, *feindre.*
Claudo, claudis, clausi, clausum, claudere, *fermer.*
Cogo, cogis, coegi, coactum, cogere, *forcer.*
Impingo, impingis, impegi, impactum, impingere, *lancer contre.*
Lambo, lambis, lambi, —, lambere, *lécher.*
Sperno, spernis, sprevi, spretum, spernere, *mépriser.*
Pono, ponis, posui, positum, ponere, *placer.*
Colligo, colligis, collegi, collectum, colligere, *recueillir.*
Sterno, sternis, stravi, stratum, sternere, *renverser.*
Induo, induis, induxi, indutum, induere, *revétir.*
Rumpo, rumpis, rupi, ruptum, rumpere, *rompre.*
Volvo, volvis, volvi, volutum, volvere, *rouler.*
Sero, seris, sevi, satum, serere, *semer.*
Subigo, subigis, subegi, subactum, subigere, *soumettre.*
Verto, vertis, verti, versum, vertere, *tourner.*
Traho, trahis, traxi, tractum, trahere, *traîner.*
Occido, occidis, occidi, occisum, occidere, *tuer.*
Vinco, vincis, vici, victum, vincere, *vaincre* (1).
Vendo, vendis, vendidi, venditum, vendere, *vendre.*

NEUTRES.

Consulo, consulis, consului, consultum, consulere, *consulter,*
  avoir égard (act. et neut.).
Fluo, fluis, fluxi, fluxum, fluere, *couler.*
Fremo, fremis, fremui, fremitum, fremere, *frémir.*
Gemo, gemis, gemui, gemitum, gemere, *gémir.*
Ludo, ludis, lusi, lusum, ludere, *jouer.*
Vivo, vivis, vixi, victum, vivere, *vivre.*

Verbes qui se conjuguent sur ACCIPIO.

Il y a des verbes qui sont de la troisième conjugaison, et qui ont
cependant le présent de l'indicatif en *io.* Cet *i,* qu'ils gardent à l'imparfait de l'indicatif, au futur, au présent du subjonctif et au participe

(1) Nous conseillons de faire conjuguer l'un après l'autre les trois verbes
vincere, vaincre, *venire,* venir, et *vincire,* lier. Les élèves les confondent
longtemps, à cause de l'analogie de leurs formes.

4

présent, est la seule chose qui les distingue des autres verbes de la troisième conjugaison, à laquelle ils appartiennent.

Decutio, decutis, decussi, decussum, decutere, *abattre*.
Allicio, allicis, allexi, allectum, allicere, *attirer*.
Fodio, fodis, fodi, fossum, fodere, *creuser*.
Cupio, cupis, cupivi, cupitum, cupere, *désirer*.
Facio, facis, feci, factum, facere, *faire*.
Pario, paris, peperi, partum, parere, *enfanter*.
Percutio, percutis, percussi, percussum, percutere, *frapper*.
Fugio, fugis, fugi, fugitum, fugere, *fuir* (*neutre*).
Jacio, jacis, jeci, jactum, jacere, *jeter*.
Capio, capis, cepi, captum, capere, *prendre*.
Rapio, rapis, rapui, raptum, rapere, *ravir*.
Aspicio, aspicis, aspexi, aspectum, aspicere, *regarder*.

EXERCICES

Sur les verbes actifs et neutres de la 3ᵉ conjugaison.

59. Je joue. — J'amassais. — J'ai cherché. — Nous attirions. — J'ai fait. — La paresse a enfanté, aura enfanté tous les vices. — Qu'elle ait enfanté. — Nous achetâmes. — J'ai épargné. — J'avais conduit. — Je vais (*eo*) cueillir (*supin*). — Je fermerais. — Je creuserai. — J'aurai creusé. — Que j'aie creusé. — Nous ravirions. — Je ravis. — Nous aurons ravi. — Ils ont dit. — Ils auront coulé. — Ils couleraient. — Qu'ils aient coulé. — Nous aurions bu. — Nous aurons bu. — Le temps d'écrire. — Je romprai. — Afin que nous écrivions.

60. Je traînerai. — J'aurai pris. — Que j'aie pris. — Que nous ayons ravi. — Bâtis. — Qu'il bâtisse. — Qu'ils demandent. — Feignez. — Elle avait accusé. — Ils auront abattu. — Bâtissant. — Qu'il écrive. — Creusez. — Que je désire. — Je demanderais. — Ajoutez. — Que j'amassasse. — Il ravirait. — Que nous ayons coulé. — Qu'ils eussent écrit. — J'aurai placé. — J'aurais cherché. — Méprise. — Ils auraient léché. — Nous aurions poussé. — Abattre. — Avoir enfanté. — Désirant. — Le temps de jouer. — Tandis (1) qu'ils bâtissaient.

61. Fuyez. — En amassant. — Devoir écrire. — De-

_____
(1) *Dum*, subj.

vant bâtir. — Je vais jouer (*supin*). — Le chien lèche, il a léché. — Je frémis. — Ils auront poussé. — Qu'ils aient poussé. — J'aurai attiré. — Que j'aie attiré. — Avoir dû faire. — Devoir renverser. — Je jetai. — Nous aurions renversé. — Nous eussions bâti. — Je désirerais. — Nous prendrions. — Nous aurons creusé. — Devant creuser. — Il regarda. — J'ai creusé. — Avoir bu. — Nous aurons attiré. — Joue. — Il a tué. — De peur que vous ne renversiez (*ne*, de peur que ne, avec le subj.). — Afin (*ut*, subj.) que nous attirions.

62. Rassemblez. — Je rassemble. — Vous avez rassemblé. — Vous aurez écrit. — Vous auriez écrit. — Avoir dû écrire. — Vous eussiez bu. — Tu aurais abattu. — Tu auras bâti. — Que tu aies bâti. — Je crois que mon père connaît (1). — Je crois que l'élève écrira (2). — Je crois que le laboureur sème, a semé, sèmera, aura semé (3). — Je crois que Dieu frappera les impies (4). — Le temps de semer. — L'heure d'écrire. — En vivant. — Je viens (*venio*, supin) faire.

———

QUATRIÈME CONJUGAISON ACTIVE.

Aud IRE, *aud* IS.

Verbes qui se conjuguent sur AUDIO.

ACTIFS.

Réguliers.

Lenio, lenis, lenivi, lenitum, lenire, *adoucir.*
Condio, condis, condivi, conditum, condire, *assaisonner.*
Finio, finis, finivi, finitum, finire, *finir.*
Munio, munis, munivi, munitum, munire, *fortifier.*
Linio, linis, linivi, linitum, linire, *frotter, enduire.*
Erudio, erudis, erudivi, eruditum, erudire, *instruire.*
Nutrio, nutris, nutrivi, nutritum, nutrire, *nourrir.*

———

(1) Je crois mon père connaître ; *credo patrem meum*.... — (2) Je crois l'élève devoir écrire ; *credo discipulum*.... — (3) Je crois le laboureur semer, avoir semé, devoir semer, avoir dû semer ; *credo aratorem*.... — (4) Je crois Dieu devoir frapper ; *credo Deum*....

Polio, polis, polivi, politum, polire, *polir*.
Punio, punis, punivi, punitum, punire, *punir*.
Scio, scis, scivi, scitum, scire, *savoir*. (Impératif : *scito* et non *sci*.)

Irréguliers.

Comperio, comperis, comperi, compertum, comperire, *apprendre*.
Fulcio, fulcis, fulsi, fultum, fulcire, *appuyer, soutenir*.
Sarcio, sarcis, sarsi, sartum, sarcire, *coudre, réparer*.
Sepelio, sepelis, sepelivi, sepultum, sepelire, *ensevelir*.
Vincio, vincis, vinxi, vinctum, vincire, *lier*.
Aperio, aperis, aperui, apertum, aperire, *ouvrir*.
Haurio, hauris, hausi, haustum, haurire, *puiser*.
Reperio, reperis, reperi, repertum, reperire, *trouver*.
Refercio, refercis, refersi, refertum, refercire, *remplir*.
Sentio, sentis, sensi, sensum, sentire, *sentir*.
Invenio, invenis, inveni, inventum, invenire, *trouver*.

NEUTRES.

Réguliers.

Esurio, esuris, esurivi *ou* ii, esuritum, esurire, *avoir faim*.
Garrio, garris, garrivi, garritum, garrire, *babiller*.
Dormio, dormis, dormivi, dormitum, dormire, *dormir*.
Impedio, impedis, impedivi, impeditum, impedire, *empêcher*.
Mugio, mugis, mugivi *ou* ii, mugitum, mugire, *mugir*.
Obedio, obedis, obedivi, obeditum, obedire, *obéir*.
Servio, servis, servii *ou* servivi, servitum, servire, *servir*.

Irréguliers.

Raucio, raucis, rausi, rausum, raucire, *être enroué*.
Insilio, insilis, insilui, insultum, insilire, *sauter sur*.
Venio, venis, veni, ventum, venire, *venir*.

REMARQUE. — On peut faire une *syncope*, c'est-à-dire retrancher quelques lettres dans les parfaits, ainsi que dans les temps qui en sont formés. On ôte *ve* ou *vi*, et quelquefois le *v* seulement dans la quatrième conjugaison. Ainsi, l'on dit *amârunt* pour *amaverunt*, *implessem* pour *implevissem*, *audieram* pour *audiveram*, *audiissem* pour *audivissem*, etc.

EXERCICES

Sur les verbes actifs et neutres de la 4ᵉ conjugaison.

65. Tu nourris. — Ils fortifiaient. — Nous finîmes. —

Ils avaient su. — Tu auras adouci. — Lie. — Il trouva
— Obéissez. — Ensevelissez. — Sentez. — Que vous
sentiez. — Nous serions enroués. — Que j'aie appuyé. —
Tu babillais. — Il mugira. — Venez. — Ils eussent
puisé. — Ils auraient rempli. — Avoir puisé. — Devant
puiser. — A ouvrir. — De trouver. — En obéissant. —
En servant. — Pour (*ad*, gérondif) réparer. — Devoir
réparer. — Devant venir. — Nous aurions su. — Nous
aurons su. — Afin que (*ut*) nous sachions.

64. Viens. — Que nous ayons su. — Que j'eusse lié.
— Vous auriez sauté. — Vous aurez sauté. — Vous dor-
miez. — Il empêchera. — Polissez. — Que vous ayez
sauté. — Ils auraient assaisonné. — Ils assaisonneraient.
— Ils assaisonneront. — Qu'ils adoucissent. — Qu'ils
aient assaisonné. — Nous avons su. — Nous aurons appuyé. — Que nous ayons senti. — Trouve. — Ensevelis-
sons. — A sauter. — Je serai venu. — J'aurai enseveli.
— Pourvu (*dum*, subj.) qu'ils viennent.

65. Nous aurons lié. — Nous finîmes. — Que nous
ayons lié. — Babille. — Que j'eusse trouvé. — J'aurais
trouvé. — Devant puiser. — Que nous eussions dormi.
— Nous remplîmes. — J'étais enroué, — Vous avez
obéi. — Vous dormîtes. — Vous avez dormi. — Devant
appuyer. — Puise. — Trouvez. — J'aurai trouvé. —
J'aurai obéi. — Que j'aie obéi. — Vous eussiez ouvert.
— Nous aurions trouvé. — Il répara. — Qu'il réparât.
— Que tu aies enseveli. — Tu auras enseveli.

66. Devant apprendre. — Nous aurons obéi. — Vous
aurez réparé. — Que nous ayons réparé. — Vous aurez
rempli. — Que vous ayez rempli. — J'ai puisé. — Je
puisai. — Vous avez ouvert. — Vous ouvrîtes. — Viens.
— Le temps de finir. — Qu'il soit venu. — Je crois que
le maître a puni, punira, aura puni (1). — Je crois qu'il
instruit, qu'il a instruit, qu'il instruira. — Je crois que
la religion adoucit, adoucira les chagrins amers. — Je

(1) Nous espérons qu'au moyen des tournures déjà indiquées pour les
phrases analogues, l'élève pourra désormais les trouver seul pour les exercices
suivants.

crois que les esclaves polissent, poliront les armes du guerrier.

RÈGLE DES VERBES ACTIFS.

Amo Deum.

Tous les verbes actifs gouvernent l'accusatif, c'est-à-dire que leur complément direct doit se mettre à l'accusatif.

Ex. J'aime Dieu, *amo Deum.* — J'entends le discours, *audio sermonem* (1).

EXERCICES.

67. Les soldats aiment le général. — Toutes les nations de l'Europe louent, louaient, loueront le courage admirable de nos soldats, qui ont épouvanté et vaincu les ennemis de la France. — Dieu promet des biens éternels. — Le monde donne des biens périssables. — Le maître a reçu des présents. — Le bras puissant du Seigneur frappera le méchant. — La bonne conscience adoucit les chagrins. — Les Juifs attendaient un (2) Messie riche, puissant et magnifique; Dieu envoya son fils pauvre, humble et obscur. — Nous enseignons la vertu et la science. — Vous conseillerez le bien à vos amis. — J'ai vendu mon cheval, etc.

RÈGLE DES VERBES NEUTRES.

Studeo grammaticæ.

Les verbes neutres se conjuguent comme les verbes actifs; mais ils n'ont pas de passif.

La plupart des verbes neutres gouvernent le datif.

Ex. J'étudie la grammaire, *studeo grammaticæ.* — Vous favorisez la noblesse, *faves nobilitati.*

EXERCICES.

68. Nous devons favoriser la vertu. — La guerre nuit

---

(1) Il faut se rappeler que le complément direct est le mot qui répond à la question *qui?* ou *quoi?* faite après le verbe. — J'aime *qui?* Dieu. — J'entends *quoi?* Le discours.
(2) *Un* ne se rend pas.

aux peuples. — Dieu favorisera l'homme juste. — L'aumône plaît au Seigneur. — Le sage sert Dieu. — Personne ne croit le menteur. — Les soldats obéissent au général. — Cet homme savant a étudié les discours de Cicéron. — Les abeilles obéissent à leur reine. — Les gens de bien ne nuisent à personne (1). — Les enfants vertueux plaisent à tout le monde (2). — Ménagez (3) votre réputation. — Le méchant est esclave (4) de ses passions. — Auguste favorisait les gens de lettres (5).

VERBES NEUTRES

Qui se conjuguent, en français, avec l'auxiliaire *être* au lieu de l'auxiliaire *avoir*, dans leurs temps composés (6).

Déscendo, descendis, descendi, descensum, descendere, *descendre*.
Intro, intras, intravi, intratum, intrare, *entrer*.
Ascendo, ascendis, ascendi, ascensum, ascendere, *monter*.
Pervenio, pervenis, perveni, perventum, pervenire, *parvenir*.
Maneo, manes, mansi, mansum, manere, *rester*.
Cado, cadis, cecidi, casum, cadere, *tomber*.
Venio, venis, veni, ventum, venire, *venir*.

EXERCICES.

69. Tu es entré. — Je suis resté. — Je tombai. — Nous sommes entrés. — Ils entrèrent. — Ils sont entrés. — Vous serez tombés. — Vous tombâtes. — Que vous soyez tombés. — Nous sommes descendus. — Nous serons tombés. — J'étais entré. — J'entrais. — Ils étaient tombés. — J'étais parvenu. — Tu es venu. — Ils tombaient. — Ils montent. — Ils sont montés. — Je descendais. — Nous serons parvenus. — Que je fusse descendu. — Je serais descendu. — Nous serons entrés.

---

(1) Nemo, minis. *On n'exprime pas ne.* — (2) Tournez : à tous, *omnis, e*, sous-entendu les hommes. — (3) Consulere. — (4) Inservire. — (5) Tournez : *Les gens lettrés*, viri litterati.
(6) Il sera très-utile de conjuguer séparément en latin certains verbes français que nous indiquons ici, et dont la confusion avec d'autres verbes est ordinairement une source de fautes pour les commençants.

70. Être resté. — Je suis entré. — Tu es descendu. — Être monté. — Je crois que les esclaves sont parvenus. — Je serais venu. — Ils tombèrent. — Qu'il soit resté. — Restez. — Qu'ils soient tombés. — Qu'ils entrent. — Ils sont montés. — Nous sommes entrés, nous sommes montés, nous sommes descendus. — Vous êtes parvenus. — Je crois que mon frère est resté. — Je crois que ces femmes seront venues; je crois qu'elles seront entrées, qu'elles seront montées. — Je crois que ces esclaves descendront; je crois qu'ils seront entrés, descendus.

VERBES PRONOMINAUX

Se conjuguant aussi, en français, avec l'auxiliaire *être*, dans leurs temps composés.

Abstineo, abstines, abstinui, abstentum, abstinere, *s'abstenir.*
Sedeo, sedes, sedi, sessum, sedere, *s'asseoir.*
Desisto, desistis, destiti, destitum, desistere, *se désister.*
Occupo, occupas, occupavi, occupatum, occupare, *s'emparer.*
Propero, properas, properavi, properatum, properare, *s'empresser.*
Inquiro, inquiris, inquisivi, inquisitum, inquirere, *s'enquérir, s'informer.*
Irrepo, irrepis, irrepsi, irreptum, irrepere, *se glisser en rampant.*
Surgo, surgis, surrexi, surrectum, surgere, *se lever.*
Nubo, nubis, nupsi, nuptum, nubere, *se marier.*
Irrideo, irrides, irrisi, irrisum, irridere, *se moquer.*
Ambulo, ambulas, ambulavi, ambulatum, ambulare, *se promener.*
Quiesco, quiescis, quievi, quietum, quiescere, *se reposer.*
Cedo, cedis, cessi, cessum, cedere, *se retirer.*
Taceo, taces, tacui, tacitum, tacere, *se taire.*
Sto, stas, steti, statum, stare, *se tenir debout.*
Erro, erras, erravi, erratum, errare, *se tromper.*

EXERCICES.

71. Je me suis trompé. — Que nous nous fussions assis. — Je m'assiérais. — Je me serais assis. — Je m'enquiers. — Tu te seras enquis. — Qu'il se fût empressé. — Asseyez-vous. — Je me serais désisté. — Alexandre s'empara de (1) Babylone. — Tu t'es emparé. — Je m'abstiendrai. — Je me serais tu. — Je me suis retiré. — S'être reposé. — Qu'il se soit levé. — Assieds-toi. — Nous nous étions moqués. — Nous nous sommes empressés. — Tu te promènes. — Tu te moquerais.

72. Ils se sont hâtés. — Ils s'étaient trompés. — Nous nous abstiendrions. — Ils se seraient tus. — Retirez-vous. — Qu'ils se soient retirés. — S'être reposé. — Que nous nous soyons moqués. — Nous nous serons promenés.— Qu'ils se soient emparés.— Informez-vous. — Je m'étais emparé. — Ils se trompèrent. — Vous vous seriez abstenus. — Taisez-vous. — Qu'ils se fussent retirés. — Nous nous serions promenés. — Je crois que l'armée s'emparera, s'est emparée, se sera emparée de la ville. — Je crois que les esclaves se hâtent, se hâteront, se seront hâtés.

VERBES FRANÇAIS

Composés d'*avoir* et d'un *substantif*, comme *j'ai faim, j'ai soin*, etc.

Caleo, cales, calui, calere, *avoir chaud*.
Consulo, consulis, consului, consultum, consulere, *avoir égard à*.
Esurio, esuris, esurivi *ou* ii, esuritum, esurire, *avoir faim*.
Algeo, alges, alsi, alsum, algere, *avoir froid*.
Horreo, horres, horrui, horrere, *avoir horreur*.
Paveo, paves, pavi, pavere, *avoir peur*.
Sitio, sitis, sitivi, sititum, sitire, *avoir soif*.
Curo, curas, curavi, curatum, curare, *avoir soin*.

EXERCICES.

73. Tu as horreur. — J'aurais soin. — Nous avons eu soin. — Qu'il ait soin. — Avoir eu chaud. — Avoir eu soif. — Il a eu froid. — Il aura froid. — Tu auras peur. — Il eut soin. — Que tu eusses soin. — Nous aurions soin. — Nous avions faim. — Nous avions eu faim.

---

(1) *Occupo* est actif, en latin, et gouverne l'accusatif.

— Tu as chaud. — Nous avons eu peur.— Tu as eu chaud. — De peur que nous n'ayons froid, faim, soif, (*ne*, subj.).

74. Nous avons eu égard à. — Je crois que ces troupeaux ont chaud, ont faim, ont soif ; je crois qu'ils ont eu chaud, qu'ils ont eu faim, qu'ils ont eu soif. — Je crois que ces esclaves ont soin, auront soin. — Tu as peur. — Tu as eu peur. — Nous aurons peur. — Je crois que les malheureux ont faim, ont froid. — Ayons soin. — Il ordonna aux esclaves d'avoir soin. (Tournez : *les esclaves avoir soin*.) — Pourvu que (*dum*, subj.) tu aies soin, tu aies eu soin, que vous ayez soin.

VERBES FRANÇAIS

Composés du verbe *être* et d'un *adjectif* ou d'un *participe*, comme *être fier, être absent, être ouvert*, etc.

Absum, abes, abfui, abesse, *être absent*.
Sedeo, sedes, sedi, sessum, sedere, *être assis*.
Jaceo, jaces, jacui, —, jacere, *être étendu*.
Doleo, doles, dolui, dolitum, dolere, *être fâché*.
Faveo, faves, favi, fautum, favere, *être favorable*.
Superbio, superbis, superbivi *ou* ii, superbitum, superbire, *être fier, devenir fier*.
Valeo, vales, valui, —, valere, *être fort, se bien porter*.
Insanio, insanis, insanivi *ou* ii, insanitum, insanire, *être fou*.
Ægroto, ægrotas, ægrotavi, ægrotatum, ægrotare, *être malade*.
Pateo, pates, patui,—, patere, *être ouvert*.
Adsum, ades, adfui, adesse, *être présent*.
Sapio, sapis, sapivi *ou* sapii,—, sapere, *être sage*.

EXERCICES.

75. Ils étaient présents. — Qu'ils soient présents.— Avoir été présent. — Nous étions absents. — Nous serions absents. — Il était fou. — Il est fou. — Tu auras été assis. — Nous serons fâchés. — Qu'il ait été favorable. — Il a été sage. — Il avait été fier. — Tu es fou. — Tu as été fou. — Être fou. — Avoir été fou. — Nous sommes malades. — Il était étendu. — Porte-toi bien. — Portez-vous bien.

76. Les portes étaient ouvertes, sont ouvertes.—Soyez favorables. — Il est assis. — Ils seront assis. — Soyez sages. — Nous serons fâchés. — Vous serez fiers. — Ils seront fous. — Avoir été assis. — Devoir être assis. — Vous êtes fâchés. — Il aurait été fâché. — Je crois que mon frère est malade, que mes frères sont malades. — Je crois que la porte est ouverte, que les portes sont ouvertes. — Lorsqu'ils étaient assis (*quum*, subj.).

VERBES A REDOUBLEMENT.

Addo, addis, addidi, additum, addere, *ajouter*.
Disco, discis, didici, discitum, discere, *apprendre*.
Abdo, abdis, abdidi, abditum, abdere, *cacher*.
Cano, canis, cecini, cantum, canere, *chanter*.
Curro, curris, cucurri, cursum, currere, *courir*.
Credo, credis, credidi, creditum, credere, *croire*.
Posco, poscis, poposci, poscitum, poscere, *demander*.
Do, das, dedi, datum, dare, *donner*.
Pario, paris, peperi, partum, parere, *enfanter*, *produire*.
Parco, parcis, peperci, parcitum, parcere, *épargner*.
Pendeo, pendes, pependi, pensum, pendere, *être suspendu*,
    pendre.
Trado, tradis, tradidi, traditum, tradere, *livrer*.
Cædo, cædis, cecidi, cæsum, cædere, *massacrer*, *tailler en*
    pièces, *couper*.
Mordeo, mordes, momordi, morsum, mordere, *mordre*.
Perdo, perdis, perdidi, perditum, perdere, *perdre*.
Pungo, pungis, pupugi, punctum, pungere, *piquer*.
Pello, pellis, pepuli, pulsum, pellere, *pousser*.
Spondeo, spondes, spopondi, sponsum, spondere, *promettre*.
Edo, edis, edidi, editum, edere, *publier*.
Tendo, tendis, tetendi, tensum *et* tentum, tendere, *tendre*.
Cado, cadis, cecidi, casum, cadere, *tomber*.
Tondeo, tondes, totondi, tonsum, tondere, *tondre*.
Tango, tangis, tetigi, tactum, tangere, *toucher*.
Fallo, fallis, fefelli, falsum, fallere, *tromper*.
Vendo, vendis, vendidi, venditum, vendere, *vendre*.

EXERCICES.

77. Il piqua. — Il aura piqué. — Il publia. — Qu'il eût caché. — Il perdait. — Qu'il eût piqué. — Ils auraient perdu. — Tu auras trompé. — Avoir perdu. — Qu'il ait perdu. — Devoir livrer. — Il aura promis. — Qu'il ait taillé en pièces. — J'aurais touché. — Être tombé. — Il aura chanté. — Ils auraient chanté.—Qu'il eût chanté. — Avoir mordu. — Devoir piquer. — Ils auraient tondu. — Ils auront promis. — Il tombera. — Nous piquerons. — Ils auront chanté. — Il aura enfanté. — Il épargnera. — Lorsqu'il eut publié (*quum*, subj.).

78. Vous promîtes. — Nous tombâmes. — Nous chantâmes.— Nous eûmes coupé.— Nous aurons perdu. — Nous aurons donné.— Nous eussions perdu. — Qu'il ait livré. — Qu'il ait cru. — Qu'il ait coupé. — Il aura couru. — Qu'il eût coupé. — Avoir piqué. — Avoir promis. — Avoir touché. — Avoir retenu. — J'aurais épargné. — Épargnez. — Il aura trompé. — Avoir couru. — Il enfantera.— Ils auront enfanté. — Que nous eussions trompé. — Avoir vendu. — Qu'il eût vendu.— Avoir appris. — J'aurais appris. — Je crois que mon frère a poussé, a cru, a perdu. — A moins qu'il n'ait cru (*nisi*, subj.).

79. Avoir été suspendu. — Ils tombèrent. — Nous avons taillé en pièces. — Qu'ils aient poussé. — Ils auront touché. — Apprenez. — Que nous ayons appris.— Tu auras ajouté. — Ajoute. — Nous courrons. — Nous aurons couru. — Qu'ils aient chanté. — Les chiens mordirent. — Je crois que les chiens ont mordu, mordront, auront mordu. — Les loups n'ont pas épargné. — Je crois que les loups n'épargneront pas. — La terre a enfanté, enfantera. — Que l'abeille ait piqué. — Je crois que les abeilles piqueront.— Je crois que les marchands ont vendu, livré, perdu.

RÉCAPITULATION GÉNÉRALE.

NOMS, ADJECTIFS, PRONOMS, VERBES ACTIFS ET VERBES NEUTRES.

80. Nous voyons l'image de la Divinité dans les pro-
diges de l'univers. — Dieu accorde, accordait, accordera
de nombreux bienfaits à tous les peuples de la terre. —
Les plumes légères voltigent dans l'air pur. — Les arts
ont fleuri, fleurirent, florissaient dans la Grèce. — Je dis
que les arts ont fleuri dans la Grèce. — Les lettres que
vous avez écrites, que vous écrirez, que vous aurez écrites. — Les lettres qu'ils ont écrites. — Le soldat an-
nonce, annonçait, annoncera la victoire. — Que les soldats aient annoncé.

81. Je crois que ces femmes ont donné et donneront
encore aux pauvres des vêtements et du pain. — L'éclair
rapide a brillé dans la nue. — Les misères humaines de
cette vie servent (1), serviront, auront servi à notre salut
éternel dans la vie future. — Ces étrangers ont été longtemps absents de leur pays. — Les vents servent à la
navigation; les grandes tempêtes lui sont nuisibles (2).—
Certains spectacles nuisent, nuiront, nuiraient aux
bonnes mœurs. — L'indulgence excessive de votre maître favoriserait votre paresse et nuirait à vos progrès.

82. J'adore ta puissance et ta bonté, ô mon Dieu,
créateur de toutes choses! Tu as fait le monde, notre demeure, et tu l'embellis incessamment; tu as fait les
hautes montagnes et les profondes vallées, l'arbre majestueux qui lève sa tête vers (3) le ciel, et la plante modeste qui rampe sur (4) la terre; tu as donné un lit à la
mer et tu as fixé aux flots des bornes infranchissables; tu
as placé dans le firmament le soleil, lumière du jour, et
la lune, flambeau des nuits. Enfin tu as créé l'homme
à (5) ton image, tu as mis en lui une âme avide de connaître (6) et un cœur fait pour (7) aimer.

---

(1) Prodesse. — (2) Servir, prodesse; *être nuisible*, obesse. — (3) Ad, *acc.*
— (4) In, *abl.* — (5) Ad, acc. — (6) *Au gérondif en di.* — (7) Ad, *avec le gérondif en* dum.

VERBES PASSIFS.

Le verbe *passif* (de passus, *souffert*), est le contraire du verbe *actif;* il marque une action reçue, soufferte par le sujet. *Je suis averti, je suis puni*, etc.

Les verbes *passifs* ont deux espèces de temps : les temps *simples* et les temps *composés*. (Voir la formation des temps dans les verbes passifs, ci-dessus, p. 65.)

Les *temps composés* du passif sont formés du participe passé qui se décline sur *bonus, a, um*, et d'un temps du verbe *sum*. — Ex. La mère fut aimée, *mater* AMATA *est*. — Les sœurs furent aimées , *sorores* AMATÆ *sunt*. — Les esclaves avaient été achetés, *mancipia* EMPTA *fuerant*.

Tout les verbes *actifs* que nous avons donnés déjà pour sujets d'exercices dans la voix active peuvent se conjuguer au passif; nous indiquerons cependant quelques verbes passifs pour modèles. On énonce ainsi leurs formes essentielles.

PREMIÈRE CONJUGAISON PASSIVE.

Verbes qui se conjuguent sur AMOR.

Réguliers.

Vocor, vocaris, vocatus sum, vocari, *être appelé*.
Vituperor, vituperaris, vituperatus sum, vitupérari, *être blâmé*.
Vulneror, vulneraris, vulneratus sum, vulnerari, *être blessé*.
Mutor, mutaris, mutatus sum, mutari, *être changé*.
Excitor, excitaris, excitatus sum, excitari, *être excité*.
Verberor, verberaris, verberatus sum, verberari, *être frappé*.
Laudor, laudaris, laudatus sum, laudari, *être loué*.
Paror, pararis, paratus sum, parari, *être préparé*.
Recreor, recrearis, recreatus sum, recreari, *être récréé, se rétablir*.
Reformidor, reformidaris, reformidatus sum, reformidari, *être redouté*.
Delector, delectaris, delectatus sum, delectari, *être réjoui*.

Irréguliers.

Adjuvor, adjuvaris, adjutus sum, adjuvari, *être aidé*.
Secor, secaris, sectus sum, secari, *être coupé*.

Domor, domaris, domitus sum, domari, *être dompté*.
Fricor, fricaris, frictus sum *et* fricatus sum, fricari, *être frotté*.

EXERCICES.

83. Tu es redout — Tu seras frappé. — Vous êtes loués. — Vous avez été loués. — Tu étais excité. — Tu avais été excité. — Vous étiez redoutés. — Tu seras appelé. — Sois frappée. — Cette femme avait été louée. — Ces femmes avaient été louées. — Ces esclaves (*mancipium, ii*, neut.) avaient été loués. — J'ai été réjoui. — Ils avaient été blâmés. — Nous nous rétablirons (*recreari*). — Ils auront été domptés. — Afin qu'ils soient domptés (*ut*, subj.).

84. Sois aidé. — Que vous soyez excités. — Qu'il soit frappé. — Tu serais blâmé. — Soyez réjouis. — Qu'ils aient été aidés. — Ils auront été aidés. — Vous seriez domptés. — Soyez aidés. — Être frotté. — Avoir été coupé. — A être dompté. — A être excité. — Avoir été aidé. — Que nous fussions redoutés. — Qu'il soit coupé. — Sois redouté. — Vous aviez été loués. — Les monstres auront été domptés. — Pourvu que (*dum*, subj.) les monstres aient été domptés.

85. Ils seraient préparés. — Les tigres (*tigris, idis,* fém.) furent domptés. — Ils auront été blâmés. — Qu'ils aient été loués. — Ils auraient été frottés. — Vous eussiez été domptés. — Qu'il soit dompté. — Nous fûmes aidés. — Ils seront coupés. — Les arbres auront été coupés. — Il sera blessé. — Ils auront été excités. — La tempête a été excitée. — Sois excité. — Femme, sois louée. — Femmes, soyez louées. — Pendant que (*dum*, subj.) ces choses étaient changées.

86. L'esclave fut frappé. — Que les enfants soient loués. — Que les monstres soient domptés. — Que je sois réjoui. — Qu'ils soient loués. — Qu'il eût été changé. — Vous êtes blâmés. — Vous êtes aidés. — Que vous soyez redoutés. — Tu auras été frotté. — Que tu aies été dompté. — Avoir été coupé. — Je crois que mes sœurs ont été appelées, seront appelées, auront été appe-

lées (1). — Je crois que les monstres seront domptés, auront été, ont été domptés (2). — Les monstres doivent
être domptés (3). — Je crois que toutes ces choses ont
été préparées.

DEUXIÈME CONJUGAISON PASSIVE.

Verbes qui se conjuguent sur MONEOR.

Réguliers.

Debeor, deberis, debitus sum, deberi, *être dû*.
Terreor, terreris, territus sum, terreri, *être épouvanté, effrayé*.
Exerceor, exerceris, exercitus sum, exerceri, *être exercé*.
Exhibeor, exhiberis, exhibitus sum, exhiberi, *être montré*.
Habeor, haberis, habitus sum, haberi (*être eu*), *être pris pour,
    passer pour* (4).
Coerceor, coerceris, coercitus sum, coerceri, *être retenu*.

Irréguliers.

Absorbeor, absorberis, absorptus sum, absorberi, *être absorbé*.
Obsideor, obsideris, obsessus sum, obsideri, *être assiégé*.
Augeor, augeris, auctus sum, augeri, *être augmenté*.
Contineor, contineris, contentus sum, contineri, *être contenu*.
Deleor, deleris, deletus sum, deleri, *être effacé*.
Moveor, moveris, motus sum, moveri, *être ému*.
Doceor, doceris, doctus sum, doceri, *être enseigné, instruit*.
Misceor, misceris, mixtus sum, misceri, *être mêlé*.
Mordeor, morderis, morsus sum, morderi, *être mordu*.
Videor, videris, visus sum, videri, *être vu, paraître*.
Urgeor, urgeris (*pas de parfait*), urgeri, *être pressé*.
Impleor, impleris, impletus sum, impleri, *être rempli*.
Torreor, torreris, tostus sum, torreri, *être rôti*.
Tondeor, tonderis, tonsus sum, tonderi, *être tondu*.
Torqueor, torqueris, tortus sum, torqueri, *être tourmenté*.

EXERCICES.

87. Je suis effacé. — Tu es épouvanté. — Il est augmenté. — Nous sommes exercés. — Vous passez pour. —

---

(1) Tournez : Je crois mes sœurs avoir été appelées, devoir être, avoir dû
être appelées. — (2) Tournez : Je crois les monstres devoir être, avoir dû être,
avoir été domptés. — (3) Les monstres sont devant être domptés.
(4) *Habeor* signifiant *passer pour* est déponent.

Vous êtes montrés. — Ils sont remplis. — Il sera ému.
— J'étais enseigné. — Tu étais contenu. — Il était montré. — Nous étions mêlés. — Vous étiez brûlés. — Ils
étaient émus. — Je fus absorbé. — Il fut vu. — Il a été
mordu. — Nous fûmes mordus. — Ils furent tourmentés. — J'avais été augmenté. — Tu avais été tondu. —
Afin qu'ils soient montrés.

88. Il avait été retenu. — Nous avions été épouvantés.
— Vous aviez été exercés. — Ils avaient passé pour. — Je
crois que les soldats sont exercés (1). — Les soldats doivent être exercés (2). — La vertu doit être enseignée (3).
— Je serai montré. — Tu seras rempli. — Il sera enseigné. — Nous serons contenus. — Vous serez augmentés.
— Ils seront mêlés. — J'aurai été brûlé. — Tu auras été
ému. — Il aura été absorbé. — Les choses augmentées,
devant être augmentées.

89. Nous aurons été vus. — Vous aurez été mordus.
— Ils auront été tourmentés. — Qu'il soit augmenté. —
Soyez pressés. — Qu'ils soient retenus. — Que je sois
épouvanté. — Que tu sois exercé. — Qu'il passe pour. —
Que nous soyons montrés. — Qu'ils soient remplis. — Je
crois que ces femmes sont effrayées, seront, auront été
effrayées (4). — Les passions doivent être retenues (5).
— Les fautes effacées. — Les villes assiégées, qui seront
(*devant être*) assiégées. — Les tonneaux remplis, ayant
été remplis, devant être remplis.

TROISIÈME CONJUGAISON PASSIVE.

Verbes qui se conjuguent sur LEGOR.

(Formes variées.)

Concedor, concederis, concessus sum, concedi, *être accordé*.
Emor, emeris, emptus sum, emi, *être acheté*.
Arguor, argueris, argutus sum, argui, *être accusé*.

---

(1) Tournez : Être exercés. — (2) T. Sont devant être exercés. — (3) T. Est
devant être enseignée. — (4) Tournez : Je crois ces femmes être, devoir être,
avoir dû être effrayées. — (5) Sont devant être retenues.

Frangor, frangeris, fractus sum, frangi, *être brisé*.
Quæror, quæreris, quæsitus sum, quæri, *être cherché*.
Ducor, duceris, ductus sum, duci, *être conduit*.
Petor, peteris, petitus sum, peti, *être demandé*.
Dicor, diceris, dictus sum, dici, *être dit*.
Scribor, scriberis, scriptus sum, scribi, *être écrit*.
Retundor, retunderis, retusus sum, retundi, *être émoussé*.
Mittor, mitteris, missus sum, mitti, *être envoyé*.
Agor, ageris, actus sum, agi, *être fait, être conduit*.
Scindor, scinderis, scissus sum, scindi, *être fendu*.
Jungor, jungeris, junctus sum, jungi, *être joint*.
Relinquor, relinqueris, relictus sum, relinqui, *être laissé, abandonné*.
Lædor, læderis, læsus sum, lædi, *être offensé*.
Ponor, poneris, positus sum, poni, *être placé*.
Edor, ederis, editus sum, edi, *être publié, produit*.
Redimor, redimeris, redemptus sum, redimi, *être racheté*.
Agnoscor, agnosceris, agnitus sum, agnosci, *être reconnu*.
Perfundor, perfunderis, perfusus sum, perfundi, *être rempli, arrosé, couvert*.
Rumpor, rumperis, ruptus sum, rumpi, *être rompu*.
Apprehendor, apprehenderis, apprehensus sum, apprehendi, *être saisi*.
Trahor, traheris, tractus sum, trahi, *être traîné*.
Vincor, vinceris, victus sum, vinci, *être vaincu*.

Verbes qui se conjuguent sur ACCIPIOR.

Conspicior, conspiceris, conspectus sum, conspici, *être aperçu*.
Confodior, confoderis, confossus sum, confodi, *être percé*.
Capior, caperis, captus sum, capi, *être pris*.
Dejicior, dejiceris, dejectus sum, dejici, *être renversé*.
Concutior, concuteris, concussus sum, concuti, *être secoué*.

EXERCICES.

90. Être traîné. — Vous fûtes renversés. — Ma sœur aura été aperçue. — Nous aurions été percés. — Tu es pris. — Sois reconnu. — Sois reconnue. — Il fut tué. — Soyez reconnus. — Tu seras vaincu. — Tu es saisi. — Vous êtes saisis. — Ils auront été secoués. — Il sera écrit. — Il sera cru. — Les lettres auront été écrites. — Nous avons été reconnus. — Ils ont été saisis. — Que tu fusses émoussé. — Le tranchant a été émoussé. — Qu'il soit produit. — Afin qu'ils soient reconnus (*ut*, subj.).

91. Ils auraient été remplis de joie. — Que nous ayons été pris. — La lettre a été écrite et envoyée. — Les hommes furent rachetés. — Les ouvrages auraient été publiés. — Chose facile à dire (1). — Je crois que les ennemis ont été vaincus (2). — Il sera placé. — Être offensé. — Avoir été accordé. — Devoir être joint. — Devant être produit. — A être renversé. — Nous avions été abandonnés. — Tu es percé. — Ils seront percés. — Ils seraient portés. — Que vous ayez été pris. — Il sera émoussé.

92. Ils ont été produits. — Soyez abandonnés. — Que tu aies été renversé. — Que je sois reconnu. — Je serai reconnu. — Que tu sois conduit. — Tu seras rempli. — Il serait fendu. — J'ai été accusé. — A être accordé. — Que je sois joint. — Je serai joint. — Tu seras brisé. — Je serais saisi. — Nous serions conduits. — Ils eussent été produits. — Je crois que ces esclaves ont été achetés, seront achetés (3). — Je crois que les coupables seront accusés (4). — Les esclaves doivent être rachetés (5). — De peur que (*ne*, subj.) nous ne soyons reconnus.

QUATRIÈME CONJUGAISON PASSIVE.

Verbes qui se conjuguent sur AUDIOR.

(Formes variées.)

Lenior, leniris, lenitus sum, leniri, *être adouci.*
Condior, condiris, conditus sum, condiri, *être assaisonné.*
Operior, operiris, opertus sum, operiri, *être couvert.*
Sepelior, sepeliris, sepultus sum, sepeliri, *être enseveli.*
Amicior, amiciris, amictus sum, amiciri, *être enveloppé.*
Munior, muniris, munitus sum, muniri, *être fortifié.*
Linior, liniris, linitus sum, liniri, *être frotté de.*
Custodior, custodiris, custoditus sum, custodiri, *être gardé.*
Erudior, erudiris, eruditus sum, erudiri, *être instruit.*
Vincior, vinciris, vinctus sum, vinciri, *être lié, enchaîné.*
Nutrior, nutriris, nutritus sum, nutriri, *être nourri.*

---

(1) Tournez : A être dite. — (2) Je crois les ennemis avoir été vaincus.
(3) Je crois ces esclaves avoir été, devoir être achetés. — (4) Je crois les coupables devoir être accusés. — (5) Sont devant être....

Aperior, aperiris, apertus sum, aperiri, *être ouvert.*
Haurior, hauriris, haustus sum, hauriri, *être puisé.*
Punior, puniris, punitus sum, puniri, *être puni.*
Refercior, referciris, refertus sum, referciri, *être rempli.*
Sarcior, sarciris, sartus sum, sarciri, *être réparé, cousu.*
Reperior, reperiris, repertus sum, reperiri, *être trouvé.*

EXERCICES.

93. Tu es couvert. — Il était fortifié. — Nous étions ensevelis. — Vous serez punis. — Qu'ils soient enchaînés. — Il sera gardé. — Qu'ils soient assaisonnés. — Qu'ils soient frottés de. — Les théâtres ont été remplis, furent remplis, auront été remplis, seraient remplis, auraient été remplis de spectateurs (*abl.*) — Je serai ouvert. — Nous serions trouvés.

94. Que je fusse lié. — Qu'il ait été rempli. — Je serais fortifié. — Il aura été enseveli. — Que tu sois ouvert. — Que nous eussions été punis. — Je crois que les mets (*dapes*, plur. fém.) sont assaisonnés, ont été assaisonnés, seront assaisonnés. — Les chagrins doivent être adoucis. — Le vin qui doit être puisé. — Les vices doivent être punis. — Qu'il soit lié, gardé, puni. — Que l'enfant soit instruit. — Que les enfants soient instruits.

95. Les portes (*januæ*) ont été ouvertes, furent ouvertes, auraient été ouvertes. — Esclaves, vous avez été nourris, vous auriez été nourris. — Je crois que ce discours est entendu, a été, sera, aura été entendu. — Je crois que ces paroles (*hæc verba*, neut.) ont été entendues, seront, auront été entendues. — Les troupeaux (*pecora*, neut.) étaient gardés, seront gardés, auront été gardés. — Les villes ont été fortifiées, seront, auront été, auraient été fortifiées. — Villes, vous serez fortifiées. — Que les villes soient fortifiées. — Je crois que le camp (*castra*, plur. neut.) sera fortifié. — Le camp doit être fortifié.

RÈGLE DES VERBES PASSIFS.

Amor a Deo. — Mœrore conficior.

Le complément du verbe passif se met à l'ablatif avec *a* ou *ab* quand c'est un nom de chose animée (1).

Ex. Je suis aimé, j'étais aimé, je serai aimé *de Dieu. — Amor, amabar, amabor a Deo.*

Vous étiez écouté, vous aviez été écouté par vos écoliers. — *Audiebaris, auditus fueras a tuis discipulis.*

Il sera instruit, il aura été instruit par le maître. — *Docebitur, doctus erit a magistro.*

Ce livre est lu par l'enfant. — *Hic liber legitur a puero.*

Quand le complément du verbe passif est un nom de chose inanimée, il se met à l'ablatif sans préposition.

Ex. Je suis accablé *de chagrin. — Mœrore conficior.*

Le complément du *verbe passif* est ordinairement marqué en français par *de, du, des* ou *par.*

NOTA. On peut déjà faire remarquer que le verbe passif latin peut se rendre en français de plusieurs manières. — Ainsi cette phrase latine : *Fabulæ cum voluptate leguntur,* peut se traduire ainsi : Les fables *sont lues* avec plaisir ; ou : *On lit* les fables avec plaisir ; ou bien encore : Les fables *se lisent* avec plaisir.

EXERCICES.

96. Le cheval fougueux est dompté par l'habile écuyer. — Toutes les choses sont changées par le temps. — Les méchants sont tourmentés par leur conscience. — L'enfant docile et pieux est conduit par son bon ange. — Le juste est dirigé par l'amour du bien. — L'arbre a été abattu par la tempête. — Les chiens vigilants sont redoutés des voleurs. — Il a été aperçu par moi.

97. Notre vaisseau fut longtemps battu des vents. — Le juste n'est pas effrayé par les approches de la mort. — Pratiquons la vertu, et nous ne serons jamais abandonnés de Dieu. — Les mets doivent être assaisonnés (sont devant être) par la faim. — Socrate fut condamné par des juges injustes et ignorants. — Annibal fut vaincu

(1) On met *a* devant une consonne, et *ab* devant une voyelle ou une *h* muette.

par Scipion. — Clitus fut tué par Alexandre. — Le temple des muses est ouvert par la grammaire.

VERBES DÉPONENTS.

Les verbes *déponents* sont des verbes qui se conjuguent en latin comme les verbes passifs, et en français comme les verbes actifs. — Ils ont *la forme passive* en latin, et la *signification* française *active*. — Ainsi le verbe déponent *Imitor* se conjugue en latin comme *Amor*, tandis qu'il signifie en français j'*imite, tu imites*, etc.

On appelle ces verbes *déponents* (du verbe *depono, is, ere*, déposer), parce qu'ils déposent en latin leur terminaison active pour en prendre une passive.

Les verbes *déponents* se conjuguent absolument comme les verbes passifs. Ils ont cependant retenu quelques temps de l'actif, tels que le participe présent actif en *ans* et en *ens*, le participe futur actif en *rus, a, um*, les *gérondifs* et les *supins*. — Ils ont aussi le supin et le *participe futur passif : Imitatu*, à être imité; *Pollicendus*, devant être promis, etc.

Ils ont, de plus que les verbes actifs, le *participe passé actif* : *Imitatus*, ayant imité; *pollicitus*, ayant promis, etc. (1).

Les temps simples et les temps composés des verbes déponents se forment comme ceux des verbes passifs.

Il y a des verbes déponents qui appartiennent à chacune des quatre conjugaisons. Nous allons en donner quelques-uns qui serviront de sujets d'exercices.

PREMIÈRE CONJUGAISON DÉPONENTE.

Verbes qui se conjuguent sur IMITOR.

Réguliers.

Miror, miraris, miratus sum, mirari, *admirer*.
Comitor, comitaris, comitatus sum, comitari, *accompagner*.
Mercor, mercaris, mercatus sum, mercari, *acheter*.
Nugor, nugaris, nugatus sum, nugari, *badiner, s'amuser*.
Moror, moraris, moratus sum, morari, *demeurer, tarder*.

---

(1) Ce participe passé actif existe aussi dans quelques autres verbes qui ne sont pas déponents. Ainsi on trouve *cœnatus*, ayant soupé, de *cœno, as, avi*. — *Pransus*, ayant dîné, de *prandeo, es, di*. — *Potus*, ayant bu, de *poto, as, avi*. — *Nupta*, s'étant mariée, de *nubo, is, psi*. — *Juratus*, ayant juré, de *juro*.

Dominor, dominaris, dominatus sum, dominari, *dominer.*
Opinor, opinaris, opinatus sum, opinari, *être d'avis, penser.*
Vagor, vagaris, vagatus sum, vagari, *errer, être vagabond.*
Hortor, hortaris, hortatus sum, hortari, *exhorter.*
Stomachor, stomacharis, stomachatus sum, stomachari, *se fâcher.*
Gratulor, gratularis, gratulatus sum, gratulari, *féliciter.*
Adulor, adularis, adulatus sum, adulari, *flatter.*
Lamentor, lamentaris, lamentatus sum, lamentari, *se lamenter.*
Luctor, luctaris, luctatus sum, luctari, *lutter.*
Meditor, meditaris, meditatus sum, meditari, *méditer, réfléchir.*
Minor, minaris, minatus sum, minari, *menacer.*
Arbitror, arbitraris, arbitratus sum, arbitrari, *penser.*
Precor, precaris, precatus sum, precari, *prier.*
Lætor, lætaris, lætatus sum, lætari, *se réjouir.*
Veneror, veneraris, veneratus sum, venerari, *respecter.*
Conor, conaris, conatus sum, conari, *tâcher de, s'efforcer.*
Cunctor, cunctaris, cunctatus sum, cunctari, *tarder.*

EXERCICES.

98. Tu exhortes. — Il pensait. — Tu as accompagné.
— Nous admirions. — Ils priaient. — Elles respectaient.
— Les femmes méditèrent. — Les esclaves ont tardé. —
Je me lamentai. — Vous auriez lutté. — Les troupeaux
errent, erraient, ont erré, auraient erré dans les prai-
ries. — Mes sœurs se seront réjouies. — Domine. — Do-
minez. — Que nous dominions. — Que tu félicites. —
Qu'il se fâchât. — Il flatterait. — Le sénateur fut d'avis.
— Les sénateurs furent d'avis. — Mes frères ayant prié.
— Mes sœurs s'étant réjouies.

99. Qu'il eût tardé. — Il aurait tardé. — Qu'il eût
acheté. — La reine menacerait, aurait menacé, aura menacé. — Je crois que le peuple admirera, aura admiré (1). — Je crois que le vaisseau lutte, a lutté, luttera
contre les flots (2). — Cette femme se sera réjouie; elle
aurait admiré; qu'elle eût respecté. — Je crois que les
pécheurs se lamenteront. — Les troupeaux erraient, er-
rèrent. — Dieu menace, menaçait, menacera. — Les esclaves qui doivent être achetés. — L'écolier badinait, ba-

(1) Tournez : Je crois le peuple devoir admirer, avoir dû admirer. — (2) Je
crois le vaisseau lutter, etc.

dina, badinerait.—Mes frères se sont efforcés.—Mes
sœurs se sont efforcées.—Les enfants ayant tardé.—Les
femmes ayant prié.

DEUXIÈME CONJUGAISON DÉPONENTE.

Verbes qui se conjuguent sur POLLICEOR.

Réguliers.

Vereor, vereris, veritus sum, vereri, *craindre*.
Tueor, tueris, tuitus sum, tueri, *défendre, protéger*.
Mereor, mereris, meritus sum, mereri, *mériter*.

Irréguliers.

Misereor, misereris, misertus sum, misereri, *avoir pitié*.
Fateor, fateris, fassus sum, fateri, *avouer*.
Confiteor, confiteris, confessus sum, confiteri, *confesser*.
Reor, reris, ratus sum, reri, *penser, être persuadé*.
Medeor, mederis (*sans parfait ni supin*), mederi, *remédier à,
    guérir*.

EXERCICES.

100. Nous craignons. — Nous avons craint. — Mes
sœurs ont craint. — Les esclaves craignirent. — Vous
méritiez. — Tu as mérité. — Tu avais mérité. — Je mé-
riterais. — Vous aurez mérité. — Protège. — Défendez.
— Que tu aies pitié. — Qu'ils avouent. — Qu'ils aient
avoué. — Ils auraient confessé. — Qu'ils eussent pensé.
— J'avais craint. — Que je permette. — Il aurait pensé.
— Je guérirais. — Nous remédierions. — Avoir eu pitié.
— A confesser. — Dieu ayant eu pitié.

101. Je crois que le médecin remédie. — Je crois que
les esclaves ont mérité. — Le désir de mériter. — L'ennemi ayant craint. — J'avais pensé. — Ils méritèrent.
— Ils auraient mérité. — Qu'ils méritent. — Je crois
que les esclaves avoueront, auront avoué. — Les femmes
ont été persuadées, ont eu pitié, auront pitié; je crois
qu'elles ont eu pitié. — Défends, défendez l'opprimé.—

Mes frères ont craint. — Mes sœurs craignaient. — La
mère ayant craint.

TROISIÈME CONJUGAISON DÉPONENTE.

Verbes qui se conjuguent sur UTOR.

Réguliers.

Amplector, amplecteris, amplexus sum, amplecti, *embrasser.*
Irascor, irasceris, iratus sum, irasci, *se fâcher.*

Irréguliers.

Fungor, fungeris, functus sum, fungi, *s'acquitter.*
Nitor, niteris, nisus ou nixus sum, niti, *s'efforcer.*
Expergiscor, expergisceris, experrectus sum, expergisci, *s'é-
   veiller.*
Labor, laberis, lapsus sum, labi, *glisser, tomber.*
Comminiscor, comminisceris, commentus sum, comminisci.
   imaginer, inventer.
Fruor, frueris, fruitus sum, frui, *jouir de.*
Nascor, nasceris, natus sum, nasci, *naître.*
Adipiscor, adipisceris, adeptus sum, adipisci, *obtenir, acquérir.*
Loquor, loqueris, locutus sum, loqui, *parler.*
Proficiscor, proficisceris, profectus sum, proficisci, *partir.*
Queror, quereris, questus sum, queri, *se plaindre.*
Nanciscor, nancisceris, nactus sum, nancisci, *rencontrer.*
Sequor, sequeris, secutus sum, sequi, *suivre.*
Ulciscor, ulcisceris, ultus sum, ulcisci, *se venger.*

TROISIÈME CONJUGAISON (*BIS*).

Déponents qui se conjuguent comme ACCIPIOR.

Aggredior, aggrederis, aggressus sum, aggredi, *attaquer.*
Progredior, progrederis, progressus sum, progredi, *s'avancer.*
Ingredior, ingrederis, ingressus sum, ingredi, *entrer.*
Gradior, graderis, gressus sum, gradi, *marcher.*
Morior, moriris, mortuus sum, mori, *mourir (sans supin).*
Patior, pateris, passus sum, pati, *souffrir.*

5

EXERCICES.

102. J'embrasserai. — Tu t'es acquitté. — Vous vous fâchez. — Nous avons parlé. — Nous parlâmes. — Qu'ils se fussent plaints. — Ils se seraient plaints. — Tu t'efforcerais. — Qu'il jouît. — Il tomberait.— Qu'il soit né. — Qu'il fût né. — Nous naîtrions. — Il obtiendrait. — Nous nous vengerions. — Qu'il eût rencontré. — Éveillons-nous. — Partez. — Qu'ils partent. — Que nous partissions. — Nous partirions. — Il aura oublié. — Vous vous êtes imaginé. — Soldat, marche au (1) combat. — Tu meurs, tu mourras, meurs pour (2) ta patrie. — Vos sœurs se sont éveillées, se seront éveillées.

103. Ils auront suivi. — Il naissait. — Jésus naquit.— Jouissez de. — Je crois que mes frères se plaignent, partent, se vengent, oublient. — Je crois que mes sœurs s'éveilleront, partiront, rencontreront.—Je crois qu'elles ont oublié, imaginé, suivi.—Facile à suivre (3).—Parle. — Parlez. — Vengez-vous. — Je crois que les esclaves se vengeront, qu'ils se seront vengés. — Suivez le sentier de la vertu. — Ils imaginèrent.—Qu'ils aient imaginé. — Mes sœurs auraient imaginé. — Les voyageurs partiront, sont partis, seront partis. — Les femmes s'étant éveillées et étant parties. — L'orateur ayant parlé.—Les orateurs ayant parlé.

QUATRIÈME CONJUGAISON DÉPONENTE.

Verbes qui se conjuguent sur **BLANDIOR**.

Réguliers.

Molior, moliris, molitus sum, moliri, *bâtir*, *remuer avec effort*.
Largior, largiris, largitus sum, largiri, *donner*.
Mentior, mentiris, mentitus sum, mentiri, *mentir*.
Sortior, sortiris, sortitus sum, sortiri, *obtenir*, *avoir par le sort*.

------

(1) Ad, *acc.* — (2) Pro, *abl.* — (3) T. *à être suivi.*

Partior, partiris, partitus sum, partiri, *partager*.
Potior, potiris, potitus sum, potiri, *se rendre maître*.

Irréguliers.

Experior, experiris, expertus sum, experiri, *éprouver, essayer*.
Exordior, exordiris, exorsus sum, exordiri, *commencer*.
Ordior, ordiris, orsus sum, ordiri, *commencer*.
Orior, oriris, ortus sum, oriri, *se lever*.
Metior, metiris, mensus sum, metiri, *mesurer*.

Remarque. — Plusieurs de ces verbes déponents étant neutres ou intransitifs, sont dépourvus du participe futur passif en *dus*, *da*, *dum*. Cependant, on dit *fruendus*, dont on doit jouir, et *utendus*, dont on doit se servir.

EXERCICES.

104. Il a menti. — Vous mentez. — Tu obtiendras. — Rendez-vous maîtres. — Qu'il donne. — Que je bâtisse. — Qu'il partage. — Que j'aie éprouvé. — Tu commencerais. — La lune s'est levée. — Les astres se seront levés. — Commençons. — Avoir menti. — Les hommes obtiendront. — Les ennemis se sont rendus maîtres. — Mes sœurs ont partagé ; elles auront partagé. — Les esclaves mentirent, mentiront, auront menti, auraient menti. — Je crois que les esclaves ont menti. — Les esclaves ayant menti.

105. Je crois que le géomètre a mesuré, que les géomètres ont mesuré. — Je crois que la lune se lèvera, se sera levée. — Le moment de commencer. — En mesurant. — Je crois que vous éprouverez. — Le serpent ayant menti. — Ève ayant partagé. — Les malheurs ayant commencé. — Les géomètres ont mesuré, mesureraient. — La lune se lève, s'est levée, se lèvera, se sera levée. — Je crois que nos sœurs ont éprouvé, auront éprouvé, éprouveront. — La guerre s'éleva, s'est élevée, s'élèvera ; je crois que la guerre s'élèvera. — De grandes guerres se sont élevées. — De grandes guerres s'étant élevées.

RÈGLE DES VERBES DÉPONENTS.

*Imitor patrem. — Miserere pauperum. — Blanditur nutrici. —
Utor lacte.*

Les verbes déponents gouvernent différents cas.

Les uns gouvernent l'accusatif : Ex. *Imitor patrem*, j'imite mon
père. — D'autres gouvernent le génitif : Ex. *Miserere pauperum*,
ayez pitié des pauvres. — D'autres le datif : Ex. *Blanditur nutrici*,
il caresse la nourrice. — D'autres enfin gouvernent l'ablatif : Ex. *Utor
lacte*, je fais usage de lait.

Le dictionnaire et l'usage apprendront les cas que chaque verbe
déponent gouverne (1).

EXERCICES.

106. Imitons (acc.) Jésus-Christ, notre maître. — Jo-
seph (*Josephus*) embrassa (acc.) Benjamin (*Benjaminus*).
— Respectez (acc.) Dieu, vos parents et les lois. — Con-
fessez (acc.) la vérité. — Le méchant oublie (gén. ou
acc.) les bienfaits, et n'oublie pas les injures. — Dieu
aura pitié des pécheurs. — Ayons pitié des malheureux.
— La nuit couvre (*amplecti*, acc.) la terre de ses ailes
(abl.) — Le sage jouit (abl.) des biens présents.

107. Le médecin remédie (*mederi*, dat.) au mal. —
J'admire (acc.) les hommes vertueux et célèbres. — Suivez (acc.) les bons exemples. — Les chiens caressent
(dat.) les petits enfants. — César s'empara (*potiri*, abl.)
du souverain pouvoir. — Le maître doit user (abl.) de patience. — L'ennemi attaqua (acc.) l'armée. — Nourrissons-
nous (*vesci*, abl.) de mets simples. — L'homme sensé
ne se glorifie pas (abl.) de ses richesses. — Les courtisans
flattent (dat.) les princes. — Vous obtiendrez (acc.) les
richesses par le travail.

---

(1) Il faut enseigner aux enfants la manière dont on reconnaît, dans un
dictionnaire, le cas gouverné par un verbe. Ce cas n'est pas toujours indiqué
littéralement, mais il l'est ordinairement au moyen d'un complément joint au
verbe. — Ainsi l'on trouve : *Alicui blandiri*, flatter quelqu'un ; *re frui*, jouir
d'une chose. — Les mots *alicui* et *re* indiquent que le verbe *blandiri* gouverne
le datif, et le verbe *frui* l'ablatif, etc.

On fera ainsi disparaître la source d'un grand nombre de fautes dans les devoirs du commençant.

PARTICIPES, GÉRONDIFS ET SUPINS.

Les PARTICIPES sont des adjectifs formés du verbe.

Ils s'accordent en genre, en nombre et en cas avec le nom auquel ils se rapportent.

Les verbes actifs ont le participe présent, *amans*, *monens*, *legens*, *audiens*, et le participe futur, *amaturus*, *moniturus*, *lecturus*, *auditurus*.

Les verbes passifs ont le participe passé, *amatus*, *a*, *um*; *monitus*, *lectus* et *auditus*, et le participe futur, *amandus*, *monendus*, *legendus*, *audiendus*.

Les verbes déponents ont de plus le participe passé actif, *imitatus*, *pollicitus*, *usus*, *blanditus*; ayant imité, ayant promis, s'étant servi, ayant flatté.

Les participes en *ans* et *ens* se déclinent comme *prudens*; les participes en *us*, comme *bonus*, *a*, *um*.

Les GÉRONDIFS sont des noms *verbaux*, c'est-à-dire formés du verbe, ou plutôt ce sont de véritables cas du *verbe* décliné *substantivement*.

EXEMPLES.

Dans les exemples suivants, le verbe est considéré comme un *nom* neutre, déclinable au singulier seulement.

Singulier.

Nominatif. — Amare *ou* amandum. — *Aimer* ou *l'action d'aimer.*
　　　　　 — Amandum, *l'obligation d'aimer.*
Génitif. 　 — Amandi, *de l'action d'aimer.*
Datif. 　　 — Amando, *à l'action d'aimer.*
Accusatif. — Amare *ou* amandum, *l'action d'aimer.*
Ablatif. 　 — Amando, *de l'action d'aimer* (1).

---

(1) Pour justifier cette déclinaison *verbale*, on peut citer les différentes circonstances où ces *cas* du verbe sont employés en vertu des mêmes règles qui régissent les noms. — Ainsi, par exemple :
　Nominatif. — *Turpe est mentiri*, il est honteux de mentir (le mentir est honteux). — Règle : *Deus est sanctus.*
　Génitif. — *Tempus legendi*, le temps de lire ou du lire. — Règle : *Liber Petri.*
　Datif. — *Assuetus vincendo*, habitué à vaincre. — Règle : *Corpus assuetum labori.*
　Accusatif. — *Amat ludere*, *te hortor ad legendum*; il aime jouer, je vous exhorte à lire. — Règle : *Amo Deum*, et *te hortor ad laborem.*
　Ablatif. — *Redeo a venando*, je reviens de la chasse. — Règle : *Redeo a venatione.*
　On peut encore citer les expressions suivantes, où le gérondif est gouverné

Les *gérondifs* (de *gerendus, a, um,* devant être fait) expriment l'action avec une idée de nécessité. On peut dire aussi *amandi, amando,* de la nécessité, à la nécessité d'aimer, etc.

Les supins sont aussi des noms verbaux qui n'ont que deux formes, *um* et *u,* comme : *Amatum,* act., *amatu,* passif.

Le supin exprime l'action comme faite.

Ventum est, on est venu (*l'action de venir accomplie est*).

Dictu opus est, il faut dire (*besoin est de l'acte de dire*).

EXERCICES

Sur les participes, les gérondifs et les supins.

PARTICIPES.

108. Les hommes écoutant, devant écouter le Seigneur. — Ma sœur louée, devant être louée. — Mes sœurs louées, devant être louées. — Les enfants priant, devant prier Dieu. — Les bons exemples doivent être donnés et suivis (sont devant être donnés et devant être suivis). — Des esclaves combattant pour la liberté. — Le coupable pris et jugé. — Le coupable ayant avoué son crime.

109. Les justes souffrants et méprisés dans (*in,* abl.) ce monde, récompensés et honorés dans le ciel. — La vertu doit être pratiquée (est devant être....) — Les vices doivent être détestés et punis. — Les soldats espérant la victoire. — Les soldats ayant lutté. — Les soldats étant morts pour la patrie. — Les arbres abattus, devant être abattus. — Nous favorisons (dat.) les enfants étudiant et travaillant avec zèle (*diligenter*). — Les inimitiés secrètes sont à craindre (sont devant être).

---

par des prépositions : *inter pugnandum, inter eundum,* en combattant, en allant (ou pendant *le combat, l'aller,* etc.).

Cette petite théorie est très-propre à donner à l'élève l'explication des règles qui concernent l'emploi des gérondifs.

GÉRONDIFS.

110. L'heure de travailler (gér.). — Le moment de se reposer (*quiesco*). — Les hommes pieux sentent la nécessité de supporter les peines de la vie (1), en espérant un bonheur certain. — Le chrétien cherche l'occasion de secourir les malheureux. — Le méchant cherche les occasions de faire le mal. — L'âne est accoutumé à supporter les coups. — Le chameau est accoutumé à vivre sobrement et à porter de lourds fardeaux.

111. Le cheval est né pour (*natus ad*, acc.) courir, l'oiseau pour voler, le bœuf pour labourer ; l'homme est né pour honorer Dieu et pour pratiquer la vertu. — Le paresseux passe sa vie *à jouer* (en jouant). — Le laboureur passe son temps à semer et à récolter. — César revenait de (*redibat a*) soumettre la Gaule. — Il revient de cueillir des fleurs (des fleurs devant être cueillies). — Le soldat revient de combattre. — Le désir d'imiter les bons exemples.

SUPINS.

112. Cet auteur a écrit des livres admirables à lire (à être lus). — L'ange vint annoncer (sup. en *um*). — Les saintes femmes vinrent embaumer (supin), le corps de Jésus-Christ. — Les Gaulois vinrent assiéger Rome. — Jésus est venu consoler les malheureux. — La grammaire n'est pas difficile à comprendre (à être comprise). — Un jeune arbre est facile à redresser. — Bucéphale (*Bucephalus*), cheval d'Alexandre, était difficile à dompter, etc.

_____

(1) Il sera utile, dès ce moment, d'avertir l'élève que les gérondifs se tournent le plus ordinairement par le participe futur passif en *dus, da, dum,* et de l'exercer à cette tournure : — *De supporter les peines de la vie;* tournez : *Des peines de la vie devant être supportées.* — *L'âne est accoutumé à supporter les coups:* tournez : *Aux coups devant être supportés.* Pour que cette tournure soit employée, il est nécessaire que le gérondif gouverne l'accusatif.

RÉCAPITULATION GÉNÉRALE.

**Noms, adjectifs, pronoms, verbes actifs, neutres, passifs
et déponents, participes, gérondifs et supins.**

113. Les eaux des sources, des ruisseaux et des fleuves offrent (1) une boisson salutaire aux hommes et aux animaux. — Les débordements des fleuves ont retardé (2) les marches. — L'athlète robuste a été renversé par un coup pesant. — Le coupable est tou.menté par le souvenir de ses crimes. — Je crois que les coupables sont tourmentés par le souvenir de leurs crimes.—Donnez du pain à ceux qui ont faim (3).

114. Les forces sont augmentées, seront augmentées, auront été augmentées par un travail modéré. — Le temps est venu, viendra, serait venu. — Je dis que les temps prédits par les prophètes sont venus, seront venus. — Oubliez les injures. — Les injures doivent être oubliées.—Racontez-moi cette fable, car les fables elles-mêmes nous instruisent. — Vous nous voyez tristes et affligés après (4) cet accident funeste qui a détruit toutes nos espérances. — La lettre que j'ai écrite à ma mère lui a été fort agréable.

115. Les fleurs qui ornent nos jardins, les astres qui brillent dans le ciel, les eaux que vous voyez sur (5) la surface de la terre, toutes ces merveilles que nous admirons sont l'ouvrage du Dieu puissant qui nous a créés.— Je crois que ces étrangers s'absentent, s'absenteront, se seront absentés longtemps de leur patrie. — Je dis que les tempêtes nuisent, nuiront, auront nui à la bonne navigation. — Le lâche seul insulte son ennemi vaincu. — Le renard habile et fourbe a dévoré le fromage du corbeau stupide. — Je crois que les renards trompeurs dévoreront toujours les fromages des corbeaux stupides.

116. La terre que nous cultivons avec soin produit, a produit, produisit et produira toujours ces arbres, ces

---

(1) Præbeo, es, ere, *act.* — (2) Moror, aris, ari, *dép. acc.* — (3) Tournez : *aux ayant faim.* Esurio, is, ire. — (4) Post, *acc.* — (5) In, *abl.*

fleurs, ces fruits, ces légumes et ces métaux qui sont nécessaires à la vie et à l'usage des hommes. — L'écolier
diligent est excité au (1) travail par l'espoir des récompenses; il sera loué de sa tendre mère et récompensé par
ses maîtres. Un paresseux, au contraire (2), serait blâmé
de tout le monde (3). — Un grand nombre (4) d'animaux
sauvages sont domptés, ont été, seront domptés par la
faim.

117. La misère des pauvres est augmentée, sera augmentée, aura été augmentée par la rigueur de l'hiver. —
Ces tendres arbrisseaux ont été, auront été atteints (5)
par les froids rigoureux de ce rude hiver. — Pendant le
déluge, les vastes plaines et les hautes montagnes étaient
couvertes par les eaux de la mer. — La terre entière a
été couverte; elle fut, elle aura été, elle serait, elle aurait été couverte par les eaux.

118. Dieu dit : « Que la terre soit couverte par les
flots. » Et la terre fut couverte. — Les paresseux tardent,
tardaient, tarderont toujours de faire les choses qui leur
sont commandées. — Respectez Dieu, vos parents et les
lois de votre pays. — Les troupeaux errent (6), erraient,
erreront, erreraient, dans les gras pâturages de cette fertile contrée. — Les chrétiens oublient, oublièrent, ou-
blieraient les injures. — Les injures doivent être oubliées.
— Parlons de nos affaires. — Les anges dirent aux bergers : « Réjouissez-vous : car un Sauveur vous est né. »

DES PRÉPOSITIONS.

La *préposition* sert à lier certains mots entre eux, et veut, en latin,
son complément à l'accusatif ou à l'ablatif.

Il y a, en latin, quarante-deux prépositions. Dans ce nombre sont
compris certains adverbes employés souvent comme prépositions (7).

---

(1) Ad, *acc.* — (2) Autem. — (3) Tournez: *de tous.* — (4) Tournez : *beaucoup,* multi, æ, a. — (5) Lædor, eris, i. — (6) Vagor, aris, ari.
(7) *Circiter, prope, usque, versùs* sont de véritables adverbes, puisqu'ils se
construisent souvent avec des prépositions : *Circiter ad calendas.* — *Prope e
muris.* — *Usque ad montem.* — *Ad Alpes versùs,* etc....

(Voir le tableau des prépositions dans la grammaire.)

Vingt-huit prépositions veulent leur complément à l'accusatif ;

Dix le veulent à l'ablatif ;

Et *quatre* le veulent à l'accusatif, quand le verbe marque un mouvement pour passer d'un lieu dans un autre, et à l'ablatif quand ce mouvement n'existe pas. (Cependant, parmi elles, *super* et *subter* régissent plutôt l'accusatif, même sans mouvement.)

EXERCICES

Sur les prépositions.

PRÉPOSITIONS QUI GOUVERNENT L'ACCUSATIF.

119. Avant la mort. — Pour notre usage. — Chez moi. — Pour la gloire de Dieu. — Les Romains combattirent contre Annibal. — Vis-à-vis la porte. — Avant trois jours. — Devant le juge. — Nous lisons dans (*apud*) Platon, dans Cicéron, dans Virgile. — Environ trois heures. — Auprès de la forêt. — Autour de la ville. — Autour du jardin. — Vis-à-vis de la montagne. — Envers Dieu. — Envers les malheureux. — Hors de la ville. — Au-dessous du toit. — Parmi les rois. — Entre les peuples. — Parmi nos ancêtres.

120. Au-dessous du temple. — Dans l'espace de sept mois. — Dans l'espace de cinq années. — Au dedans de la maison. — Auprès de la croix. — Proche de la rivière. — Auprès de Paris. — A cause de tes vices. — Devant les yeux. — A cause de l'offense. — A cause de votre conduite. — Proche de la maison. — Près du collége. — Notre salut est en la puissance de Dieu. — La victoire appartint à nos soldats (fut en la puissance de nos soldats). — Par mon père. — Pendant dix ans. — Durant six mois.

121. Au travers des champs. — A travers les forêts. — Par la ville. — Pendant la route. — Derrière l'armée. — Derrière la porte. — Derrière lui. — Après dix ans de siége. — Depuis la naissance de Jésus-Christ. — Dans quinze jours, dans trois mois, dans vingt ans (après quinze jours, etc.). — Outre mesure. — Excepté les enfants. — A cause de nos péchés. — A cause de cela. —

Suivant Cicéron. — Selon l'Évangile. — Suivant la coutume. — Le long du fleuve. — Le long de la montagne. — Le long de la route.

122. Au-dessus du toit. — Au-dessus de la tête. — Au delà de l'Italie. — Au delà du Jourdain. — Vers l'occident. — Vers la montagne. — Au delà des mers. — Au delà des monts. — Au delà du Rhône. — Jusqu'au soir. — Jusqu'au jour. — Jusqu'au soleil. — Jusqu'à la fin. — Les planètes tournent autour du soleil. — Les Gaulois habitent en deçà (*cis*) du Rhin, les Germains au delà (*trans, ultra*) du Rhin. — Les poissons expirent hors de l'eau. — Ceci soit dit entre nous. — Les oiseaux volent à travers les airs. — Agir selon le droit.

PRÉPOSITIONS QUI VEULENT L'ABLATIF.

123. Dieu n'a rien fait (*nihil fecit*) sans motif. — Abel fut tué par Caïn. — L'arbre sort de (*e*) terre. — Vivez avec vos ennemis. — Dès l'enfance. — Par devant (*a frons, tis*). — Par derrière (*a tergum, i*). — Sans toi. — A l'insu du roi. — Avec mon ami. — Avec nous, avec qui, avec moi, avec toi, avec vous, avec lequel (1). — Je parle des hommes (touchant les...). — Ce livre a été écrit sur (*de*, abl.) la tempérance et sur le mépris de la mort. — Du nombre desquels.

124. Devant tout le monde. — En comparaison de vous. — Pour la vie. — Selon son mérite. — Sans poids. — Jusqu'au front. — Jusqu'aux lèvres. — Jusqu'au nez. — Je reviens de la ville. — Depuis ce temps. — Annibal fut vaincu par Fabius. — Le berger chasse le troupeau devant lui. — Mourir pour la patrie. — Le bûcheron chante sous le rocher élevé. — Virgile était aimé d'Auguste. — A l'insu de mon père. — En présence de Dieu. — Viens avec moi. — Je vais avec vous. — Selon (*pro*) la coutume. — Jusqu'au cou.

---

(1) Voir, dans la grammaire, la remarque qui concerne *cum*.

PRÉPOSITIONS QUI VEULENT L'ACCUSATIF OU L'ABLATIF (1).

125. Nous irons en Italie. — Antoine alla en Égypte.
—Je demeure en France. — Le berger s'assied sur un
rocher. — Nous habitons dans la ville. — Régulus alla en
Afrique.—Je monte à cheval. — Couler sous les flots. —
Je me repose sous un arbre. — Dieu se tient sur les
nuées. — Le juste est au-dessus du méchant.—Envoyer
sous le joug. — Un glaive pend sur (*super*, abl.) sa tête
impie. — Les poissons nagent dans la mer. — Les fleuves
se jettent (*se effundunt*) dans la mer, etc.

DES ADVERBES.

L'*Adverbe* est un mot invariable qui détermine ou modifie le sens
du verbe.

L'*adverbe* équivaut toujours à une préposition suivie de son complément. Ainsi *parler sagement* équivaut à *parler avec sagesse.*

Il modifie aussi quelquefois le sens d'un *adjectif* ou d'un *substantif*.

Il y a deux espèces d'adverbes :

1° Les *adverbes primitifs*, qui ne dérivent d'aucun autre mot.

2° Les *adverbes dérivés*, qui dérivent d'autres mots. — Tels que
malè de *malus*; *fortiter* de *fortis*; *sapienter* de *sapiens*. — Les adverbes en *è* et en *ò* viennent des adjectifs de la deuxième déclinaison;
les adverbes en *ter* viennent de la troisième. — Le neutre de plusieurs
adjectifs est souvent pris pour adverbe. — Ex. *Facilè* de *facilis*. —
Recèns de *recens, entis.* — *Tantùm, multùm*, etc.

Les adverbes en *im* viennent ordinairement des participes, comme
contemptim, passim, etc.

Ceux qui sont terminés en *itùs* expriment l'origine. — Ex. *Cœlitùs,
divinitùs*, etc.

Enfin, plusieurs adverbes ne sont autre chose que certains cas
de différents noms ; tels sont : *Noctu, diu, vesperè, manè, hodie*
(*hoc die*), *pridie (priori die), postridie (posteriori die), perendie
(peremptâ die), nudiustertius (nunc dies est tertius), obviàm (ob
viam)*, etc.

(Voir le tableau des adverbes dans le grammaire.)

Les circonstances et les modifications exprimées par l'adverbe
peuvent se réduire à huit.

---

(1) Les élèves choisiront eux-mêmes le cas qu'il faudra employer. — *Super*
et *subter* se construisent très-rarement avec l'ablatif.

1° Le lieu; — 2° le temps; — 3° la manière; — 4° la quantité; — 5° l'interrogation; — 6° l'affirmation; — 7° la négation; — 8° le doute.

Plusieurs adverbes peuvent avoir, comme les adjectifs, un *comparatif* et un *superlatif*. Ce sont surtout les adverbes dérivés des adjectifs. (Nous parlerons plus loin de la formation du comparatif et du superlatif dans les adverbes, en parlant de leur formation dans les adjectifs.)

Les adverbes ne gouvernent rien par eux-mêmes; leur régime est toujours gouverné par un nom, un adjectif, ou un verbe sous-entendu.

EXERCICES

Sur les différentes sortes d'adverbes (1).

126. Je pars aujourd'hui. — Je lirai demain. — Venez après-demain. — Pourquoi faites-vous cela? — Pourquoi le faites-vous ainsi? — Est-ce que je dors? — Est-ce que tu rêves? — Je ne dirai rien. — Il ne parle pas. — Vous n'êtes pas venu. — Je n'irai pas (*ibo*). — Il viendra peut-être. — Il est venu par hasard. — Je l'aime comme mon frère. — Il m'aime pareillement. — Allons, soldats, courage! — Plaise à Dieu que l'ennemi prenne la fuite! — Vous combattez vaillamment. — Buvez beaucoup d'eau et peu de vin. — Beaucoup d'avarice. — Assez d'argent.

127. La veille de la bataille. — Le lendemain de votre arrivée. — Voici l'homme. — Voici l'ennemi. — A cause de votre père. — Nous irons (*ibimus*) au-devant de vous. — Parlez librement. — Il a péri malheureusement. — Il sent bon (*bene oleo*), celui qui (*qui*) ne sent rien. — Les anciens Romains vivaient durement et sobrement; ils allaient gaiement au combat, attaquaient hardiment l'ennemi et mouraient courageusement pour leur patrie. Les vainqueurs étaient magnifiquement récompensés. — Ma sœur danse élégamment. — Tu attends en vain.

(1) Voir le chapitre des adverbes dans les Éléments de la grammaire, et la Syntaxe des adverbes à la fin de la Syntaxe générale.

ADVERBES DE LIEU.

(Voir le tableau des adverbes de lieu dans la grammaire, à la fin des Questions de lieu et de la Syntaxe.)

128. Où es-tu? (tu es où?) — Que fais-tu là? — Il est ailleurs. — Nous sommes au dedans. — Vous êtes au dehors. — Venez ici. — Je vais (*eo*) là où tu es. — Tu vas (*is*) là où il est. — Nous y allons (*imus*). — Quelque part que nous allions (*eamus.*) — Je vais dehors. — Tu rentres dedans. — D'où vient-il? — Il part d'ici. — J'en viens. — De quelque endroit que tu viennes. — Par où passez-vous? — Passez par ici. — Je passerai par là où vous êtes. — Par quelque endroit que vous passiez.

DES CONJONCTIONS (1).

La *conjonction* est un mot qui sert à réunir deux propositions ou les parties d'une même proposition.

Il y a différentes sortes de conjonctions : les unes gouvernent l'*indicatif*, et les autres le *subjonctif*. Le régime de chacune est indiqué dans le dictionnaire.

(Voyez, dans la grammaire, le tableau des conjonctions, et leur syntaxe à la fin de la Syntaxe générale.)

Certaines conjonctions gouvernent toujours le subjonctif; d'autres ne gouvernent ce mode que devant certains temps de l'indicatif; d'autres enfin ne gouvernent le subjonctif que lorsqu'elles sont placées entre deux verbes.

Quand on dit qu'une conjonction gouverne le *subjonctif*, on entend par là que le verbe qui suit cette conjonction et qui est à un temps du mode *indicatif* en français, doit se mettre au même temps dans le mode *subjonctif* en latin.

Voici les conjonctions dont l'usage est le plus fréquent, avec le mode qu'elles gouvernent le plus ordinairement :

(1) Tous les **ouvrages** élémentaires ont coutume de passer rapidement sur le régime des conjonctions, dont ils renvoient l'étude à la fin de la Syntaxe. Nous pensons, au contraire, qu'il est fort utile d'exercer les élèves au moins sur l'emploi des conjonctions les plus usitées, par la raison qu'ils rencontreront souvent des mots de cette espèce dans leurs devoirs, et surtout dans les versions.

Cùm (1)et *quum* (lorsque, comme), veulent le subjonctif devant l'im-
        parfait et le plus-que-parfait. Souvent aussi cette
        conjonction se construit avec l'indicatif.

Cùm, quum (puisque, vu que), veulent toujours le subjonctif.

Dùm (tandis que), se construit le plus souvent avec l'indi-
        catif, mais quelquefois aussi avec le subjonctif de-
        vant l'imparfait et le plus-que-parfait.

Dùm (pourvu que), veut toujours le subjonctif.

Ut (afin que, pour que), veut toujours le subjonctif.

Ut (comme, aussitôt que, dès que), veut l'indicatif.

Ne (de peur que), veut le subjonctif.

Quàmvis, licèt, (quoique), gouvernent tantôt le subjonctif et tantôt
*quanquàm,*etc.   l'indicatif.

Dummodo, (pourvu que, pourvu que ne), veulent le sub-
modò ne   jonctif.

Quia (parce que), veut ordinairement l'indicatif.

Quòd (parce que), veut le plus souvent le subjonctif.

Donec (jusqu'à ce que), veut le subjonctif.

Si (si), gouverne le subjonctif devant l'imparfait et le
        plus-que-parfait, et veut les autres temps à l'indi-
        catif ou au subjonctif. (Quand il est suivi de deux
        verbes dont le second est au futur, le premier se
        met aussi au futur.)

Nisi (à moins que, si ne), veut toujours le subjonctif.

Quelques autres conjonctions, ainsi que les adverbes pris pour
conjonctions, veulent le subjonctif, lorsqu'ils sont placés entre deux
verbes. — Ex. Dites-moi pourquoi vous avez fait cela. *Dic mihi cur
hoc feceris.*

EXERCICES

Sur les principales conjonctions.

129. Lorsque nous naissions. — Lorsque Noé (*Noemus*) bâtissait l'arche. — Lorsque Romulus eut tué Rémus.

---

(1) L'élève ne doit pas confondre *cùm* ou *quum* conjonctions, qui signifient
lorsque, puisque, comme, avec *cum* préposition, qui signifie *avec* et qui veut
l'ablatif : *Cum patre meo,* avec mon père.

—Lorsque nous mourrons.—Puisque mon frère m'aime.
—Puisque les prophètes avaient prédit. — Comme Jésus parlait, Marie arriva. — Dieu nous a créés pour
que (afin que) nous le servions. —Demandez, afin de recevoir (afin que vous receviez).— Jésus arriva, comme (*ut*)
les prophètes l'avaient annoncé. —Nous mourrons
comme nos pères sont morts.—De peur que nous ne
périssions. —De peur que nous ne mourions.

130. Quoique les hommes soient méchants. —Quoique la mer fût agitée. — Quoique nous soyons pauvres.
— Pourvu que Dieu nous protége. — Pourvu que nous
aimions Dieu. — Pourvu que nous remportions la victoire. —Jusqu'à ce que la mort arrive. —Prions jusqu'à
ce que Dieu nous exauce. —Si je savais. —Si j'avais
prévu. — Si nous cherchons, nous trouverons. — Le
maître ayant dit (lorsque le maître eut dit).—Si Clitus
se fût tu. — Si Alexandre n'eût pas bu (*nisi*, sine).

131. Si nous ne prenons garde. — Si nous ne
combattons courageusement. —Parce que la mort est
certaine. —Puisque l'âme ne périt pas. —Parce que
nous avons méprisé la parole de Dieu.—Puisque les
choses sont ainsi. — Puisque la vie est courte. —Comme
le lion voulait chasser.—Le cerf ayant bu (*lorsque le
cerf eut bu*).—Alexandre ayant lu, et ayant pris la
coupe, tendit la lettre au médecin.

132. Afin que nous soyons récompensés. —Dieu est
si (*tam*) puissant, qu'il (*ut*) peut faire *tout ce qu'il veut*
(*omnia quæ vult*). — Lorsque les empereurs mouraient.
—Tandis que l'armée vivait dans les délices (*diffluere
deliciis*). — Pourvu que mon travail me nourrisse. — Si
le jeune homme savait! — Si le vieillard pouvait! — Sois
vertueux, afin que tu sois heureux. —La paresse nuit à
l'esprit, comme la rouille au fer. — Dès que j'ai vu mon
frère. — Quoique le méchant soit riche, il n'est pas heureux. — Tant que (*donec*, indicat.) vous serez heureux,
vous compterez beaucoup d'amis.

DE L'INTERJECTION.

L'*Interjection* est un mot indéclinable destiné à peindre les différents mouvements de l'âme.

Outre les *interjections* indiquées dans la grammaire, il en est plusieurs autres qui ne sont autre chose que des noms, des adjectifs ou des verbes, employés comme interjections : — *Pax!* paix! chut! — *Malum! indignum!* malheur! — *Age!* allons! et le contraire *Apage!* loin! loin! — *Quæso! obsecro! amabo! precor!* allons! je vous en prie! — *Cedo!* voyons! — *Sodes!* (pour *si audes*)! s'il vous plaît!

On peut ranger aussi parmi les interjections les différents jurements familiers aux Romains. Le plus fréquent est le jurement par Hercule, qui présente six formes différentes, dont les principales sont : *Mehercule* (me, Hercule, juves)! *Hercules! Hercle!* — *Medius fidius* (1)!

Ils juraient encore par Castor et par Pollux. *Mecastor!* par Castor! — *Edepol!* par Pollux!

Les hommes juraient par *Hercule*, les femmes par *Castor;* les hommes et les femmes par *Pollux.*

RÉCAPITULATION GÉNÉRALE.

Noms, adjectifs, pronoms, verbes, participes, adverbes, prépositions, conjonctions et interjections.

155. César, empereur romain, donna (2) les terres (3) de ses ennemis à ses soldats vainqueurs. — Darius, roi des Perses, fut vaincu par les Scythes, peuple audacieux. — Les Romains enlevèrent les Sabines (4), qu'ils avaient invitées, avec leurs pères et leurs époux, aux (5) jeux publics. — Les Sabines furent enlevées. — Je dis que les Sabines furent enlevées par les Romains. — Les hommes sont excités au (5) mal par leurs passions. — Vous trouverez, vous trouveriez, que vous ayez trouvé le bonheur dans la vertu. — Les lettres que j'ai écrites à mes frères

---

(1) *Medius fidius!* peut s'expliquer ainsi : *Me dius* (ancienne forme de *Deus*), *fidius* (adjectif dérivé de *fides*), sous-entendu *juret* : *Que le dieu de la bonne foi me soit en aide.*
(2) Concedo, is, ere, *act.* — (3) Ager, gri. *masc.* — (4) Sabinæ, arum, *fém. pl.* — (5) Ad, *acc.*

et à mes sœurs leur ont été agréables. — Contemplez ces prés, ces bois, ces monts et ces vallées, ce ciel et cette terre ; admirez la puissance du Dieu qui a créé toutes ces choses et qui les conserve.

154. Ces enfants studieux et zélés assistent très-exactement à tous les exercices de leur classe, afin d'être (1) un jour des hommes utiles à leurs parents et à eux-mêmes. — Pourvu que vous assistiez à tous nos exercices. — Le cèdre majestueux du Liban, comme l'herbe de la prairie, annoncent la gloire de Dieu. — Vous voyez une paille dans l'œil de votre voisin, et vous n'apercevez pas la poutre qui est dans le vôtre. — Lorsque la trompette aura sonné, nous nous lèverons et nous nous avancerons au (2) combat. — Nous obtiendrons, nous obtiendrions notre pardon d'un (3) Dieu miséricordieux dont la clémence est égale à la justice. — Veillez, de peur que (4) vous ne péchiez. — Lorsque vous aurez exercé vos esprits par l'étude des langues, vous vous distinguerez sûrement dans la profession que vous embrasserez.

155. Je vous avais conseillé d'étudier (5) vos leçons avec soin ; mais je crois que mes conseils n'ont pas toujours plu à mes jeunes élèves. — Puisque je vous ai écrit, envoyez-moi une réponse. — Les Philistins avaient lié les mains de Samson et l'avaient amené dans l'assemblée. Cependant le prisonnier renversa les hautes colonnes qui soutenaient l'édifice dans lequel les convives s'étaient assemblés. Vous auriez alors entendu les plaintes et les gémissements de cette multitude que Dieu punissait ainsi par la main d'un seul homme. — Étudiez, afin de savoir (6). — La fable raconte qu'un coq, cherchant de la nourriture, trouva une perle qu'il méprisa. — César était venu dans la Gaule avec une grande armée, et s'était emparé de tout ce pays que nous habitons aujourd'hui. — Quoique vous vous moquiez (7) de mes efforts, je continuerai.

---

(1) Tournez : *afin qu'ils soient*, ut *avec le subj.* — (2) Ad, acc. — (3) A, abl — (4) Ne, *subj.* — (5) Tournez : *que vous étudiassiez*, ut *avec le subj.* — (6) Tournez : *afin que vous sachiez*. — (7) Irridere, acc.

136. Chez les anciens Romains, la pauvreté n'était blâmée de personne ; le déshonneur seul était redouté de tous. — Que le déshonneur seul soit redouté de vous tous. — Que les méchants soient effrayés de la sévérité des lois. — Je crois que les méchants ne sont pas, n'ont pas été, ne seront pas effrayés de la sévérité des lois. — La lettre que j'attends aura été écrite et me sera parvenue lorsque vous viendrez me voir ; elle me sera envoyée par celui qui l'aura écrite. — L'homme est ignorant et grossier jusqu'à ce qu'il ait été instruit. — Je suis persuadé (1) que vous méritez, que vous mériterez, que vous avez mérité les récompenses que je vous ai promises. — Qui peut jouir d'un vrai bonheur ? — Faites aujourd'hui de courageux efforts (2), afin que vous jouissiez un jour du fruit de vos travaux.

SUPPLÉMENT AUX DÉCLINAISONS.

DU GENRE DES NOMS.

Règle générale pour connaître les genres.

Sont du genre masculin : Les noms qui ne conviennent qu'à l'homme seul ; les noms de peuples, de fleuves, de montagnes, etc.

Sont du genre féminin : Les noms qui conviennent à la femme seule. — Les noms de villes, de provinces, d'îles, de navires, des quatre âges de la vie humaine, des vertus, des vices, des maladies, des sciences, etc. — Les noms d'arbres et d'arbrisseaux, sauf un petit nombre d'exceptions.

Sont du genre neutre : Les noms de métaux (excepté *calybs*, acier, qui est masculin). — Les noms indéclinables. — Les noms de pays terminés au singulier en *um*, ou en *a* au pluriel.

REMARQUE.

Les noms *parens*, *civis*, *conjux*, *canis*, *bos*, et quelques autres, sont du genre masculin ou du genre féminin, selon qu'ils désignent des individus mâles ou femelles de leur espèce. Ainsi on dit : *Parens bonus*, un bon père, et *parens bona*, une bonne mère. — *Hic* et *hæc conjux*, cet époux ou cette épouse, etc.

(1) Reor. — (2) Tournez : *Efforcez-vous courageusement.*

On appelle noms *épicènes* les noms qui, sous un même genre, comprennent les deux espèces. — Ainsi, *vespertilio*, chauve-souris, masc.; *elephas, antis*, l'éléphant, masc. ; *aquila, æ*, l'aigle, fém. ; *vulpes, is*, le renard, fém., etc., désignent également les individus mâles et femelles de la même espèce.

PREMIÈRE DÉCLINAISON.

(Supplément.)

Noms qui se déclinent au pluriel sur **Famulæ**, arum.

Anima, æ, *l'âme.*	Asina, æ, *l'ânesse.*
Equa, æ, *la jument.*	Mula, æ, *la mule.*
Filia, æ, *la fille.*	Nata, æ, *la fille.*
Liberta, æ, *l'affranchie.*	Dea, æ, *la déesse.*

Ces noms ont le datif et l'ablatif pluriel en *abus*, afin de les distinguer des mêmes cas des mots masculins correspondants, *animus*, *equus*, *asinus*, etc.

Cependant les auteurs latins emploient souvent *asinis*, *animis*, *diis*, etc., lorsque, par le sens de la phrase ou par le genre des autres mots, la confusion n'est pas à craindre.

La première déclinaison renferme quelques noms tirés du grec.

Les uns ont pris la forme latine, comme *poeta, æ ;* les autres ont conservé la forme grecque, comme *epitome, es* (l'abrégé), et d'autres enfin suivent les deux terminaisons, comme *musica , æ*, et *musice, es*. — Cependant, dans ces derniers, la forme latine était préférée.

Déclinaison.

Nom. Music e, *la musique.*	Comet es, *la comète.*	Æne as, *Énée.*
Génit. — es, —	— æ, —	— æ, —
Datif. — æ, —	— æ, —	— æ, —
Accus. — en, —	— en *ou* am,	— an *ou* am.
Vocat. — e, —	— e, —	— a, —
Ablat. — e, —	— e *ou* à, —	— à, —

Le pluriel, quand il existe, se décline comme *Rosæ, arum.*

Noms qui se déclinent sur Musice.

Epitome, es, *l'abrégé*, fém.	Grammatice, es, *la grammaire*, fém.
Cybele , es , *Cybèle (déesse)*, fém.	Rhetorice, es, *la rhétorique*, f.
Ode, es, *l'ode*, fém.	Poetice, es, *la poésie*, fém.

Sur Cometes.

Anchises, æ, *Anchise* (nom propre), masc.

Philoctetes, æ, *Philoctète* (nom propre), masc.

Dynastes, æ, *le souverain.*

Planetes, æ, *la planète.*

Alcides, æ, *Alcide* ou *Hercule* (nom propre), masc.

Anagnostes, æ, *le lecteur*, masc.

Geometres, æ, *le géomètre*, m.

Euphrates, æ, *l'Euphrate* (nom de fleuve), masc.

Sur Æneas.

Boreas, æ, *la bise*, *Borée* (vent du nord), masc.

Pharias, æ, *le serpent*, masculin.

Hippias, æ, *Hippias* (nom propre), masc.

Cineas, æ, *Cinéas* (nom propre), masc.

Andreas, eæ, *André* (nom d'homme), masc.

Tiaras, æ, *la tiare* (ornement de tête), masc.

Phidias, æ, *Phidias* (nom propre), masc.

Prusias, æ, *Prusias* (nom propre), masc.

(Les noms propres n'ont pas de pluriel.)

REMARQUE.

Le nom *Familia*, *æ*, famille, a aussi conservé le génitif grec en *as*, mais seulement dans certains mots composés qui sont : *pater-familias*, un père de famille ; *filius-familias*, un fils de famille ; *mater-familias*, une mère de famille ; et *filia-familias*, une fille de famille.

DEUXIÈME DÉCLINAISON.

(Supplément.)

Il y a des noms qui ont le vocatif en *i*, comme *O fili*, ô fils !

Noms qui se déclinent sur Filius.

Genius, *le génie.*

Caius, *Caïus* (nom d'homme).

Pompeius, *Pompée*, id.

Antonius, *Antoine* (nom d'h.).

Horatius, *Horace*, id.

Virgilius, *Virgile*, id.

Deus fait au pluriel :

Nom. — Dii *ou* Dî, *les dieux* (chez les païens).

Génit. — Deorum *ou* Deûm, *des dieux.*

Datif. — Diis *ou* Dîs, *aux dieux.*

Accus. — Deos, *les dieux.*

Ablatif. — Diis *ou* Dîs, *des dieux.*

Il y a des noms de la deuxième déclinaison, tirés du grec, qui ont conservé une partie de leurs formes grecques. — Ex. *Orpheus*, Orphée.

Noms qui se déclinent sur Orpheus.

Perseus, *Persée* (nom d'homme).   Theseus, *Thésée* (nom d'h.).
Morpheus, *Morphée*, id.   Proteus, *Protée*, id., etc.

Autres noms grecs en os et en on.

Delos, *Delos* (île). — G., i. — D., o. — Acc., on ou um. — V., Ab., ŏ, f.
Samos, *Samos* (île), fém. — ....
Paros, *Paros* (île), fém. — ....
Isthmos *ou* isthmus, *l'isthme*, masc. — ....
Lexicon, *le lexique*....
Ilion *et* Ilium, *Ilion* (ville)....

Pluriel en *a*.

OBSERVATIONS. — 1° Les noms *Deus* (Dieu), *agnus* (agneau), et *chorus* (chœur) ont le vocatif semblable au nominatif. — *O Deus! o agnus! o chorus!*

2° Certains mots de cette déclinaison éprouvent quelquefois une syncope. — *Dî* pour *Dii*, les dieux. — *Dîs* pour *Diis*. — *Liberûm* pour *liberorum*, des enfants. — *Virûm* pour *virorum*, des hommes. — *Nummûm*, *sestertiûm*, *modiûm* pour *nummorum*, *sestertiorum*, *modiorum*, etc.

TROISIÈME DÉCLINAISON.

(Supplément.)

Un grand nombre de noms de la troisième déclinaison s'éloignent, par quelques-unes de leurs formes, des modèles que nous avons déjà donnés. Ces noms peuvent se ramener presque tous à cinq modèles principaux déclinés dans la grammaire. Ce sont *securis*, *cubile*, *poema*, *hæresis* et *heros*.

1° Il y a des noms de la troisième déclinaison qui ont l'accusatif singulier en *im* comme *securim*.

Noms à décliner sur Securis.

Sitis, is, *la soif*, fém.   Buris, is, *le manche de la charrue*, fém.
Pelvis, is, *un bassin*, fém.
Amussis, is, *le cordeau*, fém.   Basis, is, *la base*, fém.

Pristis, is, *la scie* (poisson), f.
Tiberis, is, *le Tibre*, masc.
Arar *ou* Araris, is, *la Saône*, f.
Puppis, is, *la poupe*, fém.
Restis, is, *la corde*, fém.
Aqualis, is, *l'aiguière*, fém.
Mephitis, is, *la mauvaise odeur*, fém.
Tussis, is, *la toux*, fém.
Vis, is, *la force*, fém.
Ravis, is, *l'enrouement*, fém.

Cannabis, is, *le chanvre*, fém.
Bipennis, is, *la hache à deux tranchants*, fém.
Tigris, is, *le Tigre* (fleuve), masc.
Hispalis, is, *Séville* (ville), fém.
Sementis, is, *la semaille*, fém.
Strigilis, is, *l'étrille*, fém.
Navis, is, *le vaisseau*, fém.
Febris, is, *la fièvre*, fém.

Génitif pluriel en *um* ou en *ium*.

OBSERVATIONS.

Vis, la force, est inusité au datif singulier. Son pluriel est *vires*, *virium*, etc.

Les noms *clavis*, *sementis* font plutôt *clavem*, *sementem*. — Les noms *puppis*, *aqualis*, *restis*, *febris*, *turris* ont l'accusatif en *im* plutôt qu'en *em*.

Au contraire, *navis*, *strigilis*, *clavis* font plutôt *navem*, *strigilem*, *clavem*.

Ces noms, étant parisyllabiques, ont le génitif pluriel en *ium*.

2° Les noms neutres dont le nominatif est en *e*, en *al* ou en *ar*, font l'ablatif singulier en *i*, comme CUBILE (1). (Voir cette classe de noms dans les déclinaisons régulières.)

Les noms de la troisième déclinaison, qui ont le génitif pluriel en *ium*, sont :

1° Ceux qui ont l'ablatif en *i*. — *Cubilium, securium ;*

2° Les monosyllabes, sauf un certain nombre d'exceptions ;

3° Les parisyllabiques.

Les noms suivants, quoique parisyllabiques, ont le génitif pluriel en *um*. — L'ablatif singulier est en *e*.

Senex, senis, *le vieillard.*
Canis, is, *le chien.*
Vates, is, *le poëte.*
Juvenis, is, *le jeune homme.*

Apis, is, *l'abeille* (apium *et* apum).
Strues, is, *l'amas.*

Noms irréguliers.

N. Jupiter, *le dieu Jupiter*, masc. — G. Jovis. — D. Jovi. — A. Jovem, — V. O Jupiter. — Abl. Jove.

(1) Excepté *far, farris*, le blé; *hepar, hepatis*, le foie; *jubar, jubaris*, l'éclat des astres; *nectar, is*, le nectar; et *sal, salis*, le sel.

Singulier. — N. Iter, *le chemin*, neut. — G. Itineris. — D. Itineri. — Acc. Iter. — Abl. Itinere. — *Pluriel.* — N. Itinera. — G. Itinerum. — D. et Abl. Itineribus.

N. Supellex, *le mobilier*, fém. — G. Supellectilis, i, em, *sans pluriel.*

N. Bos, *le bœuf*, masc. — G. Bovis. — D. Bovi. — Acc. Bovem. — Abl. Bove. — *Pluriel.* — N. Boves. — G. Boum. — Dat. et Abl. Bobus.

Singulier. — N. Vas, *le vase*, neut. — Vasis. — D. Vasi. — Acc. Vas. — Abl. Vase (*troisième déclinaison*). — *Pluriel.* — N. Vasa. — G. Vasorum. — D. Vasis. — Acc. Vasa. — Abl. Vasis (*seconde déclinaison*).

3° Noms tirés du grec. — Quelques noms neutres terminés en *ma* ont deux formes pour le datif et l'ablatif pluriels. Ils se déclinent sur Poema.

Ænigma, atis, *l'énigme.*	Diadema, atis, *le diadème.*
Dogma, atis, *le dogme.*	Stratagema, atis, *le stratagème.*
Epigramma, atis, *l'épigramme.*	Diploma, atis, *la patente.*

4° Noms grecs en *asis*, *esis*, *isis*, qui se déclinent sur Hæresis.

Poesis, *la poésie*, fém.	Basis, *la base*, fém.
Phrasis, *la phrase*, fém.	Phthisis, *la phthisie* (sans pl.).
Metamorphosis, *la métamorphose*, fém.	Paralysis, *la paralysie*, id.
	Genesis, *la Genèse*, id.
Thesis, *la thèse*, fém.	Neapolis, *Naples*, id.

5° Noms grecs qui ont l'accusatif singulier en *em* ou en *a*, et l'accusatif pluriel en *as* ou en *es*, et qui se déclinent sur Heros :

1° En *as*, *adis*. — Pallas, Palladis, *Pallas*, fém. (nom propre).
Arcas, adis, *l'Arcadien*, masc.
Atlas, Atlantis, *l'Atlas*, masc. (nom propre).
Adamas, antis, *le diamant*, masc.
Gigas, gigantis, *le géant*, masc.
Hebdomas, adis, *la semaine*, fém.

2° En *er*, *eris*. — Aer, aeris, *l'air*, masc.
Æther, eris, *le ciel*, masc.
Crater, eris, *la coupe*, masc.

3° En *is*, *idis*. — Iris, idis, *Iris*, *l'arc-en-ciel*, fém.
Phyllis, idis, *Phyllis*, fém.
Daphnis, idis, *Daphnis*, masc. (*im* mieux que *in*).
Paris, idis, *Pâris*, masc. (acc. *im*).

Tigris, idis, *le tigre*, fém.
Pyxis, idis, *la boîte*, fém.

4° En *ix*, *ygis*. — Phryx, Phrygis, *le Phrygien.*
Styx, ygis, *le Styx*, masc.

Autres : Thrax, Thracis, *le* | Titan, Titanis, *le Titan.*
   Thrace. | Magnes, etis, *l'aimant.*
Macedo, onis, *le Macédonien.* | Phalanx, angis, *la phalange.*
Tapes, etis, *le tapis.* | Lynx, lyncis, *le lynx*, masc.
Arabs, arabis, *l'Arabe.* | Lacedæmon, onis, *Lacédémone,*
Amazon, onis, *l'amazone.* | fém.
Hector, oris, *Hector*, masc. | Tripus, odis, *le trépied*, masc.

Remarque. — Les accusatifs singuliers en *a* ne se disent qu'en poésie; mais les accusatifs pluriels en *as* sont usités partout.

QUATRIÈME DÉCLINAISON.

(Supplément.)

Le nom de notre Sauveur fait au nominatif *Jesus*, à l'accusatif *Jesum*, et à tous les autres cas *Jesu.*

Les noms suivants ont le datif et l'ablatif pluriel en *ubus* au lieu de *ibus :*

Acus, *l'aiguille*, fém. | Quercus, *le chêne*, fém.
Arcus, *l'arc*, masc. | Tribus, *la tribu*, fém.
Lacus, *le lac*, masc. | Specus, *la caverne*, masc.
Artus (n'a que le pluriel), *les* | Pecus, *le troupeau*, neut.
  membres, masc. | Portus, *le port*, masc. } *ubus* et
Partus, *l'enfantement*, masc. | Veru, *la broche*, masc. } *ibus.*

Ces datifs et ablatifs pluriels en *ubus* font distinguer ces cas des datifs et ablatifs pluriels des noms *arx*, citadelle; *ars*, art; *pars*, partie, etc.

Le nom DOMUS est un mélange de la seconde et de la quatrième déclinaison.

Le génitif *domi* ne s'emploie qu'adverbialement pour signifier *à la maison, au logis, chez soi.* Hors ce cas, l'on doit toujours se servir du génitif *domûs.* Le datif *domui* est inusité; l'accusatif pluriel *domos* est plus usité que *domus.*

NOMS COMPOSÉS.

1° Si le nom est composé de deux nominatifs, les deux noms se déclinent. — Ex. *Respublica*, la république. — Génitif. *Reipublicæ*, de la république, etc.

Jusjurandum, *le serment*. — Gén. Jurisjurandi (sans plur.).
Aquæ Sextiæ, *Aix* (ville). — Aquarum Sextiarum.
Telo Martius, *Toulon*. — Telonis Martii.
Agrippinensis Colonia, *Co-* Agrippinensis Coloniæ.
logne. —

2° Si le nom est composé de deux autres noms dont l'un seulement est au nominatif, le nominatif seul se décline, et l'autre nom reste le même à tous les cas. — Exemples :

Paterfamilias, *le père de famille*. — G. Patrisfamilias.
Ludimagister, *le maître d'école*. — G. Ludimagistri.
Plebiscitum, *le plébiciste* (ordonnance du peuple). — G. Plebisciti.
Gentium domitor, *le conquérant*. — G. Gentium domitoris.
Augusta Suessionum, *Soissons* (ville). — G. Augustæ Suessionum, etc.

NOMS DÉFECTIFS, HÉTÉROCLITES, HÉTÉROGÈNES, PATRONYMIQUES.

Les noms DÉFECTIFS (ou *défectueux*) sont ceux qui n'ont pas de singulier ou de pluriel, ou qui sont privés de quelques-uns des cas dans les deux nombres.

1° N'ont pas de pluriel : 1° Les noms propres, comme *Petrus*, Pierre; *Lutetia*, Paris; *Tiberis, Sequana*, etc. — 2° La plupart des noms abstraits, tels que *juventus, senectus, pietas, justitia*, etc. — 3° Les noms d'âge, comme *pueritia, senectus, adolescentia*, etc. — 4° Presque tous les noms de métaux ou de matière, *aurum, argentum, argilla, oleum, butyrum*, etc. — 5° Ceux des vertus et des vices, comme *sapientia, prudentia, modestia*, etc. — 6° Enfin plusieurs autres que l'usage apprendra, tels que *sitis, cruor, sanguis, indoles, nemo*, etc.

2° D'autres noms, au contraire, n'ont pas de singulier; ce sont certains noms de peuples, tels que *Parisii*; — de villes, *Athenæ, arum, Thebæ, arum*; — de montagnes, *Alpes, ium*; — et plusieurs autres noms, tels que *arma, orum*, les armes; *divitiæ, arum*, richesses; *exuviæ, arum*, dépouilles; *insidiæ, arum*, embûches; *nuptiæ, arum*, noces, etc.

3° D'autres noms sont *défectifs* dans la déclinaison, c'est-à-dire qu'ils manquent de certains cas au singulier ou au pluriel. — Ex. *As, assis* (un as, douze onces), *fax, facis*, le flambeau, n'ont pas de génitif pluriel. — *Astus*, la ruse, n'a que le nominatif et l'ablatif. — *Fas nequam, aliquot,* etc., sont tout à fait indéclinables.

Certains noms désignent une autre idée au pluriel qu'au singulier. — Ex. *Littera, æ,* lettre de l'alphabet ; *litteræ, arum,* lettre missive, belles-lettres, — *Sal, salis,* du sel ; *sales, ium,* bons mots. — *Ædes, is,* temple ; *Ædes, ium,* bâtiments, maison, etc.

Les noms HÉTÉROCLITES sont ceux qui appartiennent, par un ou plusieurs cas, à plusieurs déclinaisons différentes, tels que les noms suivants :

Singulier.	Pluriel.
Locus, i, *le lieu,* masc.	Loca, locorum, neut.
Cœlum, i, *le ciel,* neut.	Cœli, orum, masc.
Jugerum, i, *un arpent,* neut.	Jugera, um, neut.
Delicium, ii, *délice,* neut.	Deliciæ, arum, fém.
Epulum, i, *le festin,* neut.	Epulæ, arum, fém.
Vas, vasis, *le vase,* neut.	Vasa, orum, neut.

Plusieurs de ces noms sont aussi HÉTÉROGÈNES, c'est-à-dire qu'ils changent de genre au pluriel.

Les noms PATRONYMIQUES sont ceux qui sont communs à tous les descendants d'une même race. Ils dérivent du nom du chef de la race, ou d'un nom de pays, de ville, etc.

Priamus, *Priam ;* Priamides, *fils de Priam.*
Dardanus, *Dardanus ;* Dardanides, *fils de Dardanus, Troyens.*
Ilium, *Ilion ;* Iliades, *d'Ilion,* etc. (1).

EXERCICES GÉNÉRAUX

Sur le supplément aux déclinaisons.

137. Cicéron joignit l'étude de la grammaire à celle (à l'étude) de la rhétorique. — J'étudie la musique, la poésie et la rhétorique. — O comète, tu effrayais les anciens. — Nous ne craignons plus les feux de la comète.

(1) Nous croyons qu'on peut, sans inconvénient, ne pas initier d'abord le commençant à toutes ces particularités des noms latins ; mais il sera utile d'y revenir plus tard, et l'élève y trouvera la solution d'un grand nombre de difficultés qui l'arrêteraient dans la lecture des auteurs. — On se bornera, pour le moment, à choisir, dans les listes, des noms à décliner sur les modèles de la grammaire.

— Dieu favorise (1) les âmes pieuses. — Il bénit (2) les pères de famille pieux. — Les saints combattaient les hérésies et le culte des faux dieux. — Les Romains élevaient des temples à Jupiter, aux dieux et aux déesses. — O Orphée, époux malheureux !

138. O Virgile, modèle de poésie ! nous lirons tes poëmes admirables. — Vous avez étudié l'abrégé de la grammaire. — Mon fils, servez (3) Dieu et Jésus. — O Thésée, vaillant héros ! — Les licteurs se servaient (4) de la hache et des faisceaux. — Suivons (5) les conseils des vieillards. — L'Italie a le Tibre et l'Adige ; la France a la Loire et la Saône. — Le laboureur donne la pâture à ses bœufs ; il nourrit ses bœufs, car sans ses bœufs, il ne ferait pas la moisson.

139. Admirons (6) la fidélité des chiens, la diligence des abeilles. — Évitons la corne des bœufs. — Le pâtre caresse les bœufs. — Le méchant abuse de la force ; le juste n'use pas de ses forces contre le méchant. — Admirez la force des lois. — Les forces du corps nuisent (7) quelquefois aux forces de l'esprit. — La patrie accorde des récompenses aux héros. — Le vent purifie l'air. — Dieu n'est pas une énigme. — J'étudie les énigmes. — Les servantes se servent de broches et d'aiguilles.

140. Les premiers hommes se servaient d'arcs et de flèches. — Le repos rend la force aux membres fatigués. — Lucine présidait aux enfantements. — Les navires restent souvent dans les ports. — L'orateur connaîtra la rhétorique. — Vous étudierez la rhétorique. — O mon fils, sers Dieu dans tous les jours de ta vie. — Eurydice fut ravie à Orphée, son époux. — Orphée conduisait Eurydice sur la terre ; mais elle lui fut de nouveau ravie. — Eurydice appelait : ô Orphée ! Orphée appelait en vain : Eurydice, Eurydice !

141. Les tyrans règnent par la force. — Étudiez la

---

(1) Faveo, es, ere, *dat.* — (2) Benedico, is, ixi, ere, *dat.* — (3) Servio, is, ii, ire, *dat.* — (4) Uti, or, usus sum, *abl.* — (5) Sequor, eris, secutus sum, sequi, *acc.* — (6) Miror, aris, atus sum, ari, *acc.* — (7) Noceo, is, nocui, ere, *dat.*

poésie qui est le langage des dieux et des héros. Je préfère les pampres des collines aux chênes majestueux des
forêts et des montagnes. — Les poissons vivent dans la
mer, dans les lacs et dans les rivières, et les oiseaux
dans les airs. — Dans les tribus du peuple juif. — Les
lions habitent dans les cavernes. — Nous louons la poésie de ces poëmes. — La force du serment était grande
chez nos pères.

142. Les anciens Romains défendaient courageusement la république; ils servaient la république, ils combattaient pour la république et mouraient pour le salut
de la république. — Les poëtes chantent les héros et célèbrent les louanges des héros. — Il tremblait (1) de tous
ses membres (2). — Usez rarement du serment. — Nous
estimons les mères de famille tendres et modestes. —
Agneau, fuis le loup.

143. Sers-toi de la clef. — Le vent frappe la poupe
du vaisseau. — Le bourreau tient la corde et la hache.
— L'ennemi avance à grandes journées (3). — Tout le
monde (tous) blâme la tyrannie. — L'eau éteint la soif.—
Les fils de famille doivent obéir aux pères et aux mères
de famille. — Le général usa d'un adroit stratagème. —
Nous louons les poëmes de ces poëtes célèbres. — Dieu
se sert des conquérants. — Les enfants obéissent au
maître d'école. — O Jésus! protégez ceux qui révèrent
Jésus et le nom de Jésus.

SUPPLÉMENT AUX ADJECTIFS

COMPARATIFS ET SUPERLATIFS (4).

Nous avons déjà dit qu'il y a trois degrés de signification dans les
adjectifs : le *positif*, le *comparatif* et le *superlatif*.

En français, nous exprimons les deux derniers par certains mots

------

(1) Contremiscere, isco, is. — (2) Totus, a, um, artus, ûs, *à l'abl.* — (3) Magnum, iter, itineris, neut., *abl.*
(4) Nous avons rassemblé ici tout ce qui a rapport à la formation et à la déclinaison des *comparatifs* et des *superlatifs* dans les adjectifs et dans les adverbes, nous efforçant de rendre ces notions plus méthodiques, plus claires et
plus complètes que dans la grammaire de Lhomond.

joints au positif (*plus vertueux, très-aimable*); mais en latin ces deux degrés sont ordinairement exprimés par quelques changements dans la forme des adjectifs : *doctior*, plus savant (de *doctus*); *sapientissimus,* très-sage (de *sapiens*).

Voici les principales règles de formation des comparatifs et des superlatifs latins.

RÈGLE GÉNÉRALE.

Le *comparatif* latin se forme du cas de l'adjectif terminé en *i* (1) auquel on ajoute *or* pour le masculin et le féminin, et *us* pour le neutre. Ainsi formé, le comparatif est un nouvel adjectif, dont la terminaison *or* se décline sur *soror*, et celle en *us* sur *corpus*.

Le *superlatif* se forme du même cas de l'adjectif terminé en *i* auquel on ajoute *ssimus, a, um,* et il se décline alors toujours sur *bonus, a, um.*

DÉCLINAISON DU COMPARATIF.

Singulier.

	Masc.	Fém.	Neutre.
Nom.	Sanctior,	sanctior,	sanctius.
	plus saint,	*plus sainte,*	*plus saint.*
Gén.	Sanctioris,	} *pour les trois genres.*	
Dat.	Sanctiori,		
Acc.	Sanctiorem,	sanctiorem,	sanctius.
Voc.	Sanctior,	sanctior,	sanctius.
Abl.	Sanctiore *ou* sanctiori, *pour les trois genres.*		

Pluriel.

Nom.	Sanctiores,	sanctiores,	sanctiora.
Gén.	Sanctiorum,	} *pour les trois genres.*	
Dat.	Sanctioribus,		
Acc.	Sanctiores,	sanctiores,	sanctiora.
Voc.	Sanctiores,	sanctiores,	sanctiora.
Abl.	Sanctioribus, *pour les trois genres.*		

DÉCLINAISON DU SUPERLATIF.

Singulier.

	Masc.	Fém.	Neutre.
Nom.	Sanctissimus,	sanctissima,	sanctissimum.
	le plus saint,	*la plus sainte,*	*le plus saint.*
	ou *très-saint,*	*très-sainte,*	*très-saint.*

(1) Ce cas est tantôt le génitif : *sancti, nigri,* et tantôt le datif : *prudenti, forti.*

GÉN.	Sanctissimi,	sanctissimæ,	sanctissimi.
DAT.	Sanctissimo,	sanctissimæ,	sanctissimo.
ACC.	Sanctissimum,	sanctissimam,	sanctissimum.
VOC.	Sanctissime,	sanctissima,	sanctissimum.
ABL.	Sanctissimo,	sanctissimâ,	sanctissimo.

Pluriel.

NOM.	Sanctissimi,	sanctissimæ,	sanctissima.
GÉN.	Sanctissimorum,	sanctissimarum,	sanctissimorum.
DAT.	Sanctissimis, *pour les trois genres.*		
ACC.	Sanctissimos,	sanctissimas,	sanctissima.
VOC.	Sanctissimi,	sanctissimæ.	sanctissima.
ABL.	Sanctissimis, *pour les trois genres.*		

Formez et déclinez de même les comparatifs et les superlatifs des adjectifs suivants :

Doctus, a, um, *savant.*	Fortis, e, *courageux.*
Audax, acis, *hardi.*	Sævus, a, um, *cruel.*
Sapiens, entis, *sage.*	Clarus, a, um, *célèbre.*
Brevis, e, *court.*	Peritus, a, um, *habile.*
Gratus, a, um, *agréable.*	Mœstus, a, um, *triste.*
Lætus, a, um, *joyeux.*	Ineptus, a, um, *inepte.*
Pravus, a, um, *mauvais.*	Felix, icis, *heureux.*
Potens, entis, *puissant.*	Turpis, e, *honteux.*
Pernix, icis, *léger.*	Mendax, acis, *menteur.*
Pinguis, e, *gras.*	Velox, ocis, *rapide.*
Innocens, entis, *innocent.*	Mollis, e, *mou.*
Vilis, e, *vil.*	Pugnax, acis, *belliqueux.*

PREMIÈRE EXCEPTION.

Les adjectifs en *er* (comme *miser*, *pulcher*, etc.) forment leur *comparatif* d'après la règle générale ; mais leur *superlatif* se forme en ajoutant *rimus* au nominatif. — Ex. *pulcher*, beau ; *pulchrior*, plus beau ; *pulcherrimus*, très-beau.

Formez d'après cette règle le comparatif et le superlatif des adjectifs suivants :

Piger, gra, grum, *paresseux.*	Celer, leris, re, *prompt.*
Saluber, bris, bre. *salubre.*	Liber, a, um, *libre.*
Acer, cris, cre, *v f, âcre.*	Celeber, bris, bre, *célèbre.*
Tener, a, um, *ten lre.*	Asper, a, um, *âpre.*
Pauper, eris, *pauvre.*	Uber, eris, *fécond.*
Æger, gra, grum, *malade.*	Niger, gra, um, *noir.*
Miser, a, um, *malheureux.*	Integer, gra, grum, *intègre.*

DEUXIÈME EXCEPTION.

Il y a des adjectifs en *lis* dont le superlatif se forme en *illimus*, comme *facilis, e,* facile; *facilior,* plus facile; *facillimus,* très-facile. Le nombre de ces adjectifs se borne à six, qui sont :

Facilis, e, *facile.*   Difficilis, *difficile.*
Similis, *semblable.*   Dissimilis, *différent.*
Gracilis, *mince.*   Humilis, *bas, humble.*

Un septième a deux formes et deux superlatifs : c'est *imbecillis, e,* et *imbecillus, a, um* (faible), qui font leur superlatif *imbecillimus* et *imbecillissimus.*

Les autres adjectifs en *lis,* qui ont un superlatif, le forment régulièrement.

TROISIÈME EXCEPTION.

Les adjectifs en *dicus, ficus, volus,* forment leur comparatif en *entior,* et leur superlatif en *entissimus.* — Ex. *beneficus,* bienfaisant; *beneficentior,* plus bienfaisant; *beneficentissimus,* très-bienfaisant; et de même pour les adjectifs suivants (1) :

Maledicus, a, um, *médisant.*   Benevolus, a, um, *bienveil-*
Maleficus, *malfaisant.*   *lant.*
Malevolus, *malveillant.*   Beneficus, *bienfaisant.*
Magnificus, *magnifique.*   Mirificus, *merveilleux.*
Honorificus, *honorifique.*   Munificus, *libéral.*

QUATRIÈME EXCEPTION.

Les quatre adjectifs suivants forment leur comparatif et leur superlatif d'une manière tout à fait irrégulière :

Bonus, bon; *melior,* meilleur; *optimus,* très-bon.
Malus, mauvais, méchant; *pejor,* pire; *pessimus,* très-mauvais.
Magnus, grand; *major,* plus grand; *maximus,* très-grand.
Parvus, petit; *minor,* plus petit; *minimus,* très-petit.

On peut y joindre les suivants :

Nequam (indécl.), méchant; *nequior, nequissimus.*
Dives (2), riche; *ditior, ditissimus.*

---

(1) La raison en est que ces adjectifs dérivent des participes en *ens, dicens, faciens, volens* (*maleficus* de *malè faciens,* qui fait du mal; *benevolus* de *benè volens,* qui veut du bien, etc.)
(2) On dit aussi *dis, ditis,* d'où l'on a formé *ditior, ditissimus.*

Deterius (1), mauvais; *deterior, deterrimus.*
Vetus (2), vieux; *veterior, veterrimus.*
Multi, æ, a, plusieurs, un grand nombre; *plures, plurimi.*
Pauci, æ, a, peu, un petit nombre; *pauciores, paucissimi.*

CINQUIÈME EXCEPTION.

Les adjectifs terminés en *uus, ius, eus,* n'ont ni comparatif, ni superlatif. On exprime alors *plus* par *magis,* et *le plus* ou *très* par *maximè. —* Ex. *magis pius,* plus pieux; *maximè pius,* très-pieux. On exprime de même le comparatif ou le superlatif des autres adjectifs qui manquent de l'un de ces degrés de comparaison.

Idoneus, a, um, *propre à.*
Perspicuus, *évident.*
Dubius, *douteux.*
Cæruleus, *bleu.*
Ingenuus, *ingénu.*
Sobrius, *sobre.*
Sanguineus, *sanguinaire.*

Necessarius, *nécessaire.*
Egregius, *distingué.*
Temerarius, *téméraire.*
Puniceus, *rouge.*
Continuus, *continu.*
Contrarius, *contraire.*
Arduus, *élevé,* etc. (3).

SIXIÈME EXCEPTION.

Outre les exceptions que nous venons d'indiquer, il y a encore des adjectifs qui manquent de l'un des degrés de comparaison et quelquefois de tous les deux, tels que les suivants :

SANS POSITIF : —*Prior,* le premier; sup. *primus. —Interior,* intérieur; *intimus,* etc.

SANS COMPARATIF : — *Sacer,* sacré; sup. *sacerrimus. — Novus,* nouveau; sup. *novissimus,* très-nouveau, le dernier. — *Invictus,* invincible; sup. *invictissimus. — Inclytus,* sup. *inclytissimus,* etc.

SANS SUPERLATIF : — *Alacer ;* comp. *alacrior. — Adolescens, adolescentior. — Juvenis, juvenior,* etc.

SANS COMPARATIF NI SUPERLATIF.—Les adjectifs qui désignent la nation, comme *Romanus, Atheniensis,* etc. —Les adjectifs *degener, inops, compos, præceps, frugifer, corniger, legitimus, opifer, belliger,* etc.

Remarque.

LE COMPARATIF ET LE SUPERLATIF d'infériorité s'expriment de la manière suivante :

(1) *Deterius* est peu usité; il vient probablement de *deter,* d'où l'on a formé le comparatif et le superlatif. — (2) *Vetus* faisait anciennement *veter.* — (3) Cependant *antiquus, a, um,* fait régulièrement *antiquior* et *antiquissimus.*

Le *comparatif d'infériorité* par *minùs* devant le positif : *minùs prudens*, moins prudent ;

Le *superlatif d'infériorité* par *minimè* devant le positif : *minimè doctus*, le moins savant, très-peu savant, etc.

Le comparatif d'égalité s'exprime par *tam* placé devant l'adjectif. — Aussi prudent que brave, *tam prudens quàm fortis*. (Le *que* s'exprime alors par *quàm*.)

FORMEZ ET DÉCLINEZ LES COMPARATIFS ET SUPERLATIFS SUIVANTS :

Ce roi puissant, plus puissant, très-puissant.
Hic, hæc, hoc ; rex, regis, masc.; *potens, tentis*.
Cette vie courte, plus..., très....
Hic, hæc, hoc ; vita, æ, fém.; *brevis, e*.
Cette maison vaste, plus..., très....
Is, ea, id ; domus, ús, fém.; *vastus, a, um*.
Mon champ fertile, plus..., très....
Meus, a, um; ager, gri, masc.; *fertilis, e*.
Cette défaite malheureuse, plus..., très....
Ille, a, ud, clades, is, fém.; *miser, a, um*.
Le même avis bon, meilleur, très-bon.
Idem, eadem, idem ; consilium, ii, neut.; *bonus, a, um*.
Chaque chose douteuse, plus..., très....
Quisque, quæque, quodque; res, ei, fém.; *dubius, a, um*.
Ce chêne antique, plus..., très....
Hic, hæc, hoc; quercus, ús, fém.; *antiquus, a, um*.
Notre troupe invincible, plus..., très....
Noster, tra, trum ; agmen, inis, neut.; *invictus, a, um*.
Quelque parole malveillante, plus..., très....
Aliquis, aliqua, aliquod ; verbum, i, neut.; *malevolus, a, um*.
Ce combat acharné, plus..., très....
Hic, hæc, hoc; prœlium, ii, neut.; *acer, cris, cre*.
Leur voyage nécessaire, plus..., très....
Suus, a, um; iter, itineris, neut.; *necessarius, a, um*.
Ces tigres cruels, plus..., très....
Hic, hæc, hoc; tigris, tigridis, fém.; *sævus, a, um*.
Un vieillard débile, plus..., très....
Quidam, quædam, quoddam ; senex, senis, masc.; *debilis, e*.
Quel ouvrage merveilleux, plus..., très....
Quis, quæ, quod; opus, eris, neut.; *mirificus, a, um*.
Sa réponse ingénue, plus..., très....
Suus, a, um; responsum, i, neut.; *ingenuus, a, um*
Notre humble chaumière, plus..., très....
Noster, tra, trum ; casa, æ, fém.; *humilis, e*.
L'homme lui-même méchant, plus..., très....
Vir, i, masc.; *ipse, a, um ; malus, a, um*.

DU COMPARATIF ET DU SUPERLATIF

DANS LES ADVERBES.

Les adverbes dérivés des adjectifs qualificatifs ont ordinairement un comparatif et un superlatif qui se forment de la manière suivante (1) :

Le *comparatif de l'adverbe* se forme du comparatif neutre de l'adjectif, en ajoutant un accent grave sur l'*ù* final.

Le *superlatif de l'adverbe* se forme du superlatif de l'adjectif, en changeant *us* final en *è*.

EXEMPLES.

Adjectifs.	Adverbes.	Comparatifs.	Superlatifs.
Doctus.	— *Doctè.*	— *Doctiùs.*	— *Doctissimè.*
Savant.	Savamment.	Plus savamment.	Très-savamment.
Bonus.	— *Benè.*	— *Meliùs.*	— *Optimè.*
Pulcher.	— *Pulchrè.*	— *Pulchriùs.*	— *Pulcherrimè.*
Tutus.	— *Tutò.*	— *Tutiùs.*	— *Tutissimè.*
Audax.	— *Audacter.*	— *Audaciùs.*	— *Audacissimè*,etc.

Formez, d'après cette règle, les *comparatifs* et *superlatifs* des adverbes suivants :

Rarò (*de* rarus), *rarement.*
Prudenter (*de* prudens), *pru-demment.*
Pigrè (*de* piger), *nonchalamment.*
Leviter (*de* levis), *légèrement.*
Citò (*de* citus), *vite.*
Certè (*de* certus), *certainement.*
Feliciter (*de* felix), *heureusement.*
Miserè (*de* miser), *malheureusement.*
Turpiter (*de* turpis), *honteusement.*
Constanter (*de* constans), *constamment.*
Sanctè (*de* sanctus), *saintement.*
Facilè (*de* facilis), *facilement.*
Fortiter (*de* fortis), *courageusement.*
Tenaciter (*de* tenax), *obstinément.*
Latè (*de* latus), *largement.*
Breviter (*de* brevis), *brièvement.*

Quelques adverbes, qui ne viennent pas des adjectifs, ont cependant aussi des degrés de comparaison : *Sæpè* (souvent), *sæpiùs, sæpissimè; diù* (longtemps), *diutiùs, diutissimè,* etc.

Quelques prépositions donnent aussi naissance à certains comparatifs et superlatifs :

Interior (de *in*), intérieur ; *intimus*, le plus en dedans.

(1) Ces adverbes sont terminés en *è, ò, ter.*

Prior (de *præ*), le premier de deux; *primus*, le premier de tous.

Ulterior (de *ultrà*), ultérieur; *ultimus*, le dernier.

Propior (de *propè*), plus proche; *proximus*, le plus proche.

Exterior (de *extrà*), *extremus*,

Posterior (de *post*), *postremus*,

Superior (de *super*); *supremus* ou *summus*, etc....

Enfin, les participes, pris adjectivement, sont quelquefois susceptibles de prendre un comparatif et un superlatif. Ex.

Amans, amantior, amantissimus.

Audens, audentior, audentissimus.

Optatus, optatior, optatissimus.

REMARQUE.

La préposition *per*, placée devant un adjectif ou un adverbe, leur donne aussi la force d'un superlatif. — Ex. *Perutilis*, fort utile; *periratus*, très-irrité, etc.

On peut aussi se servir de *multùm, valdè, perquàm, apprimè, admodùm, præ, benè, magnoperè*. Mais ces différentes expressions ne peuvent servir qu'à rendre le superlatif absolu : *très-fort, bien;* car *maximè* ou le superlatif ordinaire peuvent seuls rendre *le plus*.

EXERCICES GÉNÉRAUX

Sur les comparatifs et les superlatifs des adjectifs et des adverbes.

RÈGLE DES COMPARATIFS.

Doctior Petro ou *quàm Petrus.*

Le comparatif exprimé par un seul mot latin veut à l'ablatif le nom qui le suit, en supprimant le *que*. — Ex. Plus savant que Pierre, *doctior Petro*.

On peut aussi exprimer le *que* par *quàm*, et alors le nom qui suit *quàm* se met au même cas que celui qui est devant. — Ex. Paul est plus savant que Pierre, *Paulus est doctior quàm Petrus.*

Si le comparatif est exprimé par *magis, minùs, tam*, etc., avec l'adjectif, il faut toujours exprimer le *que* par *quàm*. — Ex. Paul est plus, moins pieux que toi, *Paulus est magis, minùs pius quàm tu.*

RÈGLE DU SUPERLATIF.

Altissima arborum ou *ex arboribus* ou *inter arbores.*

Le superlatif veut le nom pluriel qui le suit au génitif, ou à l'ablatif avec *ex*, ou à l'accusatif avec *inter*, et il prend le genre de ce nom. — Ex. Le plus haut des arbres, *altissima arborum* ou *ex arboribus*, ou *inter arbores*. (*Altissima* est du féminin, parce que son régime *arborum* est du féminin. C'est comme s'il y avait : *Arbor altissima arborum*.)

144. A l'ennemi cruel, plus cruel, très-cruel. — J'ai vu mes sœurs joyeuses, plus joyeuses, très-joyeuses.— Ma sœur est plus joyeuse que moi. — A la plus joyeuse de mes sœurs. — O fils très-méchant. — O le plus méchant des fils. — Par (1) des conseils opposés, plus opposés, très-opposés. — Aux vieillards les plus débiles.— J'ai consulté (2) le devin célèbre, plus célèbre, très-célèbre. — Le plus célèbre des devins.

145. L'orateur a parlé éloquemment, plus éloquemment, très-éloquemment. — Le plus éloquent des orateurs. — La terre est fertile, plus fertile, très-fertile. — Cet homme est très-malheureux. — Il est le plus malheureux des hommes. — Le riche ignorant est plus malheureux que l'homme pauvre et instruit. — Le chasseur poursuit (3) les cerfs légers, plus légers, très-légers.—Les Spartiates (4) étaient sobres, plus sobres, très-sobres.

146. Les Spartiates étaient plus sobres que les Perses (5). — Les Spartiates étaient les plus sobres des hommes. — La terre est plus petite que le soleil. — Nous voyons les hirondelles légères, plus légères, très-légères.—Le peuple libre, plus libre, très-libre.—O le plus libre des peuples. —Les Romains étaient plus libres que les Perses. — Le peuple romain était le plus belliqueux de tous les peuples. —Le pauvre est souvent plus bienfaisant que l'homme riche.

147. Catilina (6) médita (7) des desseins criminels, plus

(1) *Abl.* — (2) Consulo, is, ui, ere, *acc.* — (3) Insequi, or, *acc.* — (4) Spartani, orum, *masc.* — (5) Persæ, arum, *masc.* — (6) Catilina, æ, *masc.* — (7) Meditari, or, *acc.*

criminels, très-criminels. — Abstenez-vous (1) du mensonge, vice honteux, plus honteux, très-honteux. — Les choses désirées avec le plus d'ardeur (2) ne sont pas toujours les meilleures. — Nous parlons de choses faciles, plus faciles, très-faciles. — Le soldat le plus cruel n'est pas toujours le plus courageux.

148. Une guerre glorieuse est meilleure qu'une paix honteuse. — J'ai vu des princes libéraux, plus libéraux, très-libéraux. — Par des discours médisants, plus médisants, très-médisants. — Les rois sont quelquefois moins heureux que les bergers. — Le berger aussi heureux que le roi. — La fureur des soldats sanguinaires, plus sanguinaires, très-sanguinaires. — Le meilleur des pères. — Le plus grand des dieux. — Les plus méchants des hommes.

149. Une fuite honteuse, plus honteuse, très-honteuse est pire que la mort elle-même. — La guerre doit être faite (3) avec courage (4), avec plus de courage, avec beaucoup de courage. — Usez (5) rarement, plus rarement, très-rarement du serment. — J'ai un chien fidèle, plus fidèle, très-fidèle. — J'ai le meilleur des chiens. — Admirons (6) les œuvres magnifiques, plus magnifiques, très-magnifiques du Dieu puissant, plus puissant, très-puissant.

150. La science est aussi utile que les richesses. — J'ai lu des vers durs, plus durs, très-durs. — A la pie menteuse, plus menteuse, très-menteuse. — Aux enfants très-paresseux. — La paresse est plus nuisible que la pauvreté. — La paresse est aussi nuisible que les plus grands vices. — Les hommes se nourrissent (7) d'aliments variés, très-variés. — L'éléphant est plus grand que le lion ; il est le plus grand des animaux.

151. Souvent, plus souvent, très-souvent les vices amènent la pauvreté. — Les lois sont nécessaires, plus nécessaires, très-nécessaires. — L'Évangile est la plus

---

(1) Abstineo, es, ui, ere, abl. — (2) T. *Le plus ardemment.* — (3) Tournez : *Est devant être faite.* — (4) *Courageusement,* plus..., très.... — (5) Utor, i, *abl.,* — (6) Miror, ari, *acc.* — (7) Vesci, or, *abl.*

sainte et la meilleure des lois. — Les circonstances étaient difficiles, plus difficiles, très-difficiles. — Le sommeil est très-semblable à la mort. — Mon meilleur ami est très-malade. — Nos plus hautes montagnes sont les Alpes (1) et les Pyrénées (2).

152. Cicéron était grand amateur (3) d'éloges. — Les frères sont quelquefois très-semblables de figure (4) et très-différents de mœurs (4). — Les hommes envieux sont toujours les plus médisants de tous les hommes. — Les anciens donnaient à leurs héros des surnoms honorifiques, plus honorifiques, très-honorifiques. — Les richesses sont moins utiles aux sots qu'aux hommes bienfaisants, plus bienfaisants, très-bienfaisants.

153. O Dieu très-puissant, épargnez (5) cette race pieuse, plus pieuse, très-pieuse. — Protégez (6) les hommes humbles, plus humbles, très-humbles. — Socrate (7) fut plus grand qu'Alexandre (8). — Le méchant est plus hardi que l'homme de bien. — Le chien et le cheval sont des animaux très-utiles; mais le cheval est plus utile. — Le moucheron est plus petit que la fourmi. — Le loup se tenait (9) plus haut (10) et l'agneau plus bas (11). — Cherchez soigneusement, très-soigneusement un ami, et vous le trouverez. — J'ai supporté cela péniblement (12), plus péniblement, très-péniblement.

DIMINUTIFS.

Les Latins donnaient quelquefois à certains *noms* et à certains *adjectifs* une terminaison particulière qui, en *diminuant* leur signification, en faisait des expressions de caresse ou de mépris. On appelle ces mots *diminutifs.* Nous allons en donner quelques exemples.

Puer, *un enfant;* puerulus, *un petit enfant,* puella, *une jeune fille.*
Ramus, *un rameau;* ramulus, *un petit rameau.*

---

(1) Alpes, ium, *masc.* — (2) Pyrenæi montes, *masc.* — (3) Amans, antis. *gén.* — (4) *Abl.* — (5) Parco, is, ere, *dat.* — (6) Tueor, eris, eri, *acc.* — (7) Socrates, is. — (8) Alexander, dri. — (9) Stare, o. — (10) *Comparatif adjectif formé de* supra. — (11) *Comparatif adjectif formé de* infra. — (12) Graviter.

Rima, *une fente;* rimula, *une petite fente.*
Bestia, *une bête;* bestiola, *une petite bête.*
Granum, *un grain;* granulum, *un petit grain.*
Parvus, *petit;* parvulus, *tout petit.*
Filius, *un fils;* filiolus, *un petit fils, enfant chéri.*
Liber, *un livre;* libellus, *un petit livre.*
Asinus, *un âne;* asellus, *un petit âne.*
Ager, *un champ;* agellus, *un petit champ.*
Culter, *un couteau;* cultellus, *un petit couteau.*
Miser, *malheureux;* misellus, *pauvre, digne de compassion.*
Homo, *un homme;* homunculus, *un petit homme.*
Narratio, *un récit;* narratiuncula, *une petite narration, une his-*
    toriette.
Mulier, *une femme;* muliercula, *une pauvre femme.*
Flos, *une fleur;* flosculus, *une petite fleur.*
Radix, *une racine;* radicula, *une petite racine.*
Navis, *un vaisseau;* navicula, *une barque.*
Piscis, *un poisson;* pisciculus, *un petit poisson.*
Rex, *un roi;* regulus, *un petit roi,* etc.

REMARQUE.

La préposition *sub* diminue la signification de l'adjectif; *subamarus,* un peu amer; *subfrigidus,* un peu froid.

In, placé devant l'adjectif, lui donne une signification tout opposée; *doctus,* savant; *indoctus,* ignorant. — *Peritus,* habile; *imperitus,* inhabile, etc. (*n* se change en *m* devant *m* et *p*).

NOMS DE NOMBRE (1).

Il y a plusieurs espèces de noms de nombre. Les deux principales sont les noms de nombre CARDINAUX et les noms de nombre ORDINAUX (2).

Les noms de nombre *cardinaux* marquent simplement le nombre, comme un, deux, dix; *unus, duo, decem,* etc.

---

(1) Nous croyons qu'il est fort utile à l'élève de s'exercer de bonne heure à compter en latin et à exprimer les différentes sortes de noms de nombre. Les tableaux et les exercices suivants seront propres à lui faire atteindre ce but, et à prévenir les difficultés qu'il rencontrerait plus tard, notamment dans l'application des *règles de mesure et de temps.*
(2) Le mot *cardinal* vient ici du mot latin *cardo, cardinis,* gond d'une porte. Cela signifie que sur les noms de nombre *cardinaux* roulent tous les autres noms de nombre, dont ils sont comme le fondement, de même que la porte roule sur ses gonds, qui en sont la partie principale.
Le mot *ordinal* dérive de *ordo, ordinis,* ordre, rang, parce que les noms de nombre *ordinaux* marquent l'ordre et le rang des choses.

Les noms de nombre *ordinaux* marquent l'ordre et le rang des objets, comme *premier, second, dixième; primus, secundus, decimus*, etc.

Les dix premiers noms de nombre *cardinaux* forment les racines de tous les autres.

Parmi les noms de nombre, les uns se déclinent, et les autres sont indéclinables.

Les noms de nombre *cardinaux, unus, duo* et *tres* se déclinent (voir la grammaire). Les autres, jusqu'à *cent*, sont indéclinables.

Les noms de nombre *ordinaux* se déclinent sur *bonus, a, um*.

Voici le tableau de formation des noms de nombre ordinaux et cardinaux :

TABLEAU DE FORMATION

Des noms de nombre *cardinaux* et *ordinaux*.

Chiffres romains.	arabes.	Nombres cardinaux.	Nombres ordinaux.
I	1	Unus, a, um, *un* (1).	Primus, a, um, *premier*.
II	2	Duo, æ, o, *deux*.	Secundus, a, um, *second*.
III	3	Tres, ia, *trois*, etc.	Tertius, a, um, *troisième*.
IV	4	Quatuor.	Quartus, a, um.
V	5	Quinque.	Quintus, a, um.
VI	6	Sex.	Sextus, a, um.
VII	7	Septem.	Septimus, a, um.
VIII	8	Octo.	Octavus, a, um.
IX	9	Novem.	Nonus, a, um.
X	10	Decem.	Decimus, a, um.
XI	11	Undecim.	Undecimus, a, um.
XII	12	Duodecim.	Duodecimus.
XIII	13	Tredecim, *ou* decem et tres.	Tertius decimus, *ou* decimus et tertius.
XIV	14	Quatuordecim, *ou* decem et quatuor.	Quartus decimus, *ou* decimus et quartus.
XV	15	Quindecim.	Quintus decimus.
XVI	16	Sedecim, *ou* sexdecim.	Sextus decimus.
XVII	17	Decem et septem, *ou* septemdecim.	Septimus decimus.

(1) On n'exprime *un* par *unus* que lorsqu'on veut désigner spécialement le nombre, ou lorsqu'on veut exprimer *un seul*. Lorsque *un*, au contraire, signifie *un certain*, on l'exprime par *quidam, quædam, quoddam*. Souvent aussi *un*, en français, ne s'exprime pas en latin. L'usage apprendra mieux encore ces différences.

xviii	18	Decem et octo, *ou* duode-viginti (1).	Octavus decimus, *ou* duo-devicesimus.
xix	19	Decem et novem, *ou* unde-viginti (2).	Nonus decimus, *ou* unde-vicesimus.
xx	20	Viginti.	Vicesimus, *ou* vigesimus.

Depuis *vingt* jusqu'à *cent*, le plus petit nombre se place le premier, en mettant la conjonction *et* entre les deux nombres. Si l'on ne se sert pas de *et*, le plus grand nombre se met le premier.

xxi	21	Unus et viginti, *ou* vi-ginti unus.	Unus et vicesimus, *ou* vi-cesimus unus (3).
xxii	22	Duo et viginti, *ou* viginti duo, etc.	Secundus et vicesimus, *ou* alter et vicesimus, etc.
xxiii	23	Tres et viginti, etc.	Tertius et vicesimus, etc.
xxviii	28	Octo et viginti, *ou* duo-detriginta.	Octavus et vicesimus, *ou* duodetricesimus.
xxix	29	Novem et viginti, *ou* un-detriginta.	Nonus et vicesimus, *ou* undetricesimus.
xxx	30	Triginta.	Tricesimus, *ou* trigesimus.

Jusqu'à *cent*, les nombres compris entre chaque dizaine se forment du nom de la dizaine, auquel on ajoute un des premiers nombres. Il nous suffit donc maintenant de connaître le nom de chaque dizaine.

xl	40	Quadraginta.	Quadragesimus.
l	50	Quinquaginta.	Quinquagesimus.
lx	60	Sexaginta.	Sexagesimus.
lxx	70	Septuaginta (4).	Septuagesimus.
lxxx	80	Octoginta.	Octogesimus.
xc	90	Nonaginta.	Nonagesimus.
xcix	99	Novem et nonaginta, *ou* undecentum.	Nonus et nonagesimus, *ou* undecentesimus.
c	100	Centum (*indéclinable*).	Centesimus, a, um.
ci	101	Centum unus, *ou* et unus.	Centesimus unus, *pour* primus.
cii	102	Centum et duo, etc.	Centesimus secundus, etc.

A partir de *cent*, les multiples des centaines, comme *deux cents*,

(1) *Duo-de-viginti*, deux (ôtés) de vingt, ou dix-huit. — (2) *Unus-de-viginti*, un (ôté) de vingt, c'est-à-dire *dix-neuf.* — (3) *Vicesimus primus* n'est pas usité. — (4) *Soixante-dix, quatre-vingts, quatre-vingt-dix*, se traduisent tou-jours comme s'il y avait *septante, octante, nonante.*

trois cents, etc., deviennent déclinables et se déclinent sur le pluriel de *bonus, a, um.*

cc	200	Ducenti, æ, a.	Ducentesimus, a, um.
ccc	300	Trecenti, æ, a.	Trecentesimus, etc.
cccc	400	Quadringenti, æ, a.	Quadringentesimus.
D	500	Quingenti, æ, a.	Quingentesimus.
DG	600	Sexcenti, æ, a.	Sexcentesimus.
rcc	700	Septingenti, æ, a.	Septingentesimus.
DCCC	800	Octingenti, æ, a.	Octingentesimus.
DCCCC	900	Nongenti, *ou* noningenti, æ, a.	Nongentesimus.

M	1000	Mille.	Millesimus, a, um, etc.

Mille est indéclinable au singulier; au pluriel, il se décline : *millia, ium, ibus.* Les milliers s'expriment en plaçant les nombres *duo, tria, viginti,* etc., devant *millia,* qui alors se décline.

On dit au singulier *mille homines* ou *mille hominum* (mille hommes); mais, au pluriel, on met toujours le génitif après *millia,* qui est alors considéré comme substantif. — *Duo, tria, viginti millia hominum,* etc. (C'est-à-dire 2, 3, 20 milliers d'hommes (1).

On dit aussi en poésie : *bis, ter, quater mille,* c'est-à-dire *deux fois, trois fois, quatre fois mille,* etc.

On ne dit pas en latin, comme en français, *onze cents, douze cents, quinze cents,* etc., mais *mille cent, mille deux cents, mille cinq cents,* etc.

2000	Duo millia, *ou* bis mille.	Bis millesimus, a, um, etc.
3000	Tria millia, *ou* ter mille.	Ter millesimus.
4000	Quatuor millia, *ou* quater mille, etc.	Quater millesimus.

100000	(*cent mille*) Centum millia.	Centiès millesimus.
500000	Quingenta millia.	Quingentiès millesimus.

Les Latins, pour compter au-dessus de cent mille, mettaient deux ou trois fois ce nombre; d'où vient la façon de parler, *bis, ter, quater, quinquiès, deciès, centena millia.*

_____

(1) Quand *mille* en français signifie un nombre indéterminé, on l'exprime ordinairement en latin par *sexcenti, æ, a* (six cents) ou par *permulti, æ, a* (beaucoup). Ex. Il a couru mille dangers; *sexcenta pericula subiit.* — Mille fois, *sexcentiès* : Je l'ai dit mille fois; *illud sexcentiès dixi.*

1000000 (*un million*) Deciès   Milliès millesimus.
centena millia, *ou* deciès cen-
tum millia, *ou* mille millia.

NOMBRES DISTRIBUTIFS.

Ils répondent à la question *combien à la fois ?*

1 Singuli, æ, a, *un à un, l'un après l'autre.*	7 Septeni, æ, a.
	8 Octoni, æ, a.
2 Bini, æ, a, *deux à deux, deux à la fois,* etc. (1).	9 Noveni, æ, a.
	10 Deni, æ, a, etc.
3 Terni, æ, a.	
4 Quaterni, æ, a.	20 Vinceni, æ, a.
5 Quini, æ, a.	30 Triceni, æ, a.
6 Seni, æ, a.	40 Quadrageni, æ, a, etc.

NOMBRES MULTIPLES.

1 Simplex, icis, *simple.*	4 Quadruplex, *quadruple.*
2 Duplex, icis, *double.*	5 Quintuplex, *quintuple,* etc.
3 Triplex, *triple.*	100 Centuplex, etc.

ADVERBES NUMÉRAUX (CARDINAUX).

1 Semel, *une fois.*	20 Viciès.
2 Bis, *deux fois.*	30 Triciès.
3 Ter, *trois fois,* etc.	40 Quadragiès.
4 Quater.	50 Quinquagiès.
5 Quinquiès.	60 Sexagiès.
6 Sexiès.	70 Septuagiès.
7 Septiès.	80 Octogiès.
8 Octiès.	90 Nonagiès.
9 Noviès.	100 Centiès, *cent fois.*
10 Deciès.	1000 Milliès, *mille fois.*

ADVERBES NUMÉRAUX (ORDINAUX).

1 Primùm, *ou* ò, *pour la première fois, premièrement.*	3 Tertiùm, ò, *troisièmement.*
	4 Quartùm, ò.
2 Secundùm, ò, *secondement, pour la seconde fois.*	5 Quintùm, ò.
	10 Decimùm, ò, etc.

Et ainsi de suite, en prenant l'ablatif ou l'accusatif singulier neutre

---

(1) *Tous deux* ou *tous les deux ensemble* s'expriment par *ambo, æ, o.*

des adjectifs de nombre ordinaux, et en marquant la dernière syllabe d'un accent grave.

La terminaison en *ùm* est plus usitée que la terminaison en *ô*.

EXERCICES

Sur les noms de nombre.

154. Dieu créa le monde en (1) six jours. — Le premier jour (2) il fit la lumière; le second jour (2) il créa le firmament; le troisième jour (2), il créa les eaux, les plantes et les arbres; le quatrième jour, il fit le soleil, la lune et les étoiles; le cinquième jour, il créa les oiseaux et les poissons; le sixième jour il créa l'homme et les animaux. — Noé entra dans l'arche avec ses trois fils et ses trois brus. — La pluie tomba pendant quarante jours et quarante nuits. — Les eaux dépassaient de quinze coudées (2) les plus hautes montagnes.

155. Le onzième mois (2), Noé lâcha un corbeau qui ne revint pas, puis une colombe qui revint. — Jacob demeura treize années (3) chez Laban. — Jacob eut douze fils. — Pharaon vit sept vaches grasses et sept vaches maigres. — La famine dura sept ans (3). — Jacob dit au roi : J'ai vécu cent trente ans (3). — Il vécut encore dix-sept années. — Moïse naquit l'an quinze cent soixante et onze avant Jésus-Christ (4). — Les Hébreux sortirent d'Égypte au nombre (5) de six cent mille hommes. — Une colonne de feu (6) les conduisit pendant quarante années. — Peu (7) de jours après, ils arrivèrent sur le bord de la mer Rouge.

156. L'arche fit sept fois le tour (8) des murailles de Jéricho. — Samson tua mille ennemis avec (9) une mâchoire d'âne. — Il lâcha trois cents renards dans les moissons des Philistins. — Samson mourut l'an onze cent dix-sept (10) avant Jésus-Christ. — Saül fut élu roi l'an deux mille neuf cent (11) avant Jésus-Christ. — Da-

---

(1) Intra, *acc.* — (2) *Abl.* — (3) *Acc.* — (4) Tournez : l'an *millième, cinq centième, soixante et onzième* avant J. C., en mettant le nom de nombre à l'ablatif. — (5) Ad numerum, *gén.* — (6) Igneus, a, um. — (7) Pauci, æ, a. *abl.* — (8) Fut portée sept fois autour. — (9) *Abl. sans préposition.* — (10) *Tournez :* l'an millième, centième, etc. — (11) *Tournez :* l'an deux millième, etc.

vid tua d'abord deux cents Philistins. — Vingt-deux mille soldats d'Absalon furent tués dans le combat. — Une grave contestation s'élève entre deux mères et fut portée (1) au tribunal de Salomon.

157. Tobie perdit la vue (2) à l'âge de (3) cinquante ans, et vécut encore quarante-deux ans après l'avoir recouvrée (4); il mourut à l'âge de quatre-vingt-dix-neuf ans. — Amon, roi impie, ne régna que (5) deux ans environ. — La captivité de Babylone dura soixante-deux ans. — La faute d'un seul homme et d'une seule femme perdit le genre humain. — Caïn et Abel sortirent tous deux dans les champs. — Mes deux sœurs se promenaient toutes deux. — Les mois ont vingt-huit, trente, ou trente et un jours. — L'Amérique a été découverte en l'an 1492 (6). — Chaque main a cinq doigts; les deux pieds ont dix doigts, total : vingt doigts.

158. Nous avons deux mains, deux bras, deux yeux et deux oreilles ; mais nous n'avons qu'une âme, qu'une bouche et qu'une langue. — Les vins durent environ deux cents ans. — Xerxès commandait une armée d'un million d'hommes. — Cinq mille hommes furent tués dans le combat, savoir : trois mille cinq cents quatre-vingt-quinze fantassins et quatorze cent cinq cavaliers. — Louis XIV fut un grand roi de France. — Louis IX est appelé saint Louis. — Le soixante-dixième roi de France fut Charles X qui précéda Louis-Philippe Ier, soixante et onzième roi de France, qui a régné dix-huit ans. — La seconde république française a été proclamée le 24 février 1848, et Napoléon III, empereur, le 10 décembre 1852.

---

(1) Defero, detuli, delatum, deferre, acc. — (2) Tournez : *devint aveugle.* — (3) *Tournez :* âgé de.... — (4) *Après qu'il l'eut recouvrée :* postquàm, avec le subjonctif. — (5) *Régna seulement deux ans.* — (6) *L'an millième, quatre centième,* etc., abl.

SUPPLÉMENT AUX VERBES.

VERBES IRRÉGULIERS.

Nous avons déjà dit en quoi les verbes *irréguliers* diffèrent des *réguliers*, et nous avons indiqué la manière de les conjuguer.

Il y a d'autres verbes qui s'éloignent encore davantage des quatre modèles de conjugaison. D'autres enfin manquent de quelques temps et de quelques personnes, et prennent pour ce motif le nom de *verbes défectueux*. Nous allons indiquer quelques-uns de ces verbes, d'après l'ordre suivi dans la grammaire.

VERBES SEMI-DÉPONENTS.

(Voir la conjugaison de *Gaudeo* dans la grammaire.)

Près des verbes déponents, nous pouvons placer certains verbes qui se conjuguent comme l'actif dans leurs temps simples, et qui ont les temps composés semblables à ceux des verbes passifs ou déponents. Leur modèle est *Gaudeo*. Ces verbes sont :

Audeo, audes, ausus sum, audere, *oser.*
Gaudeo, gaudes, gavisus sum, gaudere, *se réjouir.*
Soleo, soles, solitus sum, solere, *avoir coutume.*
Mœreo, mœres, mœstus sum, mœrere, *pleurer, être triste.*
Fido, fidis, fisus sum, fidere, *se fier.*

Ce dernier donne naissance à deux composés :

Confido, confidis, confisus sum, confidere, *se confier.*
Diffido, diffidis, diffisus sum, diffidere, *se défier.*

Remarques. — Le verbe *Odi*, je hais, fait aussi un parfait *osus, sum.* — *Audere*, outre le subjonctif présent *audeam*, a encore *ausim, ausis, ausit*, plur. *ausint.*

FERO et ses composés.

Ce verbe donne naissance à plusieurs composés, tels que :

Offero (de *ob-fero*), offers, obtuli, oblatum, offerre, *offrir.*
Affero (de *ad-fero*), affers, attuli, allatum, afferre, *apporter.*
Effero, effers, extuli, elatum, efferre, *emporter, porter dehors.*
Confero, confers, contuli, collatum, conferre, *contribuer.*

Aufero, aufers, abstuli, ablatum, auferre, *ôter, enlever*.
Suffero, suffers, sustuli, sublatum, sufferre, *supporter*.
Refero, refers, retuli, relatum, referre, *rapporter*.
Differo, differs, distuli, dilatum, differre, *différer*, etc.

VERBE EO ET SES COMPOSÉS.

Eo, is, ivi, itum, ire, *aller*.
Exeo (*ex-eo*), exis, exivi *ou* exii, exitum, exire, *sortir*.
Adeo (*ad-eo*), adis, adivi *ou* ii, aditum, adire, *aller trouver*.
Pereo, peris, perii (*rarement*, perivi), peritum, perire, *périr*.
Redeo, redis, redivi *ou* ii, reditum, redire, *revenir*.
Transeo, transis, transivi *ou* ii, transitum, transire, *traverser*.
Prætereo, præteris, præterivi *ou* ii, præteritum, præterire, *passer outre* ou *après*.
Ineo, inis, ivi *ou* ii, itum, ire, *entrer dans*.
Anteeo, is, ivi, itum, ire, *aller devant*.
Circumeo, is, ivi *ou* ii, itum, ire, *aller autour, entourer*.
Venio, venis, veni, ventum, venire, *venir*. (*Sur* Audio.)
Veneo, is, ii, ire, *être vendu* (venibam *et* veniebam, venieram, venio *et* veniam, veniero).
Queo, is, ivi (*pas d'impératif*), quire, *pouvoir*. (*De même* Nequeo, *ne pouvoir pas.* — *V. la grammaire.*)
Ambio, is, ivi, *ou* ii, itum, ire, *aller autour, entourer*. (*Sur* Audio.)

Au passif, *eo* est employé impersonnellement : *itur*, on va; *ibatur*, on allait; *itum est*, on est allé; *ibitur*, on ira ; *eundum est*, il faut aller, etc. Quelques composés de *eo* prennent la signification active, et ont un passif, comme *prætereor, adeor, ineor, transeor*, etc.

VERBE FIO ET SES COMPOSÉS.

Le verbe FIO, *je deviens*, n'est proprement ni actif ni passif. Quand il signifie *je deviens*, il est *substantif* comme le verbe *sum* (1). Quand il signifie *être fait*, il tient lieu de passif au verbe *facio*.

Comme verbe substantif, *fio* n'a pas de composés; mais il entre dans la composition du passif de tous les composés de *facio*, comme :

(1) Ils ont tous deux la même origine, car ils dérivent tous deux du verbe grec φύω (fuo), être produit : c'est l'origine de *fore, fui, futurum*.

Calefacio, *j'échauffe*. — Calefio, *je suis échauffé*.
Madefacio, *je mouille*. — Madefio, *je suis mouillé*.
Arefacio, *je sèche*. — Arefio, *je suis séché*.

Les composés dans lesquels *facio* se change en *ficio*, comme *perficio, interficio, efficio*, forment leur passif régulièrement : *perficior, interficior, efficior*.

Le verbe *fio* est souvent employé impersonnellement. — Ex. *fit*, il arrive; *factum est*, il arriva, etc.

VERBES VOLO, NOLO, MALO, POSSUM, MEMINI, FIO ET INQUAM.

(Voir la grammaire.)

Ces verbes manquent de plusieurs temps.

Nolo est un composé de *ne* ou de *non volo*, je ne veux pas.

Malo est un composé de *magis* et de *volo*.

Le verbe *possum* est un véritable composé de *sum* et du radical *potis, e*, qui peut. (*Pot.... sum*, je suis pouvant.) Ce verbe n'a point d'impératif ni de futur de l'infinitif.

Prosum est un composé de *sum*, dont nous avons déjà parlé.

Sur *queo* se conjugue *nequeo, nequire*, ne pouvoir pas.

Le verbe *memini* n'a que le parfait et les temps qui en sont formés. Mais le parfait a la signification du présent, et le plus-que-parfait se traduit par l'imparfait en français. *Memini* signifie proprement, j'ai gardé le souvenir (je me souviens), etc.

On conjugue sur *memini* les verbes suivants :

Novi, novisse, *connaître*.

Cœpi, cœpisse, *commencer*. (Ne pas le confondre avec *cepi*, parfait de *capio*.)

Odi, odisse, *haïr*. — Osus eram, *je haïssais*. — Osus, *ayant haï*.

Consuevi, consuevisse, *avoir coutume*.

Ces verbes n'ont pas d'impératif.

Le verbe *aio* signifie *dire oui*. On trouve quelquefois *ai* à l'impératif. — Ex. *Vel ai, vel nega*, dis oui ou non, etc.

7

VERBES IMPERSONNELS OU UNIPERSONNELS.

OPORTET, PŒNITET, etc.

On appelle verbes *impersonnels* ou mieux *unipersonnels*, ceux qui ne se conjuguent qu'à la troisième personne du singulier.

On conjugue comme *oportet* les verbes suivants :

Licet, licuit, licitum est, *il est permis.*
Decet, decuit, *il convient.* (*On trouve* decent, deceant.)
Libet, libuit, libitum est, *il fait plaisir.* (*On dit aussi* lubet.)
Placet, placuit, placitum est, *il plaît.*
Pluit, *il pleut.*
Ningit, ninxit, *il neige.*
Grandinat, grandinavit, *il grêle.*
Tonat, tonuit, *il tonne.*
Præstat, præstitit, *il vaut mieux.*
Refert, retulit, *et* interest, interfuit, *il importe.*

Le verbe *pœnitet* est un composé de *pœnitentia tenet.* — Ainsi *me pœnitet,* je me repens, équivaut à *pœnitentia tenet me,* le repentir tient moi. On peut décomposer ainsi les autres verbes qui se conjuguent sur *pœnitet.* C'est pour cette raison que le sujet français de ces verbes doit se mettre à l'accusatif comme complément direct du verbe *tenere* contenu dans *pœnitet, pudet,* etc.

Me pudet, *j'ai honte, je rougis* (pudor tenet me, *la honte me tient*), me puduit *ou* puditum est, pudere.
Me miseret, *j'ai pitié* (misericordia, *la pitié,* tenet me), misertum est, miserere. (On se sert aussi dans le même sens de *misereri, eor,* avoir pitié, dép.)
Me piget, *je suis fâché* (pigredo, *le dépit,* tenet me), piguit *ou* pigitum est, pigere.
Me tædet, *je m'ennuie* (tædium, *l'ennui,* tenet me), me pertæsum est (*mieux que* tæduit), tædere.

IMPERSONNELS PASSIFS.

L'impersonnel *passif* est la troisième personne du singulier passif dans tous les temps.

On peut faire impersonnels passifs tous les verbes actifs et même neutres, comme *narratur,* on raconte ; *bibitur,* on boit, etc.

On peut considérer comme impersonnelles passives les formes destinées à marquer l'obligation. — *Dicendum est,* il faut dire ; *pugnandum est,* il faut combattre, etc.

REMARQUES

SUR DIFFÉRENTES SORTES DE VERBES.

Il y a des verbes qui, sous une seule orme, ont deux espèces de signification, ou une seule signification pour deux formes différentes. — Ex. *Æquare*, rendre égal ou être égal; *aggredior*, attaquer et être attaqué. — *Assentio* et *assentior*, signifient également : être de l'avis, etc.

On appelle *inchoatifs* (de *inchoare*, commencer) les verbes qui marquent le commencement, la continuité, ou l'accroissement de l'action. Ils sont ordinairement terminés en *esco*. — *Senescere*, devenir vieux; *ingravescere*, s'appesantir, etc.

Les verbes *fréquentatifs* sont ceux qui marquent la *fréquence* de l'action, comme *clamitare*, *dictitare*, crier, dire souvent, etc.

On peut ajouter aux verbes indiqués dans la grammaire plusieurs autres verbes irréguliers ou défectifs : *Quæso*, *quæsumus*, je vous prie; *amabo*, de grâce; *ave*, *salve*, je vous salue, bonjour; pluriel, *salvete*, *avete*; *cedo*, donnez, dites, parlez. — *Edo*, manger, *edis* ou *es*, *edit* ou *est*; parf., *edi*; impér. ede ou es, *esto*; *edito* ou *esto* (ille); *ederem* ou *essem*, *esses*, etc.; *edere* ou *esse*; *esum* ou *estum* : *estur*, on mange. — *Defit*, il manque, *defiet*, *defiat*, *defieri*. — *Infit*, il commence.

Liceo, *licui*, *licitum*, *licere*, v. n., signifie être mis à prix. *Liceor*, *licitus*, *sum*, *liceri*, v. dép., signifie mettre à prix.

Sont inusités : Indic. *Dor*, subj. *der*, de *dare*, donner; *aror*, *arer*, de *arare*, labourer; *solebo*, *is*, de *soleo*, avoir coutume; *cupe*, impér. de *cupio*; *polle* de *polleo*, exceller; *scire* fait à l'impératif *scito*, *scitote*, et non *sci*, *scite*.

EXERCICES VARIÉS

Sur le supplément aux verbes.

159. Ma mère s'est réjouie. — Mes sœurs se seraient réjouies.—Prêtre, amène la victime, apporte le feu, dis les paroles sacrées. — Avoir différé. — Avoir dû apporter. — Nous portons le glaive et la flamme. — Le soldat a péri, périssait, périra, aura péri. — Que les ennemis périssent, qu'ils eussent péri.— Les esclaves se défient, ils se sont défiés; ils se confieront, ils s'étaient confiés.

160. Le maître sort; il est sorti; les maîtres sortaient. — Esclaves, sortez! — Je crois que les livres ont été apportés. — Le maître ne veut pas, ne voudra pas, n'a pas voulu; il ne voudrait pas. — Le travail sert; il a servi, il aura servi.—Je crois que le travail sert, a servi, servira. — J'ai vu le soldat entrer, traverser, passer auprès, revenir (*entrant*, *traversant*, etc.). — J'ai vu les esclaves aller, traverser, revenir, entrer, passer auprès.

161. Paris se souvient, se souvenait; qu'il se souvienne. — Paris, souviens-toi! — Les élèves commençaient, ont commencé, commenceront, commencent à travailler. — Bonjour, ami! — Adieu, mes amis! — Un bon fils se réjouit, se réjouira, s'est réjoui, s'était réjoui, se serait réjoui, se réjouira toujours du bonheur (*abl.*) de sa mère. — Les mères se réjouissent, se sont réjouies, se seront réjouies, s'étaient réjouies, se seraient réjouies, se réjouiront toujours du bonheur de leurs fils.

162. Je crois qu'une bonne mère se réjouit, s'est réjouie, se réjouira du bonheur de son fils. — Il aura échauffé, il aura été échauffé. — Être achevé. — Que tu fasses sécher. — Vous étiez échauffés. — Le lâche se défie, se défiait, se défiera de son courage (*dat.*). — Je crois que les hommes lâches se défient, se défieront, se sont défiés de leur courage. — Ma sœur a coutume, avait coutume, aurait eu coutume.

163. Nous nous souvenons de nos amis.— Que je me souvienne, je me souviendrais, nous nous souviendrions de nos amis absents. — Souviens-toi, souvenez-vous de Dieu et de la mort. — Les anciens accoutumaient, accoutumèrent, avaient accoutumé les enfants au travail et à la frugalité. — Nous haïrons, nous avons toujours haï l'ingratitude. — Je crois que les gens de bien haïssent et haïront toujours l'ingratitude. — J'ai coutume, j'ai toujours eu coutume de lire et de travailler.

164. Que vous ayez coutume.—Ils auraient coutume. —Nous ne connaissons pas, nous ne connaissions pas, nous ne connaîtrons pas les desseins de Dieu. — Que tu aimes mieux. — Il ne voudrait pas. — Il ne voudra pas. —Que j'eusse voulu.—Vous auriez mieux aimé. —Qu'il ait voulu. — Il n'aura pas voulu. — Tu auras pu.—Que tu aies servi. — Avoir servi. — Tu te souviendrais. — Il aurait coutume. — Nous commencerions. — Vous connaîtriez. — Ils haïraient. — Devant haïr. — Ayant haï, commencé.

165. Nous voulons, nous voudrions, nous voudrons toujours la paix. — Dirait-il. — Tu as dit. — Vous avez dit. — Ont-ils dit. — Dites-vous. — Il a grêlé. — Il aura fallu. — Qu'il eût convenu. — Il avait importé. — Qu'il ait importé. — Qu'il eût neigé. — Que ta volonté soit faite. — Dis oui ou non. — Allez, dira-t-il aux méchants. — Je me suis souvenu de ces choses. — Que je me repente. — Que vous ayez pitié. — Vous vous repentiriez.

166. Elles ont été fâchées. — Elles se sont repenties. — Je m'ennuierais. — Avoir eu honte. — On croit. — On pourrait. — On a inventé. — Il pleut, il pleuvra, il a plu, il aura plu. — Il neige en hiver (1), mais il ne grêle pas. — Courage, enfant, c'est ainsi qu'on s'élève jusqu'aux cieux (2). — On combat, on a combattu, on combattit. — On but et on mangea jour et nuit. — Le père s'est repenti de son indulgence. — Nous nous ennuyons de la vie. — Il importe, il importait, il importera, il eût importé de bien dire. — Il convient, il convenait, il convint de bien dire. — Il est constant qu'il y a un Dieu.

RÉCAPITULATION GÉNÉRALE

Sur toute la première partie de la grammaire latine.

167. Le Seigneur menace, menaça, menacera, aura menacé, menacerait (3) les méchants. — Je crois que les méchants éprouveront les funestes effets de la colère divine. — Je vois le liége léger flottant sur l'eau bleue de la mer profonde. — Dieu défend le mensonge et l'orgueil, vices honteux, plus honteux, très-honteux. — Je crois que notre armée a taillé, tailiera, aura taillé en pièces

(1) Hieme. — (2) T. *Ainsi on va jusqu'aux astres*, sic itur ad astra. — (3) Minor, *dép. dat.*

les troupes nombreuses, plus nombreuses, très-nombreuses des ennemis. — Nous parlerons de choses faciles, plus faciles, très-faciles. — Le sommeil adoucit, adoucira, aura adouci, adoucirait, aurait adouci les chagrins amers des hommes malheureux, plus malheureux, très-malheureux.

168. Supporte l'injure avec patience, avec plus de patience, avec beaucoup de patience (1). — Admirons la providence merveilleuse (2), plus..., très.... du Dieu bon, meilleur, très-bon. — Catilina médita des desseins criminels (3), plus..., très.... — Les choses que vous désirez ne sont pas les meilleures. — L'Arabe a dompté, domptera, aura dompté le coursier rapide, plus rapide, très-rapide. — César menaça (4) les pirates audacieux, plus audacieux, très-audacieux qui avaient osé le retenir prisonnier. — Jupiter présidait l'assemblée des dieux et des déesses. — Dieu favorise les hommes humbles, plus..., très.... — Acquittez-vous (5) très-soigneusement de tous les devoirs qui vous sont prescrits.

169. La foi chrétienne apporta aux hommes l'heureuse espérance d'un salut éternel après cette vie mortelle et misérable. — Les paresseux s'ennuient de la vie. — Souvenez-vous de mes conseils. — Les mères se réjouissent, se sont réjouies, se seront réjouies, s'étaient réjouies, se réjouiront toujours du bonheur (6) de leurs fils. — Louis XIV, roi de France, naquit l'an 1638, régna 72 ans et mourut le 1er février 1715. — Les pères de famille doivent commander dans la maison comme les magistrats dans la république. — Admirons les exploits des héros; accordons aux héros les louanges qui leur sont dues.

170. Méditons longtemps, plus..., très.... les divines paroles de Jésus-Christ. — Habituez-vous à la tempérance dès (7) vos plus tendres années. — En 1852 (8) Napoléon III a été proclamé empereur des Français par

---

(1) T. *patiemment; plus patiemment, très....* — (2) Mirificus, a, um. — (3) Nefarius, a, um. — (4) Minor, aris, ari, *dép. dat.* — (5) Fungor, geris, gi, *dép., abl.* — (6) *A l'abl.* — (7) A, *abl.* — (8) T *L'an 1852, à l'abl. sans prép. avec le nombre ordinal.*

800 000 suffrages. — Napoléon Ier était mort en 1821. — Les femmes romaines avaient coutnme de garder la maison en filant de la laine. — On combattit avec acharnement (1), avec plus d'acharnement, avec beaucoup d'acharnement. — Les pères trop indulgents se repentiront de leur faiblesse. — On va de toutes parts saluer le vainqueur. — Gédéon commandait une armée de 32 000 hommes ; il ne garda avec lui que (2) trois cents hommes avec lesquels il combattit et remporta la victoire.

171. Les Spartiates supportaient facilement, plus..., très.... la faim et la soif. — Un paysan, dit Ésope, trouva une couleuvre qu'il réchauffa (3) dans sa poitrine. Mais la fable raconte que cette ingrate couleuvre mordit la main qui l'avait sauvée. — Les dieux des anciens habitaient les hautes montagnes, les bois touffus, près des fontaines sacrées. — Un cheval vif est dangereux jusqu'à ce qu'il ait été dompté par un habile écuyer. — La mémoire s'accroît (4) par l'étude, et se perd (5) si elle n'est pas exercée (6). — Lorsque les généraux carthaginois avaient été vaincus par les ennemis, dans quelque bataille, ils étaient condamnés à mort (7). — Vous ne vaincrez jamais si vous ne luttez pas (8).

172. Si vous mentiez, vous éprouveriez bientôt les effets du mensonge : personne n'ajouterait foi à vos paroles. — Suivez-moi, disait Jésus-Christ, et je vous conduirai à mon père. — Le chêne orgueilleux méprisait l'humble roseau ; mais une grande tempête s'éleva, les vents mugirent et renversèrent le chêne qui tomba avec un grand bruit. Le roseau plia, lutta contre les vents dont il sontint bravement le choc impétueux.—Dieu qui a créé l'homme roi de la nature et maître de tous les autres êtres qui habitent sur la surface de la terre lui a donné le plus grand, le plus beau et le meilleur des biens : (9) une âme douée d'intelligence et de raison.

---

(1) Acriter. — (2) T. *Il garda seulement.* — (3) Foveo, es, ere. — (4) T. *est accrue.* — (5) Intercidit. — (6) T. *A moins qu'elle ne soit exercée,* nisi, *subj.* —(7) T. *par la tête,* capite.— (8) T. *à moins que vous ne luttiez.* — (9) Sous-entendu, *il lui a donné.*

TROISIÈME PARTIE.

THÈMES ET EXERCICES

SUR LES PREMIÈRES RÈGLES DE LA SYNTAXE.

CHAPITRE I.

SYNTAXE DES NOMS.

THÈME PREMIER.

Règles. *Louis roi.—De Louis roi.*   *Ludovicus rex.—Ludovici regis.*
Ésope auteur. — A Ésope auteur.   *Æsopus auctor. — Æsopo auctori.*
Remarque. La ville de Rome.   *Urbs Roma.*

EXERCICES PRÉPARATOIRES.

173. Ludovicus rex.—Dieu créateur.—A Dieu créateur. — De Cicéron (1), orateur. —A la violette, fleur.— Dans le marbre, pierre. — Du dictateur César (2). — De la cigogne, oiseau. — Vers (3) la déesse Junon (4). — De la France (5), contrée. — Au poëte Virgile (6).— Lyon (7) et Paris (8), villes de France. — La cruauté du dictateur Sylla (9). — Les ouvrages d'Homère (10) et de Virgile, grands poëtes. — L'histoire des Romains, peuple célèbre.

174. Urbs Roma. — La ville de Paris.— Le fleuve de la Seine.—Dans la province de Normandie (11).—Dans le fleuve du Rhône (12). — J'ai vu la ville d'Athènes (13). —

(1) Cicero, onis, *m.* — (2) Cæsar, is, *m.*—(3) Ad, *acc.*—(4) Juno, onis, *f.* (5) Gallia, æ, *fém.*—(6) Virgilius, ii, *m.* — (7) Lugdunum, i, *neut.*—(8) Lutetia, æ, *f.*—(9) Sylla, æ, *m.*—(10) Homerus, i, *m.*—(11) Normannia, æ, *f.*— (12) Rhodanus, i, *m.*—(13) Athenæ, arum, *f.*

Les Israélites traversèrent le fleuve du Jourdain (1). —
Nous habitons dans la ville de Paris.

THÈME.

175. Dans la ville de Lyon. — Dans le mois d'avril. —
Énée (2), prince troyen, était fils de la déesse Vénus (3).
— Dans les villes de Rome et d'Athènes, cités anciennes.
— J'ai navigué sur le fleuve du Rhin (4). — J'admire Titus (5) et Trajan (6), empereurs romains. — César sou-
mit les Gaulois (7), nation courageuse. — Les anciens se
servaient (8) de courtes épées, armes pesantes. — La
ville d'Athènes avait trois ports. — Platon (9), philosophe
illustre, eut la ville d'Athènes pour (10) patrie, et Socrate (11) pour (10) maître. — Je m'entretiens (12) avec
Paul (13), homme savant.

THÈME DEUXIÈME.

Règles. Le livre de Pierre.	Liber Petri.
La bonté de Dieu.	Bonitas Dei.
Remarque. La bonté de Dieu (T. divine).	Bonitas divina.
Le parlement de Paris (T. parisien).	Senatus parisiensis.
Un vase d'or.	Vas aureum.

EXERCICES PRÉPARATOIRES.

176. Liber Petri. — Les saisons de l'année. — La
voix du rossignol, des rossignols. — Les fruits de l'au-
tomne. — La création du monde. — Les victoires des
Français. — L'orgueil des sots. — La lumière du jour. —
La sainteté du serment. — Le toit de la maison. — Le
parfum des fleurs du jardin.

(1) Jordanus, i, m. — (2) Eneas, æ, m. — (3) Venus, eris, f. — (4) Rhenus
i, m. — (5) Titus, i, m. — (6) Trajanus, i, m. — (7) Galli, orum, m. — (8) Utebantur, abl. — (9) Plato, onis, m. — (10) Ne se rend pas. — (11) Socrates, is, m.
— (12) Confabulor, dép. — (13) Paulus, i, m.

177. Bonitas divina. — La majesté des rois (1). — La puissance de Dieu. — Dans la république d'Athènes (2). — Les vices des hommes (3). — Le cours des astres (4). — Sous l'arc de triomphe (5). — La couleur du safran (6). — Pendant le repas du soir (7). — A l'art de la guerre (8). — La rosée du matin (9). — La table de bois (10). — Aux gens de lettres (11). — Les gens de bien (12).

THÈME.

178. Les combats des Romains et des Carthaginois (13). — Les hommes du peuple (14). — Dans un jour de fête. — L'eau de la mer est salée. — Le malheur est une occasion de vertu. Dieu favorise (15) les gens de bien (16). — La foi est un don de Dieu. — Dans des coupes d'or (17). — La crainte du Seigneur est le commencement de la sagesse. — Les richesses de Londres (18) et de Paris, villes opulentes. — Stilpon (19), philosophe de Mégare (20). — Dans l'appareil du triomphe. — L'envie est la compagne des vertus. — L'harmonie de Cicéron (21). — Nous vîmes beaucoup d'oiseaux de nuit (22).

THÈME TROISIÈME.

Règle. Un enfant *d'un bon naturel.*   Puer *egregix indolis* ou *egregiâ indole.*

EXERCICES PRÉPARATOIRES.

179. Puer egregiâ indole. — L'écolier d'un caractère gai. — L'homme d'une éducation distinguée. — Les hommes de mœurs grossières (23). — Goliath (24) était un

---

(1) T. *royale.* — (2) T. *athénienne.* — (3) T. *Humains,* humana. — (4) Sidereus, a, um. — (5) T. *triomphal,* triumphalis. — (6) Croceus, a, um. — (7) Vespertinus, a, um. — (8) Bellicus, a, um. — (9) Matutinus, a, um. — (10) Ligneus, a, um. — (11) Viri, orum, *m.*; litteratus, a, um. — (12) Vir, i, *m.*; bonus, a, um. — (13) Carthaginienses, ium. — (14) T. *plébéiens,* plebeius. — (15) Faveo, es, *dat.* — (16) Vir, i; bonus, a, um. — (17) Aureus, a, um. — (18) Londinum, i, *neut.* — (19) Stilpo, onis, *m.* — (20) Megaricus, a, um. — (21) Tullianus, a, um. — (22) Nocturnus, a, um. — (23) Ferus, a, um. — (24) Goliathus, i, *m.*

guerrier d'une taille gigantesque. — Auguste (1) était d'une très-belle figure.

THÈME.

180. Solon (2), homme d'une justice remarquable. — Le paysan d'un mauvais caractère. — L'homme d'origine illustre. — Néron (3), prince d'une cruauté inouïe. — Alcibiade, homme d'une grande beauté. — J'ai bu de l'eau d'une saveur détestable. — J'admire Platon (4), homme d'une grande autorité. — Job (5) fut un patriarche d'une patience admirable.—Romulus (6) et Numa (7) furent deux rois d'un caractère fort différent. — Les Athéniens (8), peuple d'un caractère inconstant, n'observèrent pas longtemps les lois de Solon, législateur célèbre. — L'avarice, le luxe, l'ambition, et les autres fléaux de ce genre, ont perdu bien (9) des États. — Socrate (10), philosophe d'Athènes (11), était d'un caractère doux et patient.

THÈME QUATRIÈME.

Règles. Le temps de lire.
De lire l'histoire.
Remarque. Le temps de lire l'histoire (T. de l'histoire devant être lue).

Tempus *legendi.*
Legendi historiam.
Tempus *legendæ historiæ.*

EXERCICES PRÉPARATOIRES.

181. **Tempus legendi.** — Le temps d'étudier. — Le désir d'apprendre. — Le pouvoir de nuire. — La passion de chasser. — Le désir d'avoir. — La fureur de jouer. — La crainte de perdre. — L'espoir d'acquérir.

182. **Tempus legendæ historiæ.**— L'avantage d'acquérir de l'instruction. — La gloire de dompter ses passions. — La nécessité d'étudier la grammaire. — La

(1) Augustus, i, *m.* — (2) Solo, nis, *m.* — (3) Nero, nis, *m.* — (4) Plato, nis, *m.* — (5) Job, *indécl, m.* — (6) Romulus, i, *m.* — (7) Numa, æ, *m.* — (8) Athénienses, ium, *m.* — (9) Multi, æ, a. — (10) Socrates, is, *m.* —(11) T. *Athénien,*

nécessité d'acheter un habit. — La crainte de perdre sa réputation. — Le bonheur de contenter(1) ses parents.

THÈME.

185. La honte de mal faire. — Le désir de plaire. — Le pouvoir de pardonner. — Le droit de parler. — La nécessité de mourir et de bien vivre. — Le jeune âge est le temps d'apprendre. — Il faut saisir toute occasion de pratiquer la vertu. — Apprenez l'art d'employer sagement votre temps. — Le sage connaît le temps de parler et le temps de se taire. — Cherchons les moyens d'apaiser la colère de Dieu. — Le désir de satisfaire ses maîtres est louable. — La passion de faire la guerre(2) est funeste aux rois et aux peuples. — Le danger de voir les mauvais exemples et de fréquenter les méchants. — L'économie est la science d'éviter les dépenses superflues. — L'espoir de vaincre les ennemis de la patrie. — Le pouvoir d'opprimer son ennemi. — La liberté de parcourir les champs. — Le devoir de favoriser les bons et de ne pas épargner les méchants.

THÈME CINQUIÈME.

Règle. C'est un péché *de mentir.* Culpa est *mentiri.*

EXERCICES PRÉPARATOIRES.

184. Culpa est mentiri. — C'est une lâcheté de déguiser (3) la vérité. — C'est une perfidie d'abandonner un ami. — C'est un crime d'insulter les pauvres. — C'est un péché de demeurer oisif.

THÈME.

185. C'est une gloire de vaincre ses passions. — C'est

---

(1) Satisfacio, ere, *dat.* — (2) Bello, as, avi, atum, are, *neut.* — (2) Dissimulare, *act.*

une impiété de ne pas aimer ses parents. — C'est une bonne œuvre de secourir les pauvres. — C'était un horrible attentat de crucifier un citoyen romain. — Il y a du bonheur à être aimé. — C'est une honte pour le soldat de fuir l'ennemi. — La première loi de la nature, c'est de chérir ses parents. — C'est un excellent moyen d'augmenter la mémoire que d'apprendre beaucoup. — C'était, chez les Perses, un grand mérite que de chasser courageusement.

RÉCAPITULATION DU CHAPITRE I.

186. Les victoires de César, empereur romain. — Pharaon refusa longtemps aux Israélites la permission de partir. — Le désir de favoriser les gens de bien. — La dialectique est l'art de distinguer (1) le vrai et le faux. — Le plaisir de secourir les malheureux. — Le fleuve de la Seine traverse la ville de Paris, capitale de la France. — C'est un plaisir de fréquenter les hommes d'un commerce doux et paisible. — Les petits poissons servent de nourriture aux (2) grands. — Avant le règne de Numa, les sénateurs, hommes de mœurs grossières, avaient mis en pièces (3) Romulus, fondateur de la ville de Rome. — La prière est un moyen facile d'acquérir des richesses éternelles. — C'est un honneur (4) de s'exposer (5) au déshonneur (6) pour bien faire. — Alexandre, dans son expédition d'Asie (7), respecta (8) tous les lieux consacrés.

---

(1) Dijudicare, o, as, avi, atum, *act.* — (2) T. *sont la nourriture des....* — (3) Discerpo, is, erpsi, erptum, ere, *act.* — (4 Decus, oris, *neut.* — (5) Subire, eo, is, *act.* — (6) Dedecus, oris, *neut.* — (7) T. *asiatique*, asiaticus, a, um. — (8) T. *s'abstint de....*, abstineo, es, ui, entum, ere, ab, *abl.*

CHAPITRE II.

SYNTAXE DES ADJECTIFS.

THÈME PREMIER.

ACCORD DE L'ADJECTIF AVEC LE NOM.

Règles. *Dieu saint, du Dieu saint.*	*Deus sanctus, Dei sancti.*
Vierge sainte, de la vierge sainte.	*Virgo sancta, virginis sanctæ.*
Temple saint, du temple saint.	*Templum sanctum, templi sancti.*
— *Le père et le fils bons.*	— *Pater et filius boni.*
La mère et la fille bonnes.	*Mater et filia bonæ.*
— *Le père et la mère bons.*	— *Pater et mater boni.*
— *La vertu et le vice contraires.*	— *Virtus et vitium contraria.*
— *Les vrais sages.*	— *Verè sapientes.*
Remarque (1). *Les riches, les gens de bien, beaucoup de choses.*	*Divites, boni, multa.*

EXERCICES PRÉPARATOIRES.

187. Deus sanctus. — L'hiver est une saison détestable. — Les animaux utiles. — L'espoir du bonheur éternel. — Dans les vastes forêts. — O Seigneur bon et puissant !

188. Pater et filius boni. — Le roi et le berger égaux. — Le général et le soldat courageux. — La sœur et la cousine aimables. — La maîtresse et la servante laborieuses.

189. Pater et mater boni. — Mon oncle et ma tante chéris. — Je loue la servante et le serviteur laborieux. — Adam et Ève avaient d'abord été justes. — Les frères et les sœurs unis par la nature.

190. Virtus et vitium contraria. — L'honneur et la gloire estimables. — L'épée et le sabre brisés. — L'orgueil et la vanité odieux. — L'aveuglement et l'erreur sont funestes.

---

(1) L'adjectif s'emploie quelquefois substantivement, à cause du substantif sous-entendu. *Divites*, les riches (pour *homines divites*) ; *boni*, les gens de bien (pour *viri boni*) ; *multa*, beaucoup de choses (pour *multa negotia*) ; etc.

191. Verè sapientès. — Les vrais savants sont modestes. — Le vrai sage méprise les richesses. — L'athée est un véritable insensé.

192. Divites, boni, multa. — Le véritable savant ne méprise pas l'ignorant. — Les sages l'emportent sur (1) les savants. — J'ai vu beaucoup de choses.

THÈME.

193. Le peintre et le musicien habiles. — L'épouse et l'esclave furent sauvés. — L'eau et le feu très-utiles. — Les véritables grands hommes pratiquent la vertu. — Alexandre a fait beaucoup de choses mémorables. — Le faux brave parle; le vrai brave agit. — L'éloquence et le courage de Cicéron étaient odieux à Antoine. — Le travail et le plaisir sont voisins. — La mère et l'épouse de Darius étaient modestes. — Redoutons la colère terrible d'un juge inexorable.

194. Lucrèce (2) et Virginie (3) étaient belles, et elles furent très-malheureuses. — L'ange et l'homme ont été créés. — Le péché et la justice seront toujours contraires. — Le vrai humble ne cherche point la gloire. — Cet auteur a mêlé l'utile à l'agréable. — Mahomet (4) était un vrai fourbe. — Les gens de bien sont heureux; les méchants sont malheureux. — La terre et le ciel ne sont pas éternels. — Le mensonge et la vérité sont inconciliables. — Le travail et la patience sont nécessaires. — La veuve et l'orphelin sont chers au Seigneur. — L'homme et la femme furent trompés. — Les Amazones (5) étaient des femmes belliqueuses.

(1) Præstare, *dat.* — (2) Lucretia, æ, *fém.* — (3) Virginia, æ, *fém.* — (4) Mahumetus, i, *m.* — (5) Amazones, um, *fém.*

THÈME DEUXIÈME.

Règle. Il est *honteux* de mentir.   *Turpe* est mentiri.
Il est *honteux* d'être paresseux.   *Turpe* est esse pigrum (1).

EXERCICES PRÉPARATOIRES.

195. Turpe est mentiri. — Il est beau d'étudier. —
Il est agréable de se promener. — Il est honteux d'être
menteur. — Il est difficile de commander, et plus difficile d'obéir. — Il serait louable d'aimer les malheureux.
— Il est prudent de fuir les méchants. — Il est bien
doux d'aimer Dieu. — Il très-honteux de s'enivrer. — Il
y a de la honte à mentir.—Il eût été glorieux de vaincre.
— Il est beau d'être chrétien. — Il est rare d'être vrai-
ment sage.

THÈME.

196. Il est doux et glorieux de mourir pour la patrie.
— Il est avantageux de fréquenter les gens de bien. —
Il est toujours dangereux de trop parler; il est souvent
plus utile de se taire. — Il est pénible d'apprendre; mais
il est agréable de savoir. — Il est très-difficile de per-
suader. — Il serait avantageux d'écouter la voix de la
raison. — Il est bon de travailler et de se reposer. — Il
est facile et honteux d'opprimer l'innocent. — Il y a du
plaisir à lire un bon livre. — Il est honteux pour un soldat (2) de prendre la fuite. — Il est toujours utile d'être
homme de bien. — Il est doux d'être aimé de ses parents et de ses amis. — Il est glorieux pour un général
d'être vainqueur. — Il eût été plus sage de se taire.— Il
est toujours utile d'être honnête. — Il est pénible de la-

(1) *Pigrum* est ici à l'accusatif, parce qu'on sous-entend *hominem.* (*Turpe
est hominem esse pigrum.*) *Pigrum*, dans ce cas, est l'*attribut* d'une proposition dont le verbe est à l'*infinitif*, et qui est appelée pour cela *proposition
infinitive* (*hominem esse pigrum*). C'est une règle de grammaire latine que le
sujet et l'attribut d'une proposition infinitive doivent être à l'accusatif. C'est
ce qui nous expliquera pourquoi, dans les exemples du thème suivant, nous
trouvons *Deum esse sanctum* et *refert adolescentis* (*ipsum*) *esse impigrum.*
(2) T. *à un soldat.*

bourer; mais il sera agréable de récolter. — Il y a du plaisir et du profit à étudier l'histoire.

THÈME TROISIÈME.

Règles. *Dieu* est *saint.*	*Deus* est *sanctus.*
Je crois que *Dieu* est *saint.*	Credo *Deum* esse *sanctum* (1).
Il ne *m'est* pas permis d'être *paresseux.*	*Mihi* non licet esse *pigro* (ou mieux *pigrum*).
Remarque. Il importe à un *jeune homme* d'être *laborieux.*	Refert *adolescentis* esse *impigrum.*

EXERCICES PRÉPARATOIRES.

197. Deus est sanctus. — Les véritables amitiés sont éternelles. — Je crois que la vertu est aimable, et le vice horrible. — Le langage de la vérité est simple. — Les jugements des hommes sont différents. — Les sots ont coutume d'être insolents. — Vous savez que le soleil est immobile.

198. Mihi non licet esse pigro ou pigrum. — Il ne m'est pas permis d'être négligent. — Il ne nous est pas permis d'être oisifs. — Il n'est pas permis à un soldat français d'être lâche.

199. Refert adolescentis esse impigrum. — Il importe à un élève d'être docile. — Il importait à Crésus d'être moins orgueilleux. — Il importait aux hommes d'être religieux.

THÈME.

200. Le mensonge et l'oisiveté sont nuisibles. — Les pluies sont funestes aux moissons déjà mûres. — Sachez que Dieu est juste, mais miséricordieux. — Il n'est pas permis aux enfants d'être paresseux. — Il importe à tout citoyen d'être soumis aux lois de l'État. — Le commencement et la fin ne sont pas toujours semblables. — Il n'est pas permis à l'homme d'être oisif. — Les bienfaits

---

(1) *Proposition infinitive.* (Voir la note 1ʳᵉ du thème précédent.)

des méchants sont suspects. — L'alouette et le rossignol sont petits, l'aigle et la cigogne grands, le cheval et le cerf rapides. — Le chemin du ciel est étroit, et la voie des enfers spacieuse. — Nous savons que l'âme est immortelle. — Il n'a point été donné (1) à l'homme d'être heureux sur la terre. — Il lui importe d'être courageux dans l'adversité (2) et modéré dans la prospérité (3).— Il importe à un prince d'être généreux envers ses ennemis vaincus. — Les vices ont toujours été communs et les vertus fort rares.

THÈME QUATRIÈME.

Remarque. Le *geai* revint tout *chagrin.*   *Graculus* rediit *mœrens.*

Aristide mourut *pauvre.*   *Aristides* mortuus est *pauper.*

Je m'appelle *lion.*   *Ego* nominor *leo.*

EXERCICES PRÉPARATOIRES.

201. Graculus rediit mœrens.—La mort paraît redoutable. — Les Romains étaient regardés comme invincibles. — Les ennemis ont fui épouvantés. — Le combat resta douteux.—Alcibiade mourut prisonnier.—Pompée est appelé Grand. — Le lion est nommé le roi des quadrupèdes. — Personne ne naît riche.

THÈME.

202. Thémistocle devint célèbre. — Aristide fut surnommé le Juste.—Cicéron fut appelé le père de la patrie. — Épaminondas, général thébain, mourut très-pauvre. — Le renard trompé s'en alla confus. — Les enfants deviennent bons avec les bons et méchants avec les méchants. — Milon, fameux athlète, mourut fort misérable. — Mon voisin mourra pauvre, car il n'est pas économe. —Personne ne devient vertueux par hasard.—Le renard

---

(1) Concedi, or, *passif.* — (2) T. *Parmi les* (*choses*) *adverses,* inter adversa — (3) *Dans les* (*choses*) *heureuses,* prosper, a, um.

est regardé comme (1) un animal très-rusé. — Ces élèves passaient pour savants, et ils ont été trouvés fort ignorants.

RÉCAPITULATION DU CHAPITRE II.

203. L'amitié et la haine opposées. —Le désir de connaître est naturel à l'homme. — Il importe aux enfants bien nés (2) d'être studieux et dociles. — Il y a de la honte à faire le mal (3). — Le chien et le chat ennemis. — Le vrai chrétien imitera Jésus-Christ. — Quelquefois les riches envient le sort des pauvres. — Il y a de la pudeur à ne pas écouter les injures. — Horace dit que tous les hommes sont fous.—Antonin et Titus (4), empereurs romains, étaient fort humains. — L'homme de bien peut être malheureux; mais il ne deviendra jamais méprisable. — Il est pénible de punir; mais il est doux de pardonner, et il serait plus doux encore de récompenser.

RÉCAPITULATION GÉNÉRALE
Des règles qui ont été vues jusqu'ici.

204. Scipion (5) détruisit la ville de Carthage (6). — Prusias (7), roi de Bythinie (8), trahit Annibal, général fort habile. — Antonin était un empereur d'une physionomie agréable et d'une douceur majestueuse.—Ce n'est pas toujours un péché de jurer; mais c'est un crime de se parjurer. — La gloire de sauver la république. — Il importe à un maître d'être ferme et patient. — La perfidie de l'apôtre Judas (9) est atroce.

205. Le travail et le repos sont nécessaires à la santé. — La crainte de perdre la vie est une mort anticipée.—

(1) Existimor, ari, *passif.* — (2) Ingenuus, a, um. — (3) T. *il est honteux,* indecorus, a, um, *de faire quelque chose,* aliquid, *de mal,* malum, i, *au génitif.* — (4) Antoninus, i; Titus, i, *masc.* — (5) Scipio, Scipionis, *masc.* — (6) Carthago, inis, *fém.* — (7) Prusias, æ, *masc.* — (8) Bythinia, æ, *fém.* — (9) Judas, æ, *masc.*

Il est bien dur de mendier; mais il serait honteux et criminel de voler. Il est plus noble et plus agréable de travailler. — Je crois que le sort de l'homme de bien est toujours heureux. — Les anciens (1) Romains avaient coutume d'être intrépides dans les combats, et humains après la victoire. — Les vrais sages pardonnent beaucoup de choses. — C'est une grande victoire que de se vaincre soi-même. — Archimède (2), célèbre géomètre, défendit longtemps la ville de Syracuse (3), sa patrie.

CHAPITRE III.

RÉGIME DES ADJECTIFS.

ADJECTIFS QUI GOUVERNENT LE GÉNITIF.

THÈME PREMIER.

Règles.	
Règles. — *Avide* de louanges.	*Avidus laudum.*
Habile dans *la musique.*	*Peritus musicæ.*
Plein de vin (4).	*Plenus vini* et quelquefois *vino.*
— *Curieux* de voir (5).	— *Cupidus videndi.*
Curieux de voir la ville. T. de la ville devant être vue.	Cupidus *videndi urbem* ou mieux *videndæ urbis.*

EXERCICES PRÉPARATOIRES.

206. Avidus laudum. — Ce général est habile dans la guerre. — L'écolier diligent se souvient des conseils. — Le courage est avide de dangers. — Numa ignorait l'art

---

(1) Vetus, eris. — (2) Archimedes, is, *masc.* — (3) Syracusæ, arum, *fém.*

(4) Aux adjectifs cités dans la grammaire, il faut en ajouter plusieurs autres, tels que *parcus*, économe de, avare de: *prodigus*, prodigue de; *anxius*, inquiet de; *securus*, tranquille, sûr, qui n'est pas inquiet de; *providus*, prévoyant de, qui prévoit; *amans*, amateur ou ami de, etc.

(5) Si le verbe n'a pas de gérondif en *di*, on prend une autre tournure. Ex. Désireux d'être récompensé (T. désireux de récompense), *cupidus mercedis*; je suis désireux d'être aimé (T. je désire être aimé), *cupio amari.*

de la guerre. — Le méchant est inquiet de l'avenir. — David avait du goût pour la musique. — Ces vers sont vides (1) de choses. — Le jeune homme est prodigue d'argent.—Cet homme n'est pas maître (2) de sa colère. —Le ciel est plein de splendeur. — Démosthène manquait de courage.

207. Cupidus videndi urbem ou **videndæ urbis.**—Je suis désireux de voir mon frère. — Les enfants bien nés sont jaloux d'acquérir de la science. — Titus était très-habile à monter à cheval (3). — Caligula (4) était avide de répandre le sang. —Les bons élèves sont désireux d'être loués et récompensés (5). — Je suis désireux d'étudier la géométrie. — Je suis désireux d'être compris de mes élèves. — Le bon citoyen est désireux d'observer les lois.

THÈME PREMIER.

208. L'homme de bien se souvient des bienfaits.—Le sage est économe de son temps et de ses paroles. — Alcibiade était avide d'honneurs.—Le hibou est ennemi (6) de la lumière. — Les poëtes ont du goût pour la gloire. — Je désire (7) parcourir la France et l'Italie, contrées d'Europe. — Thémistocle ne savait pas (8) jouer de la lyre. — Les Romains étaient avides de gloire et prodigues (9) d'argent. —Ce cœur est dénué (10) de courage. — Les animaux sont dépourvus de raison. — L'homme de bien n'est pas inquiet de l'avenir. — Démosthène était désireux d'entendre Platon.

209. Je suis désireux d'assister au combat.—L'homme qui se souvient des injures et oublie les bienfaits est méprisable. — L'esprit (11) humain est ignorant (12) de la destinée (13). — César, avide de puissance et de gloire,

---

(1) Inops, inopis. — (2) Impotens, *qui n'est pas maître.* — (3) *Monter à cheval,* equitare, o, as, avi, atum. — (4) Caligula, æ, *m.* — (5) T. *de louanges et de récompenses,* ou bien, *désirent être loués et récompensés.*—(6) Impatiens. —(7) T. *Je suis désireux de.* — (8) Servez-vous des adjectifs *rudis* ou *imperitus.*— (9) Liberalis, e.— (10) Inanis, e.— (11) Mens, mentis, *fém.*— (12) Nescius, a, um. — (13) Fatum, i, *neut.*

n'était pas désireux de terminer la guerre des Gaules.— Alexandre n'était pas maître (1) de sa colère. — Socrate et Platon avaient du goût pour la philosophie.—Le cruel Néron était désireux de voir Rome détruite. — Les orateurs sont désireux d'être applaudis. — L'âne sait endurer les coups patiemment (2). — Archimède était habile à inventer des machines de guerre. — L'esprit toujours inquiet de l'avenir est malheureux.

THÈME DEUXIÈME.

ADJECTIFS QUI GOUVERNENT LE GÉNITIF OU LE DATIF.

Règles. — *Semblable* à son *père*.
Allié au *roi*.
— Cela *m'est utile*.
Corps *accoutumé au travail*.
Corps *accoutumé* à *supporter* le travail.
Remarque. *Propre* à la *guerre*.
— *Né* pour les *armes*.

Similis patris ou *patri* (3).
Affinis regis ou *regi* (4).
— Id *mihi utile* est.
Corpus *assuetum labori*.
Corpus *assuetum tolerando laborem, ou tolerando labori*.
Aptus ad militiam. — *Natus ad arma*.

EXERCICES PRÉPARATOIRES.

210. Similis patris ou **patri.** — Le sommeil est semblable à la mort. — Germanicus était pareil à Alexandre. — Il est allié à votre famille.— Mon frère me ressemble. — Caïn n'était pas semblable à Abel. — La raison est propre à l'homme.

211. Mihi utile est.—Cette plante est utile à la santé. — Votre frère est irrité contre vous.—Le fer est propre à la guerre. — Les Grecs étaient nés pour les lettres.— Les maux sont voisins des biens. — Alcibiade était propre à toutes choses.

212. Corpus assuetum tolerando laborem ou **tole-**

---

(1) Impatiens. — (2) T. *est très-patient des coups.*
(3) Cependant il faut toujours dire : *mei, tui, nostri, vestri, similis* ou *dissimilis.*
(4) On peut ajouter à ces adjectifs : *proprius* et *peculiaris*, particulier à ; *communis*, commun à, et *superstes, titis*, qui reste, qui survit.

rando labori. — Cheval habitué à courir. — La religion est propre à consoler les malheureux. — Les jeunes gens sont malheureusement accoutumés à perdre le temps. — Les Romains étaient accoutumés à faire la guerre.

THÈME.

213. Il ne ressemble pas à son frère. — Un autre sera plus propre (1) à l'histoire. — Nos soldats sont habitués à vaincre l'ennemi. — Les hommes sont nés pour la justice. — La clémence est utile au vainqueur et au vaincu. — Le chien est semblable au loup. — La mort est commune (2) à tous les âges. — L'Espagne est voisine des Gaules. — La jeunesse est le temps propre (3) au travail. — Vos enfants vous ressemblent. — L'homme est né pour penser et pour agir. — Les méchants sont ennemis des bons. — Darius n'était pas accoutumé à entendre la vérité. — La flamme est toujours près (4) de la fumée.

214. Virgile est presque égal à Homère. — La patience est nécessaire aux maîtres. — Les offrandes des méchants ne sont pas agréables au Seigneur. — Le faux (5) touche (6) au vrai (7). — Alexandre était accoutumé à remporter la victoire. — La culture des champs est salutaire à toute l'espèce des hommes. — La vertu et la science appartiennent en propre (8) à l'homme. — La vie des gens oisifs est à charge (9) aux autres. — Le roi Xerxès était accoutumé à entendre les flatteries. — La gloire et la vertu survivent (10) à la puissance et aux richesses. — La pauvreté est parente (11) de la vertu. — Nos ancêtres étaient habitués à supporter les rudes travaux de la guerre et des champs ; nous aimons au contraire le repos et l'oisiveté.

---

(1) Idoneus, a, um. — (2) Communis, e. — (3) Conveniens, entis. — (4) Proximus, a, um. — (5) Falsa, orum, *plur.* — (6) T. *est voisin*, finitimus, a, um. — (7) Vera, orum, *plur.* — (8) T. *sont propres à*, proprius, a, um. — (9) T. *incommode*, molestus, a, um. — (10) Superstes, titis, *adj.* — (11) Consanguineus, a, um.

THÈME TROISIÈME.

ADJECTIFS QUI GOUVERNENT L'ACCUSATIF AVEC *ad*.

Règles. — *Porté* à la douceur. — *Propensus ad lenitatem.*
Prompt à se mettre en colère, à — *Pronus ad irascendum, ad ulci-*
venger une injure. — *scendum injuriam, ou ad ulci-*
— *scendam injuriam.*

— *Ravageant* les campagnes. — *Populabundus agros.*
Qui évite les camps. — *Félicitant* *Vitabundus castra.* — *Gratula-*
son ami. — *bundus amico.*

EXERCICES PRÉPARATOIRES.

215. Propensus ad lenitatem. — Les méchants sont
enclins au mal. — César était porté à la clémence. —
Dieu est porté à la miséricorde. — Les enfants sont enclins à la paresse. — Vitellius était enclin à la gourman-
dise et à la cruauté.

216. Pronus ad ulciscendum injuriam, etc.... —
Les Crétois étaient portés à mentir. — César était porté à
oublier les injures. — Nous sommes prêts à faire la
guerre. — Vous êtes portés à cultiver la vertu. — Le
méchant est porté à favoriser les méchants.

217. Populabundus agros. — Épaminondas mourant (1) baisa son bouclier. — Dieu aime les enfants qui
évitent (2) les occasions de pécher. — Le peuple, félicitant
David, chantait ses louanges (3). — Les Normands,
ravageant les contrées qu'ils traversaient, vinrent jusqu'à
Paris.

THÈME.

218. Les sots sont enclins à l'orgueil. — Épaminondas
expira en félicitant (4) sa patrie. — La jeunesse est trop
portée aux plaisirs. — Marius, évitant la flotte ennemie,
arriva jusqu'à (5) la ville. — Fabius était porté à tempo-
riser et Minucius à livrer bataille. — L'homme est né pour
pratiquer la justice. — Les Romains étaient peu enclins

(1) Moribundus, a, um. — (2) Vitabundus, a, um. — (3) T. *les louanges de*
lui. — (4) Gratulabundus, a, um. — (5) Ad, acc.

aux belles-lettres. — Le riche est prompt à satisfaire ses désirs. — Les Gaulois s'emparèrent de la ville de Rome, ravageant les édifices publics et privés, sacrés et profanes. — Les parents sont toujours disposés à oublier les torts de leurs enfants. — Nous sommes prêts à donner la paix aux ennemis. — Non-seulement nous sommes portés à apprendre, mais encore à enseigner. — Annibal partit, méditant (1) une nouvelle guerre. — Les gens craintifs sont enclins à croire le mal (2).

THÈME QUATRIÈME.

ADJECTIFS QUI GOUVERNENT L'ABLATIF.

Règles. — Jeune homme *doué de vertu.*
Adolescens *virtute præditus.*

Digne de louange. — *Content de son sort.*
Dignus laude. — *Contentus suâ sorte.*

— Chose *admirable à voir.*
Res *visu mirabilis* (ou *mirabile visu*).

Chose *facile à dire, à trouver.*
Res *dictu facilis, inventu.*

Ma leçon est *difficile à étudier.* (T. *Il est difficile d'étudier* ma leçon.)
Difficile est studere lectioni meæ.

EXERCICES PRÉPARATOIRES.

219. Præditus virtute. — Diogène, content de sa pauvreté, méprisait les richesses. — L'aigle est pourvu de grandes ailes. — L'esprit est doué d'un mouvement éternel. — La paresse est indigne de l'homme. — Socrate était digne d'admiration.

220. Mirabile visu. — **Difficile est studere lectioni meæ.** — La loi de Jésus-Christ est facile à observer. — Le langage de la vérité est utile à entendre. — Cela est merveilleux à raconter. — La géographie est agréable à étudier. — Le public (3) est difficile à contenter.

---

(1) Meditabundus, a, um. — (2) T. *les choses pires,* deteriora.... credendus, i, um. — (3) Vulgus, i.

THÈME.

221. Montrez-vous dignes de vos ancêtres. — Nous étions indignes de la miséricorde de Dieu. — Les enfants indociles ne sont pas faciles à diriger. — La ville de Jérusalem était difficile à prendre. — Le mot de liberté est doux à entendre. — La véritable gloire est difficile à acquérir (1). — La nature se contente (2) de peu. — La chair du paon est difficile à digérer (3). L'opinion des athées est facile à réfuter. — Les Alpes sont difficiles à gravir. — Un vieil arbre n'est pas facile à déraciner. — L'hospitalité est agréable à exercer (4). — Le mérite des hommes supérieurs (5) est digne d'imitation, non de jalousie. — Combien de gens (6) sont indignes de la lumière du jour ! — Fuyez tout ce qui est honteux à dire. — Jamais l'âme ne peut être exempte (7) d'agitation. — Le sage vit content de son sort.

———

RÉCAPITULATION DU CHAPITRE III.

222. Les erreurs humaines sont dignes de pardon. — Dieu, notre maître, est facile à contenter. — L'homme privé (8) de raison est semblable à la brute. — Rien n'est plus digne de l'homme que la sagesse et la vertu. — Un esprit élevé sera libre (9) de soucis et d'inquiétudes. — Tous les enfants bien nés sont avides d'éloges. — Soyez reconnaissants (10) d'un bienfait. — César et Pompée étaient pleins d'ambition. — Romulus n'était pas semblable à Numa. — La Gaule est voisine de l'Italie. — L'homme habitué à supporter la douleur est fort dans l'adversité. — Le cheval est né pour la course, le bœuf pour labourer.

---

(1) Consequi, or, eris. — (2) T. *est contente.* — (3) Concoquere, quo, uis, concoctum. — (4) *Exercer l'hospitalité*, indulgere, eo, es, *neut.*, hospitio. — (5) Excellens, entis. — (6) Quàm multi, æ, a. — (7) Vacuus, a, um. — (8) Destitutus, a, um. — (9) Excelsus, a, um; liber, a, um. — (10) Memor, is.

223. Les Athéniens étaient doués d'une grande sagacité d'esprit. — Le mal est facile à faire (1) et difficile à réparer (2). — Le méchant est enclin au mensonge et toujours porté à dissimuler la verité. — La femme de Loth fut curieuse de regarder (3) la ville de Sodome. — Cet homme est étranger à (4) toutes choses. — David avait du goût pour la musique, et il était fort habile à jouer de la harpe. — Mon fils ne me ressemble pas. — Alexandre irrité contre Clitus le tua dans un festin. — Les paysans sont habitués à mener une vie frugale. — Socrate, habitué à supporter les injures, ne se mettait jamais en colère. — Certains animaux paraissent nés pour l'homme.

224. Le sage est accoutumé à supporter la bonne et la mauvaise fortune avec modération. — Le peuple, rempli d'admiration pour (5) la doctrine de Jésus-Christ, bénissait Dieu. — Il est glorieux de dompter ses passions, parce qu'elles sont difficiles à vaincre. — L'univers offre un spectacle admirable à voir. — Pythagore appelait philosophes les hommes qui ont du goût pour la sagesse. — Le mensonge approche (6) du parjure. — Le fils de Tarquin le Superbe était irrité contre Brutus. — Le mulet est très-utile pour porter (7) et traîner les fardeaux. — Tous les Lacédémoniens étaient prêts à sacrifier leur vie (8) pour la patrie.

———

RÉCAPITULATION GÉNÉRALE

Des règles qui ont été vues jusqu'ici.

225. Dieu est facile à servir; mais les hommes sont plus difficiles à satisfaire. — Le nom de mère est doux à prononcer. — C'est une grande richesse que d'être content de son avoir. — Il est beau, même pour un vieillard, d'étudier et d'apprendre. — Nous habitons dans la ville

(1) Patrare, o, as, avi, atum, *act.* — (2) Sarcio, is, ivi, itum, ire, *act.* — (3) Respicio, is, exi, ectum, cre. — (4) Rudis. — (5) Mirabundus, a, um. — (6) Affinis, e. — (7) T. *à porter.* — (8) Profundere vitam.

de Paris, cité admirable à voir. — Le soldat enclin au pillage n'est pas digne de pardon. — L'homme généreux oublie de se venger et se souvient de pardonner. — Le père et la mère de Tobie étaient fort inquiets. — Le moyen de venger une injure est facile; le moyen de reconnaître un bienfait est difficile.

226. Brutus et Cassius, doués d'un grand amour pour (1) la liberté, devinrent les meurtriers de César, prince digne d'un meilleur sort. — Il n'était pas permis à un patricien romain de devenir tribun du peuple. — Un homme porté à la colère, et qui n'est pas habitué à maîtriser ses passions, ressemble aux bêtes privées de raison. — Il est dangereux de s'attacher aux richesses; les vrais riches sont les hommes contents de leur sort.—Les enfants avides de récompenses et désireux de les mériter ont ordinairement du goût pour le travail, et deviennent bientôt sages et instruits.

227. Soyez avides de lire les livres propres à former votre cœur et votre esprit; soyez toujours désireux d'acquérir de la science, seule fortune (2) impérissable. — Commode, empereur romain, n'était point porté à cultiver la vertu; mais enclin à tous les vices et semblable à Néron, il parut né pour le malheur du monde. — Socrate mourut innocent, et nullement irrité contre ses ennemis, hommes aveugles, portés à la vengeance et accoutumés depuis longtemps à opprimer la vertu. — Les Athéniens félicitant Alcibiade, et se rappelant leurs torts envers lui, paraissaient désireux de les réparer. Alcibiade, se souvenant de ses anciennes disgrâces (3), recevait en pleurant (4) les marques d'affection et de repentir de ses concitoyens.

Catilina.

228. Catilina était allié aux familles les plus distinguées de la ville de Rome. Il était plein de valeur, il ne manquait ni d'esprit ni de talent, et il aurait été utile à sa

(1) T. *de la liberté.* — (2) T. *seules richesses.* — (3) Pristina temporis acerbitas. — (4) Lacrymabundus, a, um.

patrie, s'il eût réprimé ses passions honteuses. Mais il était accoutumé à la mollesse et porté à mépriser les gens de bien. Irrité contre les citoyens honnêtes, il médita la perte de la république et des magistrats les plus utiles à l'État. Il était d'un caractère ambitieux et violent; il aimait le jeu et les plaisirs, et semblait enfin né pour le malheur de Rome. La mort de ce citoyen factieux fut avantageuse à la république.

CHAPITRE IV.

COMPARATIFS ET SUPERLATIFS.

SYNTAXE DES COMPARATIFS.

THÈME PREMIER.

Règles.—*Plus savant que Pierre.* — *Doctior Petro* ou *quàm Petrus.*

La vertu est *plus précieuse que l'or.* — Virtus est *prætiosior auro* (sous-entendu *præ*).

Je ne connais *personne plus savant que Paul.* — *Neminem* novi *doctiorem* quàm *Paulum.*

(1) Il a un *cheval meilleur* que le *vôtre.* — *Meliorem equum* habet quàm *tuus* (est).

— Il est *plus heureux que prudent.* — *Felicior* est quàm *prudentior.*

Ils envoyèrent un général *plus hardi* qu'*habile.* — *Miserunt ducem audaciorem* quàm *peritiorem.*

Il a agi avec *plus de bonheur que de prudence* (plus *heureusement* que *prudemment*). — *Felicius* egit quàm *prudentius.*

(2) On doit honorer Dieu avec *plus de piété* que de *magnificence.* — Deus colendus est *magìs piè* quàm *magnificè.*

Ils envoyèrent un général *plus téméraire* qu'*habile.* — *Miserunt ducem magìs temerarium* quàm *peritum.*

---

(1) Le nom ou pronom qui suit le *que* ne se met pas au même cas que devant, lorsqu'il est le sujet d'une proposition sous-entendue.

(2) Si l'un des deux adjectifs ou des deux verbes n'a pas de comparatif, on exprime toujours *plus* par *magìs*, et l'on met les deux adjectifs ou les deux adverbes au positif.

229. Doctior Petro. — Un flatteur est pire qu'un ennemi. — Le Rhône est plus rapide que la Saône. — Le fer est plus utile que l'or. — L'Europe est plus petite que l'Asie. — Tu cultives un jardin plus productif que le mien. — Les Carthaginois étaient plus cruels que les Romains. — Dans la saison de l'été, les jours sont plus longs que les nuits.

230. Felicior est quàm prudentior. — Cette paix est plus glorieuse qu'utile. — L'oisiveté est plus funeste qu'agréable. — Il parle avec plus d'abondance que de sagesse. — Alexandre poursuivit les ennemis avec plus de prudence que d'acharnement. — L'arche de Noé était plus longue que large. — Alexandre était plus téméraire que brave.

THÈME.

231. L'oisiveté, le luxe et les richesses sont plus funestes à un peuple que tous les dangers de la guerre.— Aucun animal n'est plus savant qu'un autre.—Le langage de Diogène était souvent plus orgueilleux que sage. — Les lois de Dracon étaient plus sévères que justes.—Les enfants agissent toujours avec plus d'étourderie (1) que de réflexion (2). — Nos soldats sont quelquefois plus téméraires que braves, plus imprudents qu'habiles. — Il est constant que la lumière est (3) plus rapide que le son. — Ton frère a acheté une maison plus vaste que la tienne (n'est).— Fabius passa pour être plus circonspect qu'actif. — Anacharsis s'en retourna plus savant que riche. — Les boissons amères sont plus salutaires que suaves. — Il est plus beau que difficile de vaincre ses passions. — Ulysse parlait avec plus d'éloquence que de sincérité. — Je pense que la science est plus précieuse que les richesses.—Thèbes n'a pas produit de plus grand

(1) *Avec étourderie*, inconsulté. — (2) T. *que sagement.* — (3) T. *Il est constant*, constat, *la lumière être.*

poëte que Pindare. — Le sort des rois est souvent plus
à plaindre (1) qu'à envier (2).

THÈME DEUXIÈME.

SUITE DES COMPARATIFS.

Règles. — Il est *plus pieux que vous.*   *Magis pius est quàm tu.*

— *Plus vertueux.* — *Moins vertueux.*   *Majori virtute præditus.* — *Minori virtute præditus.*

Plus populeux.   *Populo frequentior.*

Plus vertueux que riche.   *Virtutibus copiosior* quàm *pecuniâ* (plus riche de vertus que d'argent) (3).

— Il est plus savant que *vous ne pensez.*   *Doctior est quàm putas.*

Rien n'est plus honteux *que de mentir.*   *Nihil turpius est quàm mentiri.*

EXERCICES PRÉPARATOIRES.

232. Magis pius est quàm tu. — Saint Louis était
plus pieux que les princes de sa cour. — Le chemin de
la vertu est plus escarpé que le chemin du vice. — Abel
fut plus pieux que Caïn. — Le renard fut plus industrieux que le bouc.

233. Majori virtute præditus. — Aristide était plus
vertueux que Thémistocle. — Romulus avait été moins
vertueux que Numa. — Le péché est plus haïssable que
la peste. — Épaminondas n'était pas moins vertueux que
Socrate.

234. Doctior est quàm putas. — Cet homme est plus
habile qu'il ne le paraît. — Le travail est plus utile que

---

(1) Miserandus, a, um, *sans comp.* — (2) Invidendus, a, um, *sans comp.*
(3) Parmi les adjectifs français qui se rendent en latin par un adjectif et un
nom, on peut citer les suivants, qui se rendent par l'adjectif *dignus* et
un nom :

Blâmable,	*vituperatione*...	
Haïssable,	*odio*	
Honorable,	*honore*	*dignus, a, um.*
Louable,	*laude*	
Vénérable,	*veneratione*.....	

les enfants ne pensent. — Rien n'est plus funeste que de vivre dans l'oisiveté.

THÈME.

235. Rien n'est plus nécessaire que l'esprit et la raison. — Le pain est plus nécessaire que les autres aliments. — La paresse est plus blâmable que la légèreté. — Les Grecs étaient plus redoutables que Xerxès ne pensait. — Démosthène fut plus remarquable que les autres orateurs grecs. — Livie était moins vertueuse qu'Octavie, sœur de l'empereur Auguste. — La cigogne fut plus rusée que le renard ne pensait. — Nulle vertu n'est plus nécessaire aux magistrats que la justice. — La vieillesse est plus vénérable que les autres âges de la vie. — Londres est plus peuplé que Paris. — Le temps est un bien plus précieux que vous ne pensez. — Il est plus difficile de vaincre ses passions que de vaincre ses ennemis. — Je pense que Socrate est plus illustre (1) qu'Alexandre. — Les grands hommes sont ordinairement plus vertueux que riches. — Rien n'est plus insolent (2) qu'un sot dans la prospérité (3). — Rien n'est plus doux que d'aimer Dieu.

THÈME TROISIÈME.

USAGES PARTICULIERS DU COMPARATIF.

OBSERVATIONS.

1° Après les verbes *malo,* j'aime mieux, et *præstat,* il vaut mieux, le *que* français doit toujours s'exprimer par *quàm.* — Il vaut mieux pardonner *que* de se venger, *præstat ignoscere quàm ulcisci.*

2° Il y a des cas où le sens exige qu'après un comparatif on exprime le *que* par *quàm*, au lieu de mettre le nom suivant à l'ablatif. Ex. L'Amérique a de plus grands fleuves que l'Europe ; *America majores habet fluvios quàm Europa* (sous-entendu *habet*, c'est-à-dire que l'Europe n'en a). Si l'on disait *majores fluvios Europâ*, le sens serait : L'Amérique a des fleuves qui sont *plus grands que l'Europe.*

---

(1) Inclytus, a, um, *sans comp.* — (2) Protervus, a, um, *sans comp.* — (3) T. *un sot fortuné,* insipiens fortunatus.

3° On se sert quelquefois, après un comparatif, des ablatifs *opinione, spe, æquo, justo, solito, dicto*, comme dans ces exemples : *Ditior opinione*, plus riche qu'on ne pense ; *spe maturiùs advenit*, il est arrivé plus tôt qu'on ne l'espérait ; *plus æquo, plus justo*, plus qu'il ne faut, avec excès, trop ; *maturiùs solito surrexit*, il s'est levé plus tôt qu'à l'ordinaire, que de coutume ; *citiùs dicto*, plus vite que la parole.

4° *Superior, præstantior*, supérieur à...; *inferior*, inférieur à..., veulent après eux l'ablatif ou le même cas que devant avec *quàm*, mais non pas le datif.

5° On donne quelquefois plus de force à l'adjectif en le mettant au comparatif : *Mihi tristior videris*, vous me paraissez triste (bien triste).

EXERCICES.

256. Il vaut mieux (1) être aimé que méprisé. — Rome n'a pas produit (2) plus de grands (3) hommes qu'Athènes. — La calomnie se répand plus vite qu'on ne saurait l'exprimer. — Toutes les grandeurs (4) sont au-dessous (5) de la vertu. — Le lion pris jeune (6) s'apprivoise quelquefois. — Un bon prince aime mieux défendre son royaume par la justice (7) que par les armes.

257. Les riches ont plus de besoins (8) que les pauvres. — Il se livre à une douleur immodérée (9). — Cicéron étouffa (10) les complots de Catilina plus vite qu'on ne l'espérait. — La vertu est toujours supérieure à la fortune. — Cet accident m'a paru grave (11). — L'expérience est supérieure à l'art. — Ce jeune (11) prince est d'un heureux caractère. — Il vaut mieux se vaincre soi-même que de vaincre les ennemis. — L'Irlande produit une plus grande quantité de blé (12) que l'Angleterre. — Vous négligez trop vos devoirs. — Les hommes se trompent souvent (11).

---

(1) Præstat. — (2) Gigno, is, genui. — (3) Plures et majores. — (4) Dignitas, atis, *fém.* — (5) T. *sont inférieures à la vertu.* — (6) Comparatif. — (7) Æquitas, atis, *fém.* — (8) T. *souffrent d'une plus grande privation*, majore laborare inopià. — (9) T. *il souffre*, doleo, *plus qu'il n'est juste*, graviùs justo. — (10) Exstinguo, is, inxi, guere. — (11) Comparatif. — (12) Major, is, copia, æ, *fém.*

THÈME QUATRIÈME.

SUPERLATIFS.

Règles. — Le *plus haut des arbres.*	Altissima *arborum* ou *ex arboribus,* ou inter *arbores.*
Le plus riche *de la ville.*	Ditissimus *urbis.*
— *La plus forte* des deux mains.	*Validior* manuum.
— *Le plus remarquable* de tous.	*Maximè* omnium *conspicuus.*
— *Les plus honnêtes* gens le favorisent.	*Optimus quisque* illi favet.
— Un des soldats.	Unus *militum,* ou *ex militibus,* ou *inter milites.*

EXERCICES PRÉPARATOIRES.

238. Altissima arborum. — La médecine est la plus ancienne des sciences. — Le chat est le plus ingrat des animaux. — L'usage est le meilleur des maîtres. — L'historien le plus ancien de l'antiquité profane est Hérodote. — Platon fut le plus savant des philosophes de la Grèce. — Titus fut le meilleur des princes.

239. Validior manuum. — Le plus savant de ces deux hommes. — Le plus courageux de ces deux soldats. — J'ai deux fils ; le plus jeune est le plus laborieux. — Antoine et Octave combattirent ; Octave fut le plus heureux. — La plus grande de ces deux villes n'est pas la plus grande de la province. — Le plus fort des deux bras paraît être le droit.

240. Maximè omnium conspicuus. — Le plus vain des plaisirs. — Les heures les plus convenables (1). — L'orgueil est le plus aveugle des vices. — Épaminondas fut le plus remarquable des Thébains.

241. Optimus quisque illi favet. — Les plus grands rois ont favorisé les lettres. — Les plus honnêtes gens peuvent faire une faute (2). — Les plus habiles se trompent quelquefois.

242. Unus militum. — Quelqu'un d'entre vous. — La plupart des hommes. — Seul de tous les généraux. —

1, Tempestivus, a, um — (2) T. pécher, peccare

Personne de nous. — Plusieurs d'entre vos condisciples. — Peu d'entre nos soldats ont péri. — Trajan, seul de tous, fut inhumé dans la ville.

THÈME.

243. La vérité est le plus agréable des récits. — Le cerf est le plus noble habitant des forêts. — Londres est la plus grande des villes de l'Europe. — Virgile est le poëte le plus célèbre de l'Italie. — L'or et le fer sont précieux ; mais le fer est le plus utile. — Rachel eut deux fils ; Benjamin était le plus jeune des deux. — Les sots enrichis sont les plus insolents des hommes. — Nos amis les plus fidèles nous trompent quelquefois. — Personne des mortels n'est sage en tout temps. — Jésus-Christ dit aux apôtres : « Un de vous me trahira. »

244. Le cheval est le plus noble et le plus fier des animaux. — Le chien et le cheval sont de tous les animaux les plus fidèles à l'homme. — Cyrus attaqua Artaxerxès ; celui-ci fut le plus heureux. — Socrate est le philosophe le plus remarquable de l'antiquité. — Énée fut le plus pieux des Troyens. — Quelques-uns des ennemis ont résisté. — Un seul des soldats de César (1) mit en fuite dix barbares. — Dieu aura pitié de nous si nous avons pitié des autres.

245. Les yeux sont la partie la plus précieuse du corps. — Alexandre a été le plus puissant des rois de Macédoine, et le conquérant le plus célèbre des anciens temps (2). — Les ennemis ont enlevé les plus remarquables de nos statues. — Les plus forts peuvent tomber et les plus faibles peuvent vaincre. — Athènes et Lacédémone étaient les républiques les plus remarquables de la Grèce. — Les plus grands saints ont tremblé — Plusieurs de ceux qui paraissent être nos amis sont nos ennemis. — Des animaux, les uns (3) sont doux, les autres féroces. — Aucun de ceux qui paraissent heureux ne l'est peut-

(1) Cæsariani, orum. (2) Prisca ætates, um, *fem*, — 3) Les uns, alius, a, um, les autres, alius repete.

être réellement. — La plupart des hommes estiment plus (1) la gloire que la vertu. — Aucun des devins de l'Égypte ne put expliquer le songe de Pharaon.

RÉCAPITULATION DU CHAPITRE IV.

246. Cet homme est moins vertueux qu'il ne le dit. — L'homme privé de vertus est le plus malheureux de tous les hommes. — L'enfant avide de science est plus raisonnable que l'enfant qui a trop de goût pour le jeu. — Numa Pompilius fut plus vertueux et plus pieux que les autres rois de Rome. — César fut un des hommes les plus savants de son siècle. — Il vaut quelquefois mieux dissimuler une injure que de s'en venger. — Dis quelque chose de meilleur que le silence, ou tais-toi.

247. Le plus jeune de ces deux magistrats est l'homme le plus instruit de la ville. — Plusieurs des consuls romains moururent très-pauvres. — Démosthène était plus habile dans l'art de convaincre que courageux dans les combats. — Nous sommes assurément moins sages et moins vertueux que nos ancêtres, et nous sommes plus vicieux que nous ne pensons. — Il n'y a rien de plus injuste que d'opprimer le faible et de favoriser le méchant.

248. Le travail est plus nécessaire au bonheur que vous ne pensez. — Alexandre harangua ses soldats révoltés : les plus séditieux se taisaient ; les plus hardis baissaient les yeux ; nul d'entre eux n'osa élever la voix. — Les plus braves soldats ne sont pas toujours exempts de crainte ; mais, chez eux, l'amour de la gloire est plus grand que la crainte de la mort. — Socrate, dans sa jeunesse, était moins tempérant et moins vertueux qu'il ne le fut dans la suite ; mais il devint bientôt le plus sobre et le plus sage des philosophes de la Grèce.

(1) Facio, is, feci, factum, facere ; *plus*, pluris.

RÉCAPITULATION GÉNÉRALE

Des règles qui ont été vues jusqu'ici.

249. Les véritables grands hommes sont avides de vertus plutôt que de gloire. — Les paresseux sont plus blâmables qu'ils ne se l'imaginent ordinairement. — Il est plus difficile de vaincre ses passions que de vaincre ses ennemis. — L'enfant d'un caractère léger agit toujours avec plus d'étourderie que de prudence. — Il est souvent plus prudent de se taire que de parler. — Souvent rien n'est plus ennemi de l'homme que lui-même. — La plupart des choses sont plus faciles à dire qu'à faire. — Il est beau d'avouer sa faute, et plus beau encore de la réparer.

250. Les jeunes princes sont ordinairement plus vifs que méchants, et ils sont faciles à satisfaire. — Une petite fortune est quelquefois plus difficile à faire qu'une grande. — Rien n'est plus utile à étudier que le langage de la vérité. — Honorez Dieu avec plus de piété que de magnificence. — L'orgueil fut funeste à Alexandre, roi de Macédoine. — L'Égypte, pays très-fertile, a été le berceau (1) des arts. — Cicéron, orateur romain, est égal à Démosthène, orateur grec. — L'histoire des Grecs et des Romains est plus agréable à étudier que vous ne pensez.

251. Il est plus noble et plus digne d'un sage de dissimuler une injure que de s'en venger. — Lorsque deux rivaux combattent, le plus habile n'est pas toujours le plus heureux. — Les chiens les plus doux caressent aussi le voleur. — Qui de nous sait profiter du temps présent? — Le jeune homme porté à l'étude et au travail sera plus propre un jour à remplir les charges de l'État que l'homme oisif accoutumé dès l'enfance à une honteuse oisiveté. — Il n'y a rien de plus honteux que de perdre le temps, qui est le plus précieux de tous les biens. — Thémistocle avait conçu le projet de brûler la

_____

(1) Seminarium, ii, *neut.*

flotte lacédémonienne; mais ce projet fut trouvé plus injuste qu'utile.

Cyrus.

252. Cyrus, roi des Perses et prince d'un génie et
d'un courage remarquables, fut un des plus grands
hommes de l'antiquité. Il n'est pas inutile, mes amis, de
connaître les belles actions de ce roi magnanime, qui,
quoique d'un caractère pacifique, remporta de nombreuses victoires, et revint toujours triomphant dans la
ville de Persépolis, capitale du royaume des Perses.
« Mes trésors sont immenses, disait-il souvent; mais il
ne m'est pas permis d'être avare ou prodigue, car il importe à un prince d'être en même temps économe et généreux, et c'est une folie d'employer inutilement ses
richesses et de négliger les occasions de soulager les in-
fortunés. »

CHAPITRE V.

SYNTAXE DES VERBES.

ACCORD DES VERBES AVEC LEUR NOMINATIF OU SUJET.

Règles. — *J'écoute.* — *Tu* ensei-
gnes. — *Il* lit.
Vous riez et *je* pleure.
Vous osez parler ainsi !
— *Pierre et Paul jouent.*
— *Vous et moi nous nous portons*
bien.
Vous et votre frère vous causez.
— La *foule* se *précipite.*

Ego audio. — *Tu* doces. — *Ille*
legit (ou *audio, doces, legit*).
Tu rides, *ego* fleo.
Tu loqui sic audes !
Petrus et Paulus ludunt.
Ego et tu valemus.

Tu fraterque garritis.
Turba ruit, ou ruunt.

EXERCICES PRÉPARATOIRES.

253. Ego audio. — Tu rides, ego fleo. — Ce secret a
été caché. — Ton frère est laborieux, et toi tu es pares-

seux. — Tu joues, et je travaille. — Vous osez agir ainsi !
— Vos pères ont semé ; vous moissonnerez.

254. Petrus et Paulus ludunt.—Ego et tu valemus.
— Les flatteurs et l'orgueil sont funestes. — Votre père
et votre frère viendront. — Votre ami et moi nous sommes revenus. — Toi et lui, vous êtes attendus. — Adam
et Ève ont péché. — Vous et moi nous mourrons.

255. Turba ruit ou **ruunt.** — Une bande de voleurs a
été arrêtée(1). — Une grande partie furent tués ou bles-
sés. — La multitude s'égare. — Une multitude de femmes et de vieillards s'était réfugiée dans le temple.

THÈME.

256. L'enfant écoute. — Tu attendais. — César fut vainqueur. — Pompée fut vaincu. — Les hommes se trompent. — Ces secrets ont été cachés. — Je suis triste, et
vous vous réjouissez. — L'amour des plaisirs et le dégoût
du travail engendrent la tristesse. — Vous et moi nous
partirons demain. — Brutus et Tarquin Collatin furent
les premiers consuls de Rome. — Une foule de fuyards se
précipita dans la ville. — Travaille enfant, tu deviendras
savant. — Jésus-Christ disait : « Je suis la voie, la vérité
et la vie. » — Le front, les yeux et le visage mentent
souvent. — Avant l'arrivée de Pompée, une grande multitude de pirates infestaient la mer. — Tu oses mentir
ainsi ! — Seigneur, vous donnez, et nous recevons. — Depuis longtemps mon père et ma mère sont morts. —
Vous et Tullie, vous vous portez bien ; Tullius et moi
nous sommes en bonne santé. — Une partie(2) des vaisseaux fut engloutie (3) ; plusieurs furent jetés sur le rivage. — L'éléphant et le castor passent pour les plus in-
telligents des animaux.

(1) Si l'on met le pluriel, le verbe doit s'accorder en genre avec le mot *voleurs*, qui forme l'idée dominante.
(2) Pars. — (3) Haurior, iris, haustus sum.

CHAPITRE VI.

RÉGIME OU COMPLÉMENT DES VERBES.

VERBES QUI GOUVERNENT L'ACCUSATIF.

THÈME PREMIER.

Règles. — *J'aime Dieu. — Vous instruisez les enfants.*
Amo Deum. — Doces pueros.

Il écoute le maître.
Audit magistrum.

— J'imite mon père. — Nous admirons la vertu.
Imitor patrem. — Miramur virtutem.

— La musique me fait plaisir.
Musica me juvat ou delectat.

Une gloire éternelle nous est réservée.
Gloria æterna nos manet.

Nous ignorons bien des choses.
Multa nos fugiunt, fallunt, prætereunt.

Vous savez cela; ou vous n'ignorez pas cela.
Id te non fugit, fallit, præterit.

Remarque. Outre les verbes actifs et passifs compris dans les règles précédentes, il y a encore quelques verbes neutres qui se construisent avec l'accusatif dans certains cas. Exemples :

— Les lâches sont dans un dur esclavage.
Ignavi homines durissimam serviunt servitutem.

Aller trouver quelqu'un.
Adire aliquem.

J'ai horreur des ténèbres.
Horreo tenebras.

Plaindre le sort d'un autre.
Alterius vicem dolere.

Sentir les parfums.
Olere unguenta.

Mener une vie agréable.
Vitam jucundam vivere.

Tous veulent la même chose.
Unum omnes student.

La voix lui manqua.
Vox eum defecit.

Rien n'est caché à Dieu.
Nihil latet Deum.

EXERCICES PRÉPARATOIRES.

257. Amo Deum. — Imitor patrem. — L'âme gouverne le corps. — Aimons les pauvres, et Dieu nous aimera. — Tout le monde hait et fuit l'ingrat. — Les Syriens adorent un poisson. — Jamais l'art ne pourra imiter l'adresse de la nature. — Les mauvaises compagnies corrompent les bonnes mœurs. — Les Égyptiens poursuivirent les Israélites.

258. Musica me juvat ou **delectat.** — Je n'ignore pas cela. — Vous savez que cela est difficile. — La clémence convient aux princes. — Il ne convient pas à des parents de caresser continuellement leurs enfants. — La parole lui manqua (1) en ce moment. — Le plus savant ignore bien des choses. — J'aime à lire de bons livres. — Des supplices inouïs étaient réservés à Régulus. — Socrate était savant; cependant Socrate ignorait bien des choses. — Un feu éternel est réservé aux impies. — J'ai oublié de t'écrire (2).

THÈME.

259. Le feu éprouve l'or, et l'adversité éprouve l'homme. — Le souvenir d'une bonne action nous rendra heureux (3). — La gloire suit la vertu, comme l'ombre suit le corps. — Nous avons cinq sens : la vue, l'ouïe, l'odorat, le goût et le toucher. — Les Grecs et les Romains adoraient beaucoup de dieux. — L'arrogance ne convient à personne. — Les jeunes gens bien nés respectent la vieillesse. — Rien n'est caché à Dieu (4). — L'Etna et le Vésuve vomissent des feux et des flammes. — L'Euphrate rend la Mésopotamie fertile. — Une généreuse fierté convient quelquefois aux vaincus.

260. Il est beau de s'exposer (5) aux plus grands dangers pour sa patrie. — Les petites choses conviennent aux petits. — Je plains (6) le sort (7) des impies. — Le peuple tout entier proclame Cicéron consul. — Scipion mérita et reçut le surnom d'Africain. — La modestie et la douceur conviennent aux jeunes gens. — Tous les bons citoyens accompagnèrent Cicéron exilé, et lui promettaient un glorieux retour. — J'ai oublié de vous répondre. — Dieu n'ignore pas vos actions, ni même vos pensées. — Les forces m'abandonnent. — L'étude des lettres nourrit la jeunesse et charme la vieillesse. — La gloire a des charmes pour les âmes généreuses.

(1) Deficio, is, defeci. — (2) T. *Il m'a passé.* — (3) T. *nous fera plaisir.* — (4) Lateo, es, ere. — (5) Adire, eo, is. — (6) Dolere, eo, es. — (7) Vicis, is, em.

261. Une bonne marchandise trouve facilement un acheteur. — J'aime à contempler le lever du soleil.—La clémence ne convient à personne plus qu'à un prince.— Ces maux sont réservés à nos descendants. — Alexandre le Grand aimait à faire la guerre.—Les souvenirs agréables (1) réjouissent la vieillesse. — Une parure recherchée (2) ne convient pas aux hommes. — Quelquefois les forces trahissent (3) le courage. — L'homme studieux, au milieu de ses livres, mène la vie la plus agréable (4). — Les écrits de Fénelon ont un parfum d'antiquité (5).

***

THÈME DEUXIÈME.

VERBES QUI GOUVERNENT LE DATIF.

Règles. — J'étudie la grammaire.	Studeo grammaticæ.
Nous favorisons la noblesse.	Favemus nobilitati.
Il a contenté le maître.	Satisfecit præceptori.
— Il a manqué à son devoir.	Defuit officio.
Il était présent à ce spectacle.	Aderat huic spectaculo.
Il est absent de la ville.	Abest ab urbe.
— Un grand malheur vous menace.	Magna calamitas tibi imminet, impendet, instat (6).
— Cela m'est arrivé.	Id mihi, accidit, evenit, contingit (7).
Cela vous est avantageux.	Hoc tibi expedit.
J'ai eu le bonheur de voir mon père.	Mihi contigit ut patrem meum viderem.
—Cet homme se fâche contre moi.	Hic homo irascitur mihi.
Il me menace.	Minatur mihi.

EXERCICES PRÉPARATOIRES.

262. Studeo grammaticæ. — La paresse nuit à la santé. — Le corps doit obéir à l'esprit. — Étudiez les

---

(1) L'agréable souvenir des choses, rerum grata recordatio. — (2) Cultus mundior. — (3) Deficio, is, ere. — (4) T. vit la vie la plus... vivere vitam. — (5) T. Sentent, redoleo, es, ere, l'antiquité.

(6) Impendere signifie principalement menacer d'en haut, et instare, menacer par derrière.

(7) Accidit s'emploie ordinairement pour les choses fâcheuses, contingit pour les choses heureuses, et evenit en bonne ou en mauvaise part.

langues anciennes et vous satisferez vos maîtres. — Les méchants portent envie (1) aux bons. — Un seul ingrat nuit à tous les gens de bien. — Le peuplier plaît à Hercule, et la vigne à Bacchus. — Les magistrats veillent aux intérêts (2) de tous.—Dieu épargna les Ninivites (3). — Alexandre avait étudié la médecine. — Il est honteux de médire (4) d'autrui (5).

263. Defuit officio. — Le travail sert au bonheur. — Toute l'armée assistait à ce combat. — Il ne lui manqua aucun homme. — La raison est dans (6) nos âmes. — Dieu est présent (7) à nos pensées. — Le paresseux est souvent absent de la classe.

264. Magna calamitas tibi imminet, etc. —La honte menace le lâche. — Des supplices éternels menacent les impies. — Nos troupes menaçaient les fuyards. — La foudre menace les plus hauts monuments.

265. It mihi accidit, evenit, contingit. —Il vous sera plus avantageux de pardonner à vos ennemis que de les châtier. — Le trône échut à Salomon. — Cette conduite leur sera avantageuse. — Ce malheur lui est arrivé. — Il m'est arrivé souvent d'être le premier de ma classe.

266. Homo irascitur mihi. —Le lâche menace le faible. — Mon père s'est fâché contre moi, et il a caressé mon frère. — Callisthène n'avait pas flatté Alexandre comme les autres courtisans. — La médecine guérit les corps et la religion les âmes. — Les flatteurs tendent des embûches (8) aux princes.

THÈME.

267. Les richesses plaisent à tout le monde. — Une terre (9) est favorable (10) aux blés, une autre aux vignes. — L'honnête homme ne porte envie à personne. — L'avare acquiert des richesses, non pour (11) lui, mais pour

---

(1) Invidere, eo, es, *dat.*—(2) Consulere, o, is, ui, ultum. — (3) Ninivitæ, arum. — (4) Maledico, is, ixi, ictum, cre, *dat.* — (5) T. *des autres,* alteri, orum. — (6) Inesse, insum. — (7) Intersum, interesse. — (8) Insidiari, *dat.* (9) Altera terra, *une autre,* altera. — (10) T. *Favorise,* faveo. — (11) Se rend par le datif ; T. *non à lui.*

les autres. — Il est honteux d'être l'esclave (1) de ses passions, et glorieux de leur résister. — Alexandre, vainqueur de tant de rois et de tant de peuples, succomba à la colère.—Celui qui favorise les méchants nuit aux gens de bien. — Le changement subit du froid et de la chaleur est nuisible (2) au corps. — Il vaut mieux ne commander à personne que d'être l'esclave (3) de quelqu'un. — Fiez-vous à la vertu; la fortune est plus fugitive que les ondes.

268. Souvent le riche ménage (1) moins sa santé que le pauvre. — Souvent la prospérité offusque (4) les lumières de la raison. — C'est mal consulter ses intérêts que d'être l'esclave de l'ambition (5). — L'orateur Démosthène traversait (6) les desseins de Philippe, roi de Macédoine. — Souvent le plaisir est contraire (7) à la santé. — La variété prévient le dégoût (8).— Celui qui oblige (9) un méchant le rend (10) plus méchant. — L'homme de bien résiste (11) à la fortune, comme le soldat à l'ennemi. — La gloire l'emporte (12) sur les richesses, et la vertu sur la gloire.— Je craignais pour (13) votre vie.

269. Les parents désirent pour leurs enfants la science et le bonheur. — Le loup rôde autour (14) des troupeaux. — Varron commandait l'armée romaine à la bataille de Cannes (15), et survécut à cette fameuse défaite. — Les vieillards de Lacédémone assistaient à tous les exercices des jeunes gens. — Il y a dans nos âmes le germe de toutes les vertus. — La mort n'est pas bien éloignée de la vieillesse. — Aristide assistait au combat naval de Salamine. — Je ne manquerai ni à mon devoir ni à ma dignité. Un bon général manquait à l'armée innombrable de Xerxès. — La douleur est souvent cachée

---

(1) Inservire, io, is, *dat.* — (2) T. *nuit.* — (3) Parco, is, peperci, parcitum, ere, *dat.* — (4) Officio, is, ere, *dat.* — (5) T. *Il sert mal,* consulo, is, ere, *ses intérêts, celui qui,* qui, *est l'esclave,* inservire. — (6) Obsto, as, are, *dat.* — (7) *Nuit à,* noceo. — (8) Occurrere, o, is, *dat.,* satietas, atis. — (9) Benefacio, *dat.* — (10) Facio, is, ere. — (11) Repugno, as, are, *dat.* — (12) Præsto, as, are, *dat.* — (13) Se rend par le datif. — (14) Obambulo, as, are, *dat.* — (15) Prœlium, ii, *neut.* ; Cannensis, e ; *à l'abl.* sous-entendu *in.*

sous (1) le plaisir. — La raison préside aux entreprises
du sage.

270. Nous ne voyons pas souvent les dangers qui nous
menacent.—La mort nous menace journellement à cause
des événements incertains.—César eut le bonheur d'être
à la fois un grand capitaine et un habile écrivain. — Les
rois ont toujours des flatteurs dangereux ; cela est arrivé
à Alexandre. — Le travail corrige souvent les vices de la
nature ; cela est arrivé à Démosthène. — Il fut avantageux aux Athéniens d'avoir écouté les conseils de Thémistocle.— Cela nous arriva pour la première fois, et ne
nous était jamais arrivé. — L'armée d'Antiochus menaçait la ville de Jérusalem.

271. Lorsque la nécessité presse (2) le lâche, il devient
quelquefois brave par désespoir (3). — Le pilote plie (4)
les voiles lorsque la tempête menace le vaisseau. — Une
lourde épée était suspendue sur la tête de Damoclès. —
Nous devons nous irriter contre les vices, non contre
les hommes. — L'accusé qui se met en colère contre ses
juges nuit à sa cause. — Il n'est pas permis de s'irriter
contre sa patrie. — Pison empoisonna Germanicus pour
servir (5) la haine de Tibère. — La philosophie guérit
les maladies de l'âme. — Le loup dresse des embûches
aux troupeaux.

THÈME TROISIÈME.

Règles. — *J'ai un livre.* (T. un   *Est mihi* liber.
livre est à moi.)
—Cela *vous causera de la douleur.*   Hoc erit *tibi* dolori.
Il *m'a fait un crime de ma bonne foi.*   Crimini dedit *mihi* meam fidem.
Blâmer quelqu'un de quelque   Vitio vertere aliquid alicui.
chose.

EXERCICES PRÉPARATOIRES.

272. **Est mihi liber.** — Le lion a une grande force.
— Tous les oiseaux ont deux ailes. — Sénèque avait un
esprit agréable. — Nous avons des fruits mûrs.

----

(1) Subesse, subsum. — (2) Instare. — (3) Ablatif sans préposition. —
(4) Contraho, is, ere. — (5) T. afin qu'il servît, gratificári, dat.

275. Hoc erit tibi dolori. — Les reproches vous causent du chagrin. — Je blâmerai toujours le paresseux de sa négligence. — La vertu procure aux hommes la gloire et le bonheur. — La crédulité cause quelquefois du tort. — Ils me font un crime de ma patience. — Cela lui fut imputé à lâcheté. — Les bons citoyens font l'ornement de leur patrie. — Les passions nous occasionnent beaucoup de malheurs. — Je lui fais un crime d'avoir reçu de l'argent. — La mort de mon ami m'a causé la plus grande douleur. — La mort de l'empereur Titus causa une grande douleur aux Romains. — Les Romains blâmèrent injustement Fabius de sa lenteur. — Les abeilles nous servent d'exemple. — Athalie fit présent (1) de son royaume aux Romains.

THÈME.

274. J'ai un petit champ qui produit (2) des fruits excellents. — Tout le monde blâme l'avare de sa cupidité. — Notre folie cause souvent notre perte. — Auguste avait des amis fidèles. — Les richesses font le malheur de beaucoup de gens. — Un printemps perpétuel causerait de l'ennui à tout le monde. — Alcibiade avait un chien fameux. — La mort d'Alexandre causa une grande douleur aux Macédoniens. — La déroute et la fuite de Xerxès causèrent une grande joie aux Athéniens. — Nous avons de braves soldats et d'habiles généraux. — Fabius ne voulait pas livrer bataille à Annibal, et les Romains le blâmaient de sa lenteur. — L'ignorance du juge causerait le malheur de l'innocent. — Socrate disait à Alcibiade : « J'ai confondu votre orgueil, et vous me faites un crime de ma bonne foi ! » — Thémistocle n'avait qu'un habit. — L'habitude cause du dégoût (3), et la nouveauté du plaisir aux hommes d'un caractère inconstant. — La cavalerie gauloise fut très-utile (4) aux Romains. — Les Athéniens

_____

(1) T. donna en don son royaume aux Romains ; dono, dare, do das, dedi, datum. — (2) Fero, fert, tuli, latum, fere, acc. — (3) Fastidium, ii, neut. — (4) T. A grand usage.

blâmaient Socrate de sa franchise, et lui faisaient un crime de sa vertu.

THÈME QUATRIÈME.

VERBES QUI GOUVERNENT L'ABLATIF.

Règles. — Il *regorge* de *biens.*	*Abundat divitiis.*
Il ne *manque* de *rien.*	*Nullâ re caret.*
Se réjouir du *bonheur* d'autrui.	*Gaudere felicitate* alienâ.
— Je *jouis* du *repos.* — Je m'*acquitte* du devoir.	*Fruor otio.* — *Fungor officio.*
Je *suis maître* de la *ville.*	*Potior urbe.*
Je me *nourris* de *pain.*	*Vescor pane.*
Je me *sers* de *livres.*	*Utor libris.*
Se glorifier des *avantages* d'autrui.	*Gloriari* alienis *bonis.*
Je me *réjouis* de *cela.*	*Lætor* hac *re.*

VERBES QUI GOUVERNENT LE GÉNITIF.

Règles. — *Ayez pitié* des *pauvres.*	*Miserere pauperum.*
Je me *souviens* des *vivants* et je ne puis *oublier* les *morts.*	*Vivorum* ou *vivos memini*, nec possum *oblivisci mortuorum.*

EXERCICES PRÉPARATOIRES.

275. Abundat divitiis. — Crésus, roi de Lydie, regorgeait de richesses. — Nous avons tous besoin (1) du secours des autres. — Le malade doit faire diète (2). — Les envieux s'affligent (3) du mérite d'autrui. — L'Espagne et l'Angleterre abondent en brebis. — Quoiqu'il soit innocent, il n'est cependant pas exempt (4) de soupçon. — Phocion manquait souvent d'argent.

276. Fruor otio. — Les anachorètes se nourrissaient d'herbes et de racines. — Les justes jouiront d'un bonheur parfait. — Beaucoup de gens abusent de la raison. — Chacun doit s'acquitter de ses devoirs. — Alexandre s'empara de tout l'empire des Perses. — Diogène se nourrissait des plus vils aliments. — Il ne faut pas se réjouir du malheur d'autrui. — Les militaires se font gloire (5)

---

(1) Egeo, es, ere. — (2) T. *S'abstenir de nourriture.* — (3) Doleo, es, ere. — (4) Careo, es, ere. — (5) T. *Se glorifient.*

de leurs blessures. — Les anciens se servaient du style pour écrire. — Platon eut Socrate pour maître (1).

277. Miserere pauperum. — Vivorum memini. — Nous devons avoir pitié des malheureux. — Il est doux de se rappeler les maux passés. — Seigneur, oubliez nos crimes. — Pierre se souvint de la parole de Jésus-Christ.

THÈME.

278. Il vaut mieux manquer d'argent que d'amis. — Le jeune homme aime les (2) chevaux et les chiens. — Auguste eut pitié de Cinna et lui pardonna. — Nous usons de l'instinct (3) des chiens pour (4) notre utilité. — Cicéron, en s'acquittant de tous les devoirs de sa charge, montra un courage et une habileté remarquables. — Ni les hommes ni les animaux ne peuvent se passer (5) d'air. — Alexandre se rendit maître de Tyr après un siége remarquable. — Alcibiade ne manquait d'aucun des avantages du corps et de l'esprit. — Les Romains se réjouirent de la destruction de Carthage. — Usons, mais n'abusons (6) pas de nos forces. — Héraclite avait pitié de tous ceux qui lui paraissaient gais.

279. Les Scythes se nourrissaient de lait et de miel. — Ceux qui regorgent de biens manquent souvent de bonheur. — Théramène avait eu Socrate pour maître (1). — Oubliez les injures qu'on vous a faites (7), et souvenez-vous des services qu'on vous a rendus. — Les pythagoriciens ne faisaient pas usage de viande, ils se nourrissaient de lait et de légumes. — Les hommes peuvent oublier les bonnes actions (8); mais Dieu se les rappelle. — Les vieillards manquent de force, et les jeunes gens de prudence. — Xerxès était maître d'un vaste empire; il se nourrissait des mets les plus exquis; il se glorifiait de ses immenses richesses, de son infanterie, de sa cavalerie, de ses flottes; cependant Xerxès ne jouissait pas du vrai bonheur.

(1) T. *Usa*, utor, *de Socrate maître.* — (2) T. *Se réjouit des*, gaudeo. (3) Sagacitas, atis, *fém.* — (4) Ad, *acc.* — (5) Carere. — (6) Ne, *avec le subj.* — (7) T. *Les injures reçues.* — (8) Recte factum, i, *neut.*

280. Antioche affluait des hommes les plus savants. — Réjouissez-vous d'un si précieux avantage. — Les Romains n'avaient pas oublié les crimes de Néron; ils n'eurent point pitié de cet empereur. — Mécène était plongé dans (1) les délices, et n'était privé (2) d'aucun plaisir. — Les hommes sages ne se glorifient point de la beauté du corps, mais des vertus de l'âme. — Il se rappelle (3) en mourant sa douce Argos (4). — Les Juifs s'abstiennent de la chair du porc. — Souvent il est utile de se rappeler les malheurs passés. — Le poëte Horace vivait dans une grande intimité avec Mécène (5).

RÉCAPITULATION DU CHAPITRE VI.

281. L'homme d'un naturel méchant et envieux se réjouit des malheurs d'autrui. — Une grande honte menace les enfants peu désireux d'acquérir de l'instruction. — J'ai un serviteur fidèle dont (6) je suis content; je le blâme seulement de sa lenteur. — C'est une folie de s'emporter contre des objets inanimés. — Une maison pleine d'or et d'argent ne satisferait point encore la cupidité de l'avare. — Le consul fit un crime aux soldats de leur lâcheté, et les blâma de leur désobéissance. — La mort menace tous les hommes et n'épargnera aucun d'eux. Tous assisteront un jour au jugement dernier, auquel le Seigneur présidera.

282. J'aurai du plaisir à voir mon frère qui étudie les beaux-arts, et qui viendra bientôt. — Il est arrivé plusieurs malheurs à ce peuple infortuné; la guerre et la famine le menacent encore. — Si l'homme (7) n'avait pas perdu sa première innocence, nous posséderions la science sans étude, nous ne craindrions ni les maladies ni la mort. — L'orgueil et l'ambition de Xerxès causèrent sa perte. Il regorgeait de biens et de richesses; il ne

---

(1) Diffluo, is, ere, abl. — (2) Careo, es, ere. — (3) Reminiscor, eris, isci. — (4) Argi, orum. — (5) T. Se servait familièrement de Mécène. — (6) T, Duquel. (7) Exprimez si ne français par nisi, avec le subjonctif.

manquait ni de troupes, ni de vaisseaux, ni de palais ;
mais il osa outrager la puissance de Dieu ; il s'irrita contre le ciel et contre les éléments, et il fut bientôt privé
de son royaume et de la vie.

RÉCAPITULATION GÉNÉRALE

De toutes les règles qui ont été vues jusqu'ici.

283. Les courtisans sont désireux de plaire aux princes. — L'argent ne manque pas à l'homme accoutumé à
la tempérance et au travail. — Cicéron exilé n'oublia jamais Rome, sa patrie. — La parole est propre aux hommes ; elle manque aux brutes. — Quoi de plus propre à
élever l'âme des jeunes gens que l'étude des langues anciennes ? — Les Goths s'emparèrent d'une partie des
Gaules, ravageant les villes et les campagnes. — Un travail opiniâtre (1) vient à bout de tout (2). — Timoléon
aveugle assistait encore à toutes les affaires particulières et publiques.

284. L'eau et le feu sont souvent utiles et souvent
funestes ; mais le plus souvent ils sont plus utiles que
funestes. — Nos descendants ne nous ressembleront pas.
— L'homme accoutumé à la mollesse ne peut supporter
les fatigues. — Je ne connais pas de trésor plus précieux
et plus sûr que l'estime publique. — Le maître vous
blâme de votre paresse et vous fait un crime de votre
orgueil. — Les premiers hommes se servaient de meu-
bles simples ; ils se nourrissaient des fruits de la terre et
du lait de leurs troupeaux, et n'abusaient ni du vin ni
des richesses ; ils ne se glorifiaient point de leurs titres
ni de leurs dignités, et ne se réjouissaient jamais du
malheur de leurs semblables. — Il vous sera toujours
avantageux, mes amis, de rechercher la société des hommes sages, habiles dans l'art de diriger la jeunesse ; ils

---

1) Improbus, a, um. — (2) T. Surmonte tout, vinco, is, ere, omnia.

seront toujours pour vous les meilleurs des amis et des conseillers. — Vous et votre sœur êtes très-habiles dans la musique, art divin très-propre à adoucir les mœurs et à charmer les sens.

285. Les princes doués de sagesse et avides de gloire aiment à favoriser les savants. — Il est avantageux aux riches de secourir les pauvres; car un malheur éternel est réservé aux hommes cruels, accoutumés à mépriser les souffrances des malheureux. — Socrate était un philosophe digne des plus grands éloges. Il était habile dans l'art de corriger les vices des hommes; il faisait usage de ses talents pour le bonheur des Athéniens; il jouissait de l'estime publique, et chacun cherchait les occasions de l'entendre. — La science doit faire plaisir à tous les hommes, car l'ignorance ne convient à personne. Vous n'ignorez pas cela, mes amis; cependant il y en a plusieurs parmi vous qui paraissent plus désireux de perdre le temps qu'avides d'apprendre.

Saint Louis.

286. Vous liriez sans doute avec le plus grand plaisir la vie très-sainte et très-remarquable du roi de France, patron de ce collége, qui vainquit plus d'une fois (1) les Sarrasins, peuple belliqueux et cruel. Il était doué de toutes les vertus, porté à soulager les maux de son peuple, et surtout désireux de conquérir les lieux saints où les chrétiens étaient habitués à souffrir un joug honteux et misérable. Il n'ignorait pas les nombreux dangers qui l'attendaient dans ces régions lointaines, et cependant il entreprit courageusement une guerre si (2) difficile à faire. Après de nombreuses victoires, ce prince mourut accablé de fatigues et de souffrances, mais plein de gloire et de vertus. Le règne et la mort de saint Louis sont dignes de l'admiration de tous les Français et de tous les chrétiens.

(1) Non semel. — (2) Tam.

QUATRIÈME PARTIE.

VERSIONS

ÉLÉMENTAIRES ET GRADUÉES.

DE LA CONSTRUCTION LATINE.

Marche à suivre pour traduire en français une phrase latine.

Une des principales différences qui distinguent la langue latine de la langue française, est l'*inversion*.

L'*inversion* (1) est le déplacement des termes de la phrase, qui se trouvent ainsi portés loin de la place qui leur serait naturellement assignée par le sens, dans la construction régulière d'une phrase française.

Les *inversions* sont fort rares en français et très-fréquentes en latin, parce qu'en latin les fonctions des mots sont suffisamment indiquées par leur forme, tandis qu'en français elles ne le sont que par la place que ces mots occupent dans la phrase.

Pour en citer un exemple très-simple, les Latins auraient pu dire indifféremment : *Deus creavit mundum*, ou *Deus mundum creavit*, ou *mundum creavit Deus*, etc. Ces différentes inversions n'auraient absolument rien changé au sens, ni altéré en rien la clarté de la proposition, la terminaison de *Deus* indiquant un nominatif sujet, celle de *creavit* un verbe, et celle de *mundum* un accusatif complément direct. En français, au contraire, la moindre inversion dans l'ordre grammatical des mots correspondants *Dieu créa le monde* (*Dieu le monde créa*,

(1) De *invertere*, retourner.

ou *le monde créa Dieu*, etc.), présenterait aussitôt une alliance de mots impossible ou absurde.

Quand il s'agira donc de traduire une phrase latine en français, il faudra d'abord en faire la *construction*, c'est-à-dire rétablir les mots de la phrase dans l'ordre naturel. Cet ordre consiste à placer le sujet avant le verbe, le verbe avant l'attribut, les compléments après les mots qu'ils complètent, et les modificatifs près des termes qu'ils modifient. Voici quelques règles qui aideront l'élève à faire la *construction* d'une phrase latine dont les inversions pourraient l'embarrasser.

Il devra d'abord rechercher les *termes essentiels* de la phrase, c'est-à-dire les *verbes*, *sujets* et *compléments*, et ajouter ensuite à ces différents termes les *modificatifs* qui peuvent s'y rattacher. Voici quelques signes qui pourront l'aider à trouver ces différentes parties essentielles de la phrase.

Tout verbe à un mode personnel (1) indiquera l'existence d'une *proposition* ou membre de phrase particulier dont il faudra trouver les parties constituantes. Ces parties sont le *sujet*, le *verbe* et les *compléments directs* ou *indirects*.

Le sens indiquera quelle est la proposition principale de la phrase, à laquelle les autres viendront se rattacher, selon que le sens l'indiquera.

1° RECHERCHE DES PROPOSITIONS. Nous avons dit que toute phrase contient au moins *une proposition*. L'élève devra donc rechercher d'abord quelles sont les *propositions* contenues dans la phrase, et quelle est la *principale*. Il sera toujours facile de la distinguer des propositions incidentes ou subordonnées, en ce que celles-ci sont toujours précédées par le relatif *qui, quæ, quod*, ou par des conjonctions.

Connaissant la proposition principale, on en trouvera les parties constituantes, et on lui adjoindra les autres

_____

(1) *Indicatif, impératif, subjonctif.* L'*infinitif* est le seul mode impersonnel.

propositions, suivant leur nature et d'après le sens général de la phrase.

2° Sujet. Il se reconnaîtra bientôt si l'on songe qu'en latin c'est presque toujours un nom ou un pronom au nominatif. Souvent il est sous-entendu ; c'est alors le sujet de la phrase précédente, ou c'est un pronom qui s'exprime rarement devant le verbe. Le sujet peut encore être un infinitif. Du reste, on le trouvera toujours en faisant avec le verbe la question *qui est-ce qui ?* ou *qu'est-ce qui ?*

3° Verbe. Le *verbe* devant toujours se trouver à un mode personnel dans la proposition, il se reconnaîtra facilement. C'est, du reste, par lui qu'il vaut mieux commencer la recherche des *termes essentiels.*

4° Compléments. Quand on a ainsi trouvé le verbe, et qu'on sait le cas qu'il régit, il sera aisé de trouver ses compléments, s'il en a.

Le *complément direct du verbe* se trouvera en faisant après lui la question *qui ?* ou *quoi ?*—Le sens et la nature de ce verbe désigneront ses *compléments indirects.* Ils répondent à l'une des questions *à qui ? à quoi ? où ? par où ? comment ? combien ? quand ?*

5° Modificatifs. On entend par *modificatif* tout mot joint à un autre pour en *modifier* le sens, tels que les *adjectifs*, les *participes*, les *adverbes.*

La terminaison des modificatifs, leur accord en genre, en nombre et en cas, s'ils sont variables, ainsi que le sens général de la phrase, indiqueront sûrement auquel des termes de la proposition ils se rattachent, et quelle est leur place dans la construction.

REMARQUES.

Il y a d'autres mots qui, n'étant ni sujets, ni verbes, ni compléments, doivent prendre dans la construction la place que leur fonction et le sens leur assignent. La *préposition* se place devant son complément, la *conjonction* entre les mots ou les propositions qu'elle réunit, l'*adverbe* près du verbe, etc.

Il ne faut pas oublier que chacun des compléments du verbe peut avoir lui-même d'autres compléments qui peuvent ainsi se suivre les uns les autres. Un verbe peut avoir un autre verbe pour complément, et même une proposition tout entière.

Quand il existe plusieurs compléments, les plus courts doivent être le plus rapprochés du mot qu'ils complètent, et les plus longs en être le plus éloignés. Dans tous les cas, leur disposition ne doit jamais nuire à la clarté, ni présenter d'équivoque.

APPLICATION DE CES PRINCIPES

À LA CONSTRUCTION ET A LA TRADUCTION D'UNE PHRASE LATINE.

Phrase à traduire.

Postquam Sylla ex bello Mithridatico in Italiam reversus cœpit dominari, Sertorius, qui partium Marianitarum fuerat, in Hispaniam se contulit.

Après avoir cherché les mots dont la signification lui est inconnue, l'élève procède, ainsi que nous l'avons dit, à la recherche des *propositions* de la phrase, et de leurs *termes* constituants.

Trois verbes à un mode personnel (*cœpit*, *fuerat*, *contulit*) indiquent tout d'abord qu'il y a trois propositions dans la phrase.

En recherchant les *sujets*, *verbes* et *compléments* de ces propositions au moyen des questions que nous avons indiquées, on trouve pour termes essentiels des trois propositions : *Sylla cœpit dominari* — *qui fuerat partium* — *Sertorius se contulit in Hispaniam*.

Si l'on cherche maintenant à déterminer l'espèce de ces *propositions* et la place que chacune d'elles doit occuper dans la *construction*, on voit que la *proposition principale* est *Sertorius se contulit in Hispaniam;* qu'au sujet *Sertorius* se rattache la proposition incidente *qui fuerat partium*, et que la proposition *Sylla cœpit dominari* est subordonnée à la *principale* au moyen de la conjonction *postquam.*

On a donc pour la construction des termes essentiels : *Sertorius* — *qui fuerat partium Marianitarum* — *se contulit in Hispaniam* — *postquam Sylla cœpit dominari.*

Enfin, nous placerons à la suite de chaque terme tous les modificatifs qui s'y rattachent, et la construction générale de la phrase sera celle-ci : *Sertorius, qui fuerat partium Marianitarum, se contulit in Hispaniam, postquam Sylla, reversus in Italiam ex bello Mithridatico, cœpit dominari.*

Quelquefois il est plus commode, en suivant l'ordre des idées de l'auteur, de commencer par quelque proposition subordonnée, exprimant certaines circonstances. Ainsi, nous pourrions construire encore la phrase de cette manière :

Postquam Sylla reversus in Italiam ex bello Mithridatico cœpit dominari, Sertorius, qui fuerat partium Marianitarum, se contulit in Hispaniam.

L'élève, après avoir ainsi fait la construction, passe à la *traduction littérale* ou *mot à mot*, qui achèvera de lui faire parfaitement comprendre le sens; puis il en fera la traduction française, en lui donnant une tournure plus conforme aux règles et au génie de la langue française.

Mot à mot.

Postquam Sylla reversus in Italiam ex bello Mithridatico,
Après que Sylla revenu en Italie de la guerre de Mithridate,
cœpit dominari, Sertorius, qui fuerat partium Marianitarum,
commença à dominer, Sertorius, qui avait été du parti de Marius,
se contulit in Hispaniam.
se transporta en Espagne.

Français.

Lorsque Sylla, de la guerre contre Mithridate, fut revenu en Italie, et qu'il commença à dominer dans Rome, Sertorius, qui avait suivi le parti de Marius, se retira en Espagne.

VERSIONS.

PARTIE PRÉPARATOIRE.

I. Exercices préliminaires. — II. Emploi des parties du discours. — III. Versions diverses.

AVERTISSEMENT.

Dans toute cette partie préparatoire, les exercices sont gradués de façon que le maître puisse commencer par faire traduire les plus faciles sur chaque sujet, et revenir ensuite à ceux qui présentent un peu plus de difficulté. C'est dans cette intention que les phrases les plus faciles ont été rangées dans le premier paragraphe, et les moins faciles dans le dernier.

On remarquera aussi que les paragraphes sur chaque sujet

sont plus ou moins nombreux, selon l'importance et la difficulté du sujet. On aura soin d'exercer l'élève à reconnaître et à désigner, soit dans le texte latin, soit dans sa traduction, les mots ou les membres de phrase qui forment le sujet de l'exercice ou de la règle, de la même manière qu'ils sont indiqués dans les exemples qui précèdent chaque genre d'exercices. Il devra, par exemple, souligner, dans les exercices sur l'usage des cas, tous les noms qui sont au cas indiqué; dans les exercices sur les verbes, il soulignera tous ces verbes; dans la partie qui traite des *idiotismes* latins, il soulignera tous les mots latins qui constituent l'*idiotisme* dont il est question, et les mots français correspondants qui en sont la traduction.

Jusqu'à la partie de ces exercices qui a rapport à la construction de la phrase latine, on s'est abstenu de toute inversion embarrassante pour l'élève; on ne laisse absolument que celles qui ne présentent aucune difficulté par elles-mêmes, et qu'il serait difficile de détruire sans présenter une tournure tout à fait contraire au génie de la langue latine.

La signification de tous les verbes sera indiquée en note, jusqu'aux exercices sur les conjugaisons.

I. Exercices préliminaires.

NOMS DE TOUTES LES DÉCLINAISONS, DE DIFFÉRENTS GENRES ET A DIFFÉRENTS CAS.

(L'élève devra traduire chaque nom et en désigner la déclinaison, le genre, le nombre et le cas). Les noms suivants pourront aussi servir à exercer l'élève à chercher les mots dans le dictionnaire.

287. Nauta. — Agricolam. — Digitorum. — Mensæ. — Vici. — Bellorum. — Labor. — Vias. — Famæ. — Auro. — Capiti. — Senis. — Cladium. — Laudibus. — Militibus.— Casûs. — Jesum. — Carni. — Cubilibus.— Gladii.— Calcaribus.— Cancero.— Civibus. — Bestiam. — Paries. — Plantas. — Mare. — Lapides. — Panibus. — Nubium. — Naves. — Facies. — Metalla. — Gaudio. — Opera. — Gramen.

288. Poetæ.— Nautas.— Periculo.— Nautis.—Ludis. — Gloriam. — Insidiis. — Virtuti. — Tædii. — Capitis. — Magistrorum. — Laboribus. — O miles! — Clade.— Specie. — Legum. — Exercitum.— O Jesu! — Opus.— Cubilia. — O pueri! — Magistrum. — Silvarum. — O

violæ! — Mœnia.— Mari.— Cornu,— Eventûs.— Flori.
— Gelu. — Radici. — Ovium. — Folia. — Decus. —
Nomina. — Animalibus. — Dierum. — Advenis. — O
poetæ! — Scopuli.

289. O prophetæ! — Morbo. — Agris. — Vitiorum.
— Tergo. — Oculorum. — Pennas. — Ovis. — Colum-
barum. — Piri. — Mercede. — Capita. — Princeps. —
O tempora! — Cubili. — Cladi. — Socero. — Regi. —
Artibus. — O pernicies! — Dote.— Usum.— Numerus.
— Genero. — Cive. — Furibus. — Manibus. — Crura.
— Cornibus. — Judice. — Domorum. — Umbræ. —
Aquarum.— Tonitru.— Siderum.— Parietibus.—Arce.
— Moribus. — Fidei. — Ovorum. — Sensu. — Arcæ. —
Ponto. — Aquiloni.

LIAISON DES MOTS.

290. Memoria calamitatis. — Prosperitas populorum.
— Pyramides Ægypti. — Justitia Dei. — Viriditas pra-
torum. — Narratio viatoris. — Notitia antiquitatis. —
Ornamenta ædificii. — Antè (1) oculos regis. — Labores
et impedimenta itineris. — Sapor ciborum. — Honores
consulis. — Numerus cladium. — Multitudo navium et
militum. — Furia ventorum. — Vastitas maris. — Alti-
tudo montis.

291. Odor et forma florum. — Exitus belli, bellorum.
— Fenestræ domûs. — In (2) rebus vitæ. — Fortuna
belli. — Honor, præmium virtutis. — Somnus est (3)
imago mortis.— Curæ vitæ.— Pluma gallinæ.— Plumæ
gallinarum. — Herus servorum. — Rosæ et violæ hor-
torum. — Segetes agrorum. — Vox avium. — Vertex
rupis. — Studium litterarum. — Lux solis. — Motus
aeris.

NOMS ET ADJECTIFS.

292. Lingua latina. — Sermo prudens. — Manus
dextra, sinistra.— Manus validæ.— Res magna, insolita.

(1) Devant. — (2) Dans. — (3) Est.

— Silva umbrosa, densa, vasta. — Pugio cruentus. — Ros matutinus. — Mores antiqui. — Agri fructuosi. — Pedes graciles.— Domus ampla.— Mures albi.— Amnes limpidi. — Silentium altum. —Humus humida.—Greges numerosi. — Domus angustæ. — Tonitru raucum, terribile.— Juventus ardens, indocilis.— Turba impatiens, petulans.

293. Divitiæ incertæ. — Oratores eximii. — Cometes rutilus.— Boreas violentus.—Mare profundum, vastum, tumidum. — Verba vera, falsa. — Methodus optima. — Fructus suaves.— Nomen clarum, obscurum.— Nomina illustria, ignota. — Glacies lubrica. — Dies serena. — Flos caducus. — Lepores pavidi. — Corpora formosa, robusta.— Paludes vastæ. — Capita cana et venerabilia. — Fontes gelidi. — Origo incerta. — Gens barbara. — Dies longissimi. — Casus insolitus. — Gelu sævum, hibernum.

RÉCAPITULATION.

294. Gemma splendida est jucunda puellis et feminis. — Domini superbi. — Pretium metallorum est varium. — Corpus humanum est pulchrum. — Opera præclara poetarum veterum. — Nomina multorum fluminum ignota veteribus Romanis.— Mare est vastum.— O Deus omnipotens et bone! — Maria sunt (1) vasta.

295. Noctes hiemis sunt longæ. — Dies hiemis sunt breves. — Oculi sunt nigri aut cærulei. — Frons est angusta aut lata. — Fratres similes non sunt rari. — Magna vis consuetudinis. — Suavis recordatio præteriti temporis. — Scientia, res utilis. — Hostillum armorum strepitus. — Terra est rotunda. — Vera amicitia est sempiterna. — Plurimæ stellæ sunt soles. — Estote (2) attenti, tranquilli, diligentes. — Motus continuus siderum. — Tarquinius Superbus fuit (3) ultimus rex Romanorum. — Roma aliquandiu fuit caput orbis terrarum.

(1) Sont.— (2) Soyez.— (3) Fut.

II.

Emploi des parties du discours.

NOMS.

USAGE DES CAS.

Nominatif (1).

Vita est brevis.	*La vie* est courte.
Tempus fugit.	*Le temps* fuit.

296. Deus est potens. — Rosa est pulchra. — Cœlum et terra sunt opera Dei. — Vitium est turpe. — Bestiæ sunt mares vel feminæ.—Animus peccat (2), non corpus. — Usus est magister egregius. — Ubique mors est. — Sapientia est thesaurus. — Invidia est comes gloriæ. — Urbs Roma est clara. — Liber est magister mutus.

297. Cervi sunt leves. — Tempus fluit (3), vita fugit (4). — Animalia currunt (5). — Aves volant (6). — Pisces natant (7). — Plantæ crescunt (8). — Rosæ florent (9). — Cicero creatus est (10) consul. — Pater est caput familiæ.— Terra est globus.— Hostes fuerunt (11) victores. — Europa est peninsula. — Anser est avis. — Scipio fuit (12) victor. — Demosthenes fuit orator. — Viola est flos. — Somnus est imago mortis. — Rosa flos est. — Athenæ fuerunt urbs nobilis.

Génitif (10).

Amor *virtutis*.	L'amour *de la vertu*.
Avidus *gloriæ*.	Avide *de gloire*.
Memento *mortuorum*.	Souviens-toi *des morts*.
Parum *vini*.	Peu *de vin*.
Est *regis*.	Il est *d'un roi* (il appartient *à un roi*).

(1) Le nominatif (*nominativus*) est ainsi appelé , parce que ce cas sert ordinairement à nommer (*nominare*) la personne ou l'objet dont il est question, et qui va servir de sujet à l'affirmation du verbe.

(2) Pèche.— (3) Coule —(4) S'enfuit.—(5) Courent.—(6) Volent.—(7) Nagent. —(8) Croissent.—(9) Fleurissent.— (10) Fut nommé.— (11) Furent.—(12) Fut.

(13) Le génitif (*genitivus*, de *gignere, genitum*, engendrer) forme les autres cas, à l'exception du nominatif et du vocatif. Il établit entre les mots le rapport qu'indique, en français, la préposition *de*.

298. Aqua maris est salsa. — Corpus est domicilium animi. — Ignis est causa caloris. — Calamitas est occasio virtutis. — Motus solis, lunæ et omnium siderum sunt admirabiles. — Aures leporis sunt longæ. — Necessitas est mater artium. — Sol est fax dierum; luna est fax noctium. — Sol est fons luminis et caloris. — Plato fuit vir magnæ auctoritatis.

299. Virtus est avida periculi. — Oblivio remedium est injuriarum. — In hortis sunt flores miræ varietatis. — Vir bonus est summæ pietatis erga Deum. — Animantes sunt expertes rationis. — Juvenis est prodigus æris. — Themistocles absens damnatus est (1) proditionis. — In Angliâ qui (2) convincitur (3) furti deportatur (4). — Ingrati solent (5) oblivisci (6) beneficiorum. — Nulla avium dentes habet (7).

300. Potentia Dei passim elucet (8). — Comœdia est imitatio vitæ, spectaculum consuetudinis, imago veritatis. — Non debemus (9) appetere (10) quod (11) alterius est. — Ducis est (12) imperare (13), militum vero parere (14). — Prisca ætas virtutum ferax fuit. — Urbs Capua aliquandiu Romanorum (urbs) fuit. — Tota Syria fuit Macedonum. — Cæsaris virtus cognita fuerat (15) domi militiæque (16). — Romani nihil belli domique (16) sine auspiciis gerebant (17). — Vir sapiens maximi (pretii) virtutem æstimat (18). — Alcibiades absens capitis damnatus est (19).

Datif.

Utilis *reipublicæ*.	Utile *à la république*.
Boni cives parent *legibus*.	Les bons citoyens obéissent *aux lois*.
Turpe est *militi* fugere.	Il est honteux *pour un soldat* de prendre la fuite.

(1) Fut condamné pour. — (2) Celui qui. — (3) Est convaincu. — (4) Est déporté. — (5) Ont coutume. — (6) D'oublier. — (7) A. — (8) Éclate. — (9, et 10) Nous ne devons pas désirer. — (11) Ce qui. — (12) Sous-entendu *officium* : c'est le devoir d'un général *ou* c'est au général de. — (13) Commander. — (14) Lui obéir. — (15) Avait été connue, *ou* il s'était fait connaître. — (16) *À la maison et à la guerre*, c'est-à-dire *pendant la paix et pendant la guerre.* — (17) Entreprenaient. — (18) Estime. — (19) Fut condamné à mort.

301. Ludus est gratus pueris. — Vicissitudo repentina frigoris et caloris nocet (1) corpori. — Probitas est grata Deo. — Vulpes insidiatur (2) gallinis, lupus ovibus et canis leporibus. — Pueri probi placent (3) omnibus. — Labor est utilis hominibus. — Mors est communis hominibus et pecudibus. — Dux imperat (4) militibus. — Benefac (5) hominibus. — Bellum nocet (1) agricolis et placet (6) militibus.

302. Aqua est necessaria plantis et agris. — Canis similis est lupo. — Ira insaniæ similis est. — Honores decreti sunt (7) consulibus. — Sol oritur (8) etiam sceleratis. — Pigritia nocet (1) pueris. — Medicus subvenit (9) corpori ægroto. — Patriæ vivere debemus (10) et amicis. — Corpus animo parere (11) debet (12). — Vir probus invidet (13) nemini. — Non sumus solùm nati (14) nobis, sed etiam patriæ, parentibus, amicis et cæteris hominibus. — Multi Romani vitam ruri agebant (15).

Accusatif (16).

Deus creavit *mundum*.	Dieu a créé *le monde*.
Post *pluviam* sol lucet.	Après *la pluie*, le soleil brille.

303. Post pugnam. — Cole (17) Deum. — Deus creavit (18) cœlum et terram, fecit (19) lucem, solem, lunam et stellas. — Terra nutrit (20) homines. — Vestis ornat (21) corpus. — Homines metuunt (22) mortem. — Pastor ducit (23) gregem. — Plantæ ferunt (24) folia et flores. — Silvæ condunt (25) feras. — Vivere (26) secundùm leges divinas.

304. Antepono (27) gloriam pecuniæ. — Amor pa-

---

(1) Est nuisible. — (2) Fait la guerre. — (3) Plaisent. — (4) Commande. — (5) Fais du bien. — (6) Plaît. — (7) Furent décernés. — (8) Se lève. — (9) Donne ses soins. — (10) Nous devons vivre. — (11) Obéir. — (12) Doit. — (13) Porte envie. — (14) Nés. — (15) Passaient.

(16 L'accusatif (*accusativus*, de *accuso, as, avi, atum, are*, accuser) sert à accuser, à déclarer, à faire connaître la personne ou l'objet qui est le but direct de l'action du verbe.

(17) Honore. — (18) A créé. — (19) Il a fait. — (20) Nourrit. — (21) Orne. — (22) Redoutent. — (23) Mène. — (24) Portent. — (25) Renferment. — (26) Vivre. — (27) Je préfère.

rentum erga liberos. — Silvæ marginant (1) vias. — Supera (2) ærumnas vitæ. — Stellæ dirigunt (3) nautas.— Macies deformat (4) vultum. — Anima regit (5) corpus. — Multæ gentes adorabant (6) solem. — Probi adolescentes venerantur (7) senectutem. — Nati sumus (8) ad justitiam. — Per absentiam ducis, causam cladis copiarum.

305. Sub vesperum portæ castrorum clauduntur (9). — Umbra terræ obscurat (10) interdum lunam. — Deus vitam æternam justo promittit (11). — Esto (12) ad iram tardus, ad misericordiam pronus. — Studium juventutem decet (13), senectutem delectat (14). — Avarum juvat (15) nummorum intuitus. — Dignitas pertinet (16) ad viros, ad mulieres forma. — Annus dividitur (17) in ver, et æstatem, et autumnum, et hiemem. — Ceres frumentum invenit (18), Bacchus vinum, Mercurius litteras.

Vocatif (19).

Pueri, colite senes.	*Enfants*, honorez les vieillards.
O rosa, tuus splendor est brevis.	*O rose*, ton éclat est de courte durée.

306. O heros! spes patriæ. — Senes, consulite (20) valetudini. — Amice, veni (21) mecum (22). — O cives, concordes estote (23). — O philosophia, dux vitæ! — O populi, sperate (24).—O Domine, creator cœli et terræ! —O fortuna, similis es (25) aleæ!—O Jupiter, serva (26) nobis hæc (27) bona! — O spes! quàm dulcis es! — Fili bone, obedi (28) parentibus. — Laudate (29) Dominum, omnes gentes.

---

(1) Bordent. — (2) Surmonte. —(3) Dirigent. — (4) Défigure.— (5) Gouverne. — (6) Adoraient. — (7) Respectent. — (8) Nous sommes nés. — (9) Sont fermées. — (10) Obscurcit. — (11) Promet. — (12) Sois. — (13) Convient. — (14) Charme. — (15) Réjouit l'avare, *ou mieux* l'avare aime. — (16) Appartient.— (17) Est divisée, *ou se* divise. — (18) Inventa.

(19) Le vocatif (*vocativus*, de *voco, as, avi*, appeler) sert à nommer ou à appeler les personnes à qui on parle.

(20) Soignez. — (21) Viens. — (22) Pour *cum me*, avec moi. — (23) Soyez. —(24) Espérez. — (25) Tu es. — (26) Conserve. — (27) Ces. — (28) Obéis. — (29) Louez.

Ablatif (1).

Patriâ ejectus.	Chassé *de sa patrie.*
Amor *à Deo.*	Je suis aimé *de Dieu.*
Nobili *genere* oriundus.	Issu *d'une famille* noble.
Discordiâ ruit domus.	Une maison périt *par la discorde.*
Nihil fit sine *providentiâ* Dei.	Rien ne se fait *sans la volonté* de Dieu.

307. Impii non placant (2) Deum donis. — Invidi dolent (3) laude alienâ. — Utimini (4) moderatè victoriâ. — Casæ fuerunt consumptæ (5) flammis. — Vita hominum multùm distat (6) a victu bestiarum. — Alexander Magnus potitus est (7) universo imperio Persarum. — Multi (8) malè utuntur (9) divitiis. — Nulla dies caret (10) mœrore.

308. Pallere (11) metu. — Fontes nascuntur (12) e terrâ. — Mundus administratur (13) a Deo. — Pisces vivunt (14) in aquâ. — Cernimus (15) oculis, audimus (16) auribus, olfacimus (17) naribus, sapimus (18) palato, sentimus (19) nervis. — Cervi excellunt (20) celeritate pedum. — Alcibiades magnâ sagacitate fuit (21). — Terra vestita est (22) floribus, herbis, arboribus, frugibus.

309. Templum Apollinis fuit Delphis. — Agnoscimus (23) Deum ex operibus ejus. — Cincinnatus arcessitus fuit (24) ab aratro ad bellum. — Apes arcent (25) fucos a præsepibus. — Astutus capitur (26) astu. — Taurus se defendit (27) cornibus, equus pedibus, aper dentibus. — Virtus mutuata est (28) nomen a viris. — Qui abstinet peccato solo metu non est innocens. — Humili loco natus (29) homo.

(1) L'ablatif (*ablativus*. de *aufero, fers, abstuli, ablatum, auferre*, enlever, ôter, emporter de) indique la séparation, l'éloignement, l'origine, la cause.

(2) N'apaisent pas. — (3) Souffrent. — (4) Usez. — (5) Furent consumées. — (6) Diffère. — (7) Se rendit maître. — (8) Sous-entendu *homines.* — (9) Usent. — (10) Manque, est exempt. — (11) Pâlir. — (12) Naissent, sortent. — (13) Est gouverné. — (14) Vivent. — (15) Nous voyons. — (16) Nous entendons. — (17) Nous sentons. — (18) Nous goûtons. — (19) Nous touchons. — (20) Excellent, sont remarquables. — (21) Fut. — (22) Est couverte. — (23) Nous reconnaissons. — (24) Fut mandé, appelé. — (25) Éloignent. — (26) Est pris. — (27) Se défend. — (28) A emprunté. — (29) Né de.

310. Ab amicis honesta (1) petamus (2). — Milites vulneribus gloriantur (3). — Veniâ dignus est error humanus. — Rex Ptolomæus puer erat (4) ætate. — Solon suâ sponte patriâ cessit (5). — Gallia rivis et fluminibus abundat (6). — Opus est (7) populo magistratibus. — Leænæ jubâ carent (8). — Elephanti maximè amnibus gaudent (9). — Hieme ursi in antris dormiunt (10). — Gallinæ excludunt (11) pullos ex ovis.

311. Æthera micant (12) fulgure. — Victima erat ornata (13) floribus. — Parvæ res crescunt (14) concordiâ; magnæ dilabuntur (15) discordiâ. — Qui reus est homicidii capite damnatur (16). — Id cognovi (17) ex libris monumentisque. — Catilina erat nobili genere natus (18). — Babylone Alexander mortuus est (19). — Homines animo et oratione bestiis antecedunt (20), sed sensibus plerùmque vincuntur (21), ut olfactu a canibus, tactu a talpis, visu a plerisque avibus, imprimis rapacibus, gustatu a plerisque armentis, quæ herbas noxias et innoxias facilè discernunt (22), quod homo non semper potest (23).

ADJECTIFS.

ACCORD DE L'ADJECTIF ET DU NOM.

Deus sanctus.	*Dieu saint.*
Divitiæ sunt *caducæ.*	*Les richesses* sont *périssables* (24).
Scythæ perpetuò mansere *invicti.*	*Les Scythes* sont toujours restés *invincibles.*
Boni sunt modesti.	*Les gens de bien* sont *modestes* (25).

312. Hostes bellicosi. — Per semitas obscuras et pe-

---

(1) Sous-entendu *negotia*. — (2) Demandons. — (3) Se glorifient. — (4) Était. — (5) Se retira de ou quitta. — (6) Abonde. — (7) Il est besoin. — (8) Manquent, n'ont pas. — (9) Se réjouissent ou aiment. — (10) Dorment. — (11) Font éclore. — (12) Brillent. — (13) Était ornée. — (14) Croissent, augmentent. — (15) Tombent, se ruinent. — (16) Est condamné. — (17) J'ai connu, appris. — (18) Né, issu. — (16) Mourut. — (20) L'emportent sur. — (21) Sont vaincus ou surpassés. — (22) Distinguent. — (23) Peut.

(24) Dans cet exemple et dans le suivant, on voit qu'un verbe placé entre le substantif et l'adjectif n'empêche pas l'accord.

(25) L'adjectif *boni* est employé ici substantivement, c'est-à-dire pour le substantif *viri boni* sous-entendu (les gens de bien).

riculosas. — Post mortem præmaturam teneræ matris.
— Ob summam indulgentiam patrum in liberos vitiosos.
— In regione incultâ et montosâ. — Per noctes tene-
brosas autumni et longas dies æstatis. — De Socrate,
philosopho celebri in omni Græciâ. — In incendio urbis, eventu flebili.

513. Divites incolæ urbis magnæ. — Cum amico con-
stanti et fideli. — Propter exiguos progressus discipulo-
rum negligentium. — Corpus hominis est rectum.—Natura est similis bonæ matri. — Fraus est turpis. —
Judicia hominum sunt varia. — Memoria benefactorum
est grata. — Beneficium et injuria contraria sunt. —
Valere (1) malo (2) quàm dives esse (3).

514. Ursi interdùm bipedes ingrediuntur (4). —
Aquilæ semper solæ prædantur (5).—Ne obliviscaris (6)
amicorum miserorum in rebus prosperis. — Honor ha-
bebitur (7) fortibus viris. — Aves fideles revisunt (8)
dulces nidos. — Audaces fortuna juvat (9). — Tres
sunt (10) Gratiæ et novem Musæ. — Primus rex Franco-
rum fuit (11) Pharamundus.

515. Serva (12) animam æquam in rebus arduis. —
Aquilæ feroces non progenerant (13) imbellem colum-
bam. — Debemus (14) præferre (15) honestum utili, et
utile dulci. — Avarus semper eget (16). — Dolor et labor finitima sunt. — Decus et forma fragilia sunt. —
Verum audire (17) volumus (18).

516.—Templum Dianæ Ephesiæ quadringentos pedes
longum, ducentos latum fuit. — Thales, unus ex septem
sapientibus Græciæ, prædixit (19) defectum solis anno
quarto olympiadis quadragesimæ octavæ. — Socrates
mortuus est (20) anno septuagesimo primo ætatis suæ.—
Soni vocis infiniti videntur (21) attamen paucis litterarum
notis terminantur (22).

---

(1) Me bien porter. — (2) J'aime mieux. — (3) Être. — (4) Marchent.—
(5) Chassent.— (6) N'oubliez pas. — (7) Sera rendu. — (8) Revoient — (9) Favorise, aide. — (10) Sont, il y a.— (11) Fut.— (12) Conserve. — (13) N'engendrent pas. — (14) Nous devons. — (15) Préférer. —(16) Manque, est pauvre.
— (17) Entendre. — (18) Nous voulons. — (19) Prédit. — (20) Mourut. —
(21) Paraissent. — (22) Ils sont rendus.

317. Rhetorica serò apud Romanos utilis honestaque apparuit (1). — Perpaucæ gentes ab alieno imperio intactæ manebant (2). — Cato esse (3) quàm videri (4) bonus malebat (5). — Viri cupidi novarum rerum et imperii concitant (6) plebem spe fallaci. — Humiles laborant (7) ubi potentes dissident (8). — Septuaginta interpretes verterunt (9) libros sacros Hebræorum in linguam græcam. — Roma condita est (10) anno septingentesimo quinquagesimo antè Christum natum (11).

RÉGIME DES ADJECTIFS (12).

Avidus *laudum*.	Avide *de louanges*.
Similis *patris* ou *patri*.	Semblable *à son père*.
Aptus *ad militiam*.	Propre *à la guerre*.
Dignus *laude*.	Digne *de louange*.
Cupidus *videndi*.	Désireux *de voir*.
Assuetus *vincendo*.	Habitué *à vaincre*.

318. Somnus morti similis est. — Mens est prædita' motu æterno — Mala vicina sunt bonis — Græci nati erant (13) litteris. — Homines nati sunt ad justitiam. — Cæsar propensus erat (14) ad clementiam. — Deus bono patri similis est. — Proditores odiosi sunt omnibus. — Cretenses erant (13) proclives ad mendacium et ad fraudem.

319. Themistocles fecit (15) Athenienses peritos belli navalis. — Præbe (16) te dignum majoribus tuis. — Silvæ dant (17) ligna utilia navigiis. — Pœna par sit (18) noxæ. — Omni ætati mors est communis. — Socrates erat philosophus ingenio acri et perspicace præditus. — Omnes oderunt (19) immemorem (20) beneficii. — Avida est periculi virtus.

---

(1) Parut. — (2) Restaient. — (3) Etre. — (4) Paraître. — (5) Aimait mieux. — (6) Soulèvent le peuple. — (7) Souffrent. — (8) Sont en guerre. — (9) Traduisirent. — (10) Fut fondée. — (11) Né, ou *avant* la naissance de, etc.
(12) C'est-à-dire *action* ou *influence* de l'adjectif sur ses compléments qu'il gouverne ou *régit* à certains cas.
(13) Étaient. — (14) Était. — (15) Rendit. — (16) Montre. — (17) Fournissent. — (18) Qu'il ou qu'elle soit. — (19) Haïssent, détestent. — (20) Sous-entendu *hominem*.

320. Bestiæ rationis et orationis sunt expertes.—Mens hominis est nescia futurarum rerum. — Ovium genus impatientissimum est frigoris. — Italia plena est Græcorum coloniis. — Catilina alieni (1) avidus et sui prodigus erat. — Inter omnes bestias, simia homini simillima est. — Patriæ solum omnibus carum est. — Noctis tenebræ viatoribus viæ insciis perniciosæ sunt.

321. Est animi generosi memorem esse beneficiorum et immemorem maleficiorum. — Nescia mens hominum est fati. — Gallia frugum hominumque fertilis fuit. — Sæpè homo, quanquàm rationis compos est, iræ impotens esse videtur (2). — Mens conscia sceleris tranquilla esse non potest (3). — Non semper veritatis satis amantes sumus (4). — Germania frugum et vini fertilissima est. — Vir probus, conscientiâ fretus, vera (5) dicere (6) audet (7).

PRÒNOMS
ET ADJECTIFS PRONOMINAUX.

Id nobis erit utile.	*Cela nous* sera utile.
Superbus *se* laudat.	L'orgueilleux *se* loue.
Hoc non agam.	Je ne *le* ferai pas.
Ipsa virtus.	La vertu *même*.
Eadem virtus.	La *même* vertu.

322. Pater amat (8) liberos suos. — Sanguis est pars nostrî. — Quis nostrûm est sinè vitio? — Ignavia ipsa se prodit (9). — Secundùm mores illorum temporum.— Civis est patriæ natus, non sibi. — Lupus et agnus venerant (10) ad eumdem rivum. — Cum iisdem copiis et contrà eamdem gentem.—Ab initio mundi usque ad hoc tempus.

323. Suprà vires unius hominis. — Contrà vos. — In nobis.—Aves fovent (11) pullos suos.— Romani oderunt (12) regem Tarquinium. — Nosce (13) te ipsum. —

---

(1) Sous-entendu *boni.* — (2) Paraît, semble. — (3) Ne peut pas. — (4) Nous sommes. — (5) Sous-entendu *negotia.* — (6) Dire. — (7) Ose. — (8) Aime. — (9) Trahit.— (10) Étaient venus. — (11) Couvent. — (12) Haïrent, eurent de la haine pour. — (13) Connais.

Nos, præceptores, docemus (1); vos, discipuli, discitis (2). — O mi fili! semper mihi pare (3). — De me ipse loquor (4). — Ego me ipse vitupero (5). — Hæc dies dicta est nuptiis.

324. Natura nobis indidit (6) amorem nostrî. — Columbæ credentes (7) se tradunt (8) milvio. — In hac vitâ, nobis opus est (9) multis rebus. — Avarus parat (10) divitias aliis, non sibi. — Memoria rectè facti (11) nos juvat (12). — Virtus pretium suî est. — Nemo sibi displicet (13). — Romani domos suas gloriâ decorabant (14).

325. Beatus ille qui procul negotiis, paterna rura bobus exercet (15) suis. — Cæcus amor suî quemque fallit (16). — Justitia suum (17) cuique tribuit (18). — Ira, ut insania, impotens suî est. — Me impulit (19) tuî caritas. — Ego reges ejeci (20); vos tyrannos introducitis (21). — Aves sibi nidos construunt (22). — Unicuique avi sua vox suusque volatus est. — Virtus propter se colitur (23).

326. Ne feceris (24) alteri quod tibi fieri (25) non vis (26). — Trahit (27) sua quemque voluptas. — Si liberi mei, inquit (28) Phocio, mihi sunt similes, hic idem agellus eos alet (29). — Is egebit (30) qui prodegerit (31) suum. — Melior tutiorque (32) est pax certa quàm sperata (33) victoria. — Senex in meliori (34) conditione est quàm adolescens : hic sperat se diu victurum esse (35), ille diu vixit (36). — Bis vincit (37) qui sibi imperat (38) et se vincit (39) in victoriâ. — Tam mihi mea vita, quàm tibi tua, cara est.

---

(1) Nous enseignons. — (2) Vous apprenez. — (3) Obéis. — (4) Je parle. — (5) Je blâme. — (6) A inspiré. — (7) Confiantes. — (8) Se livrent. — (9) Il est besoin. — (10) Amasse. — (11) Sous-entendu *negotii*, d'une chose bien faite, d'une bonne action. — (12) Nous réjouit, nous fait plaisir. — (13) Déplaît. — (14) Ornaient, décoraient. — (15) Cultive. — (16) Trompe, égare. — (17) Sous-entendu *bonum*. — (18) Accorde, rend. — (19) A poussé, entraîné, déterminé. — (20) J'ai chassé. — (21) Vous introduisez. — (22) Bâtissent, construisent. — (23) Est pratiquée *ou* on pratique, etc. — (24) Ne faites pas. — (25) Être fait. — (26) Vous ne voulez pas. — (27) Entraîne. — (28) Dit. — (29) Nourrira. — (30) Sera pauvre. — (31) Aura dissipé, sous-entendu *bonum*. — (32) Comparatifs de *bonus* et de *tutus* : meilleure et plus sûre. — (33) Espérée *ou* qu'on espère. — (34) Comparatif de *bonus*, meilleure. — (35) Devoir vivre *ou* qu'il vivra. — (36) A vécu. — (37) Se vainc. — (38) Commande. — (39) Il vainc.

EMPLOI DU RELATIF

qui, quæ, quod.

Deus *qui* creavit omnia et *quem* veneramur.	Dieu *qui* a tout créé et *que* nous adorons.
Merces *quâ* dignus es.	La récompense *dont* vous êtes digne.
Qui mentiri solet pejerare consuevit.	*Celui qui* a l'habitude de mentir se parjure aisément.
Quod non dedit fortuna non eripit.	*Ce que* la fortune n'a pas donné, elle ne *l'*enlève pas (ou la fortune n'enlève pas *ce qu'*elle n'a pas donné).

527. Potentia Dei qui creavit (1) mundum est maxima. — Vox columbæ quæ gemit (2) est querula. — Equi quos auriga regit (3) sunt superbi. — Libri quibus utimur (4) sunt utiles. — Quis est immortalis? — Deus est qui omnem hunc mundum regit (3). — Ista regio in quâ habitas (5) mihi peramœna videtur (6). — Qui non laborant (7) non manducent (8).

528. Deum colit (9) qui novit (10). — Lauda (11) quod laudem meretur (12). — Vita quâ fruimur (13) brevis est. — Maxima beneficiorum sunt ea quæ accepimus (14) a parentibus et a magistris. — Omne id quo gaudemus (15) voluptas est. — Admiramur (16) Themistoclem cujus fortitudine Græcia servata est (17). — Tribuete (18) aliis quod justum est. — Libenter homines credunt (19) quæ cupiunt (20).

529. Quæ amicitia potest (21) esse inter ingratos? — Quis clarissimus (22) Carthaginiensium dux fuit? — Quid hominibus plurimùm nocet (23)? — Omnes improbi sunt servi; an ille liber est cui libidines imperant (24)? — Philosophi quærunt (25) quod sit (26) ira. — Id tantùm sci-

---

(1) A créé. — (2) Gémit. — (3) Dirige, gouverne. — (4) Nous nous servons. — (5) Tu habites. — (6) Paraît. — (7) Travaillent. — (8) Qu'ils ne mangent point. — (9) Honore. — (10) Connaît. — (11) Loue. — (12) Mérite. — (13) Nous jouissons. — (14) Nous avons reçu. — (15) Nous nous réjouissons. — (16) Nous admirons. — (17) Fut sauvée. — (18) Accordez. — (19) Croient. — (20) Ils désirent. — (21) Peut. — (22) Le plus illustre. — (23) Est nuisible. — (24) Commandent. — (25) Recherchent. — (26) Est.

mus (1) quod memoriâ tenemus (2). — Geminat delictum quem illius non pudet (3).

350. Verbum quod semel emissum est (4), revocari (5) non potest (6). — Benè olet (7) qui nihil olet. — Mors æquabit (8) quos pecunia separaverit (9). — Nobilis est quem sua virtus nobilitat (10). — Infelices sunt ii qui omnia sibi licere (11) existimant (12). — Irasci (13) iis nefas est (14) quos amare (15) et quibus prodesse (16) debemus (17).

351. Homines non requirunt (18) rationes earum rerum quas semper vident (19). — Quid interest (20) inter parjurum et mendacem? — Quomodò id quod fit (21) cæco casu prædici (22) potest (23)? — Romulus urbem quam condiderat (24) ex nomine suo Romam vocavit (25). — Athenienses oraculum consuluerunt (26) quem eligerent (27) ducem. — Superstitio est animi morbus, quâ qui est imbutus (28), quietus esse nunquam potest (29). — Is qui nolus est (30) turpi fraude omnium amittit (31) fidem. — Vide (32) cui fidas (33) cuique (34) futurus sis (35) amicus.

PRÉPOSITIONS.

Ad portas urbis.	*Aux* portes de la ville.
Inter cœnam.	*Pendant* le souper.
Mori pro patriâ.	*Mourir pour* la patrie.
In templo sedere.	Être assis *dans* le temple.
In templum intrare.	Entrer *dans* le temple.

352. Sinè causâ. — Coràm hospite. — Propter stultitiam. — Infra lunam et stellas. — A pueritiâ. — Ab

<hr>

(1) Nous savons. — (2) Nous gardons. — (3) N'a pas honte. — (4) A été prononcé. — (5) Etre rappelé, retiré. — (6) Ne peut pas. — (7) Sent (a de l'odeur). — (8) Egalisera. — (9) Aura distingué. — (10) Ennoblit. — (11) Etre permis. — (12) Pensent. — (13) S'irriter contre. — (14) Il n'est pas permis, c'est un crime. — (15) Aimer. — (16) Etre utiles. — (17) Nous devons. — (18) Ne recherchent pas. — (19) Voient. — (20) Quelle différence y a-t-il? — (21) Arrive. — (22) Etre prédit. — (23) Peut. — (24) Il avait fondé. — (25) Appela. — (26) Consultèrent. — (27) Ils choisiraient. — (28) Est atteint. — (29) Peut. — (30) S'est fait connaître. — (31) Perd. — (32) Considère. — (33) Tu te fies. — (34) Pour *et cui*. — (35) Tu seras, tu veux être.

Italià. — Usque ad Græciam. — Præ oculis. — Supra terram. — Ante cœnam. — Italiam versùs. — Usque ad adolescentiam. — Per autumnum. — Palàm populo. — Coràm magistro et discipulis. — Sinè periculo. — Secundùm Platonem. — Inter flores. — Ob corruptionem et malitiam hominum.

333. Deus tecum est. — Secùs ripam. — Vir generosus erga miseros. — Natura omnia genuit (1) ad usum hominum. — Antè obitum, nemo potest (2) dici (3) beatus. — Galli habitabant (4) cis Rhenum, et Germani trans Rhenum. — Carthago fuit contrà Italiam. — Luna accipit (5) lucem a sole.—Libenter venimus (6) ad amicum. — Unus ex civibus. — In spem victoriæ.

334. Prope urbem castra sunt. — Cœnas (7) hodie mecum. — Dimicare (8) pro legibus, pro libertate, pro patrià. — Sita est (9) urbs super amnem. — Illius ergo venimus (10). — Pro se quisque certat (11). — Sub Augusto. — Mittere (12) sub jugum. — Dividere (13) in provincias. — In exspectatione mortis. — Ranæ in paludibus habitant (14). — Pleræque aves in arboribus nidulantur (15).

335. Quum pluit (16) viator confugit sub tectum. — Romani subter togam manus condebant (17). — Canes ad venationem sunt necessarii. — Nautæ antiqui juxta littus maris navigare (18) solebant (19).—Captivi manus post tergum vinciuntur (20).— Secundùm leges improbi puniuntur (21). — Penes Deum est imperium mundi.— Post mortem sepelimur (22).

336. Pisces extrà aquam exspirant (23). — Sidera, ab ortu solis ad occasum commeant (24). — Sapiens omnia secum portat (25).—Hostes nobiscum acriter pugnant (26). — Acus magneticus semper tendit (27) septentrionem

---

(1) A Produit.— (2) Peut. — (3) Être appelé. — (4) Habitaient. — (5) Reçoit. — (6) Nous venons. — (7) Vous soupez. — (8) Combattre. — (9) Est située. — (10) Nous sommes venus. — (11) Combat. — (12) Envoyer, faire passer. — (13) Diviser.—(14) Habitent. — (15) Font leur nid.—(16) Il pleut. — (17) Cachaient. — (18) Naviguer. — (19) Avaient coutume. — (20) Sont liées. — (21) Sont punis. — (22) Nous sommes ensevelis.—(23) Meurent. — (24) Vont, font leur révolution. — (25) Porte. — (26) Combattent. — (27) Se dirige.

versùs. — Quid leges (1) sinè moribus ? — Præ lacrymis homines interdiu non possunt (2) loqui (3).

337. Vulpes sub terrâ sibi cavernas parat (4). — Apud Græcos, omnes artes colebantur (5). — Homines vestimentis se tutantur (6) adversùs vim frigoris. — Terra quotannis circum solem movetur (7). — Cicero tres libros de officiis scripsit (8). — Turpe est cum eo bellum gerere (9) quocum familiariter vixeris (10). — Suprà lunam ceteræ sunt stellæ. — Servi parent (11) propter metum, boni propter officium. — Navigatio juxtà littus est periculosa.

VERBES.

VERBE *SUM* ET SES COMPOSÉS.

Deus *est* sanctus.	Dieu *est* saint.
Aderat huic spectaculo.	Il *assistait* à ce spectacle.
Abest ab urbe.	Il *est absent* de la ville.

338. Aderatis. — Adfuturus. — Adfueramus. — Adesto. — Adestis. — Adesset. — Præero. — Quamvis (12) adsimus. — Præfore. — Præfuisset. — Obest. — Obesset. — Obfore. — Proderis. — Profuisset. — Deus est ubique. — Semper Deus fuit, erit ubique. — Virtutes prosunt, prosint, proderunt. — Consul aberat a castris. — Puer, esto diligens ut sis beatus! — Pueri, estote diligentes ut sitis beati! — Pueri ingenui sunt, erunt, fuerant, fuerint diligentes et dociles.

339. Inertia animis semper obfuit, industria profuit. — Heri, abfuistis, hodie adestis, cras aberitis. — Nisus erat custos portæ. — Deus, esto mihi propitius. — Diligentia potest, potuit, poterit (13) prodesse adolescentibus. — Bellum poterat, potuerit, posset obesse agricolis. — Id prodest quod satis est, obest supervacuum. — Optarem (14) ut pater mihi superesset. — Prodesto etiam ini-

---

(1) Sous-entendu *prosunt*, à quoi servent, etc. — (2) Ne peuvent pas. — (3) Parler. — (4) Dispose, creuse. — (5) Etaient cultivés. — (6) Se défendent. — (7) Tourne. — (8) A composé. — (9) Faire. — (10) Vous avez vécu. — (11) Obéissent. — (12) Quoique. — (13) Du verbe *possum, potes, potui, posse,* pouvoir. — (14) Je souhaiterais.

micis. — Populo præsunt magistratus, et magistratibus leges. — Eloquentia siuè sapientiâ obest plerùmque, nunquàm prodest.

VERBES ACTIFS.

Amo Deum.   J'aime Dieu.

340. Creas.— Creabas.— Creabis.— Creabo.—Creaverim. — Creaverit. — Creavisset. — Laudent. — Laudaret.— Laudavimus.—Narravisse.—Narraturum esse. — Narrandi. — Vocaret. — Vocavisset. — Orate. — Oremus. — Rogabit. — Roget. — Dabant. —Dedissent. — Dedisse. — Daturus. — Flebimus. — Docebat. —Doceremus. — Docuissemus. — Docete. — Terruerit. — Terruerat.— Terrebant. — Rumpo.— Rumpam — Rupero. — Impingit. — Impegistis.

341. Vicerit. — Vicisset. — Vicerimus. — Vinces.— Vincite. — Vincamus. — Cadebat. — Ceciderat. — Cecidisset. — Leniverunt. — Lenient. — Lenite. — Leniebat. — Rana inflavit pellem rugosam. — OEconomia auget opes. — Nilus irrigat Ægyptum. — Præbe dextram misero. — Vir fortis militat, militabit. — Magister docet, docuit, docuerit, docuisset. — Placebimus, placeamus, placuerimus, placuissemus Deo.

342. Tonitru terrebit, terruerit, terreret malos. — Animus movet, movebat, movebit corpus. — Impingetis lapides. — Ruperunt vincula. — Impegissent lapides. — Vicissent hostes. — Pastor ducit oves. — Cuniculi fodiunt, foderunt terram. — Tempus lenit, leniet, leniret, lenivisset dolores. — Fames condit, condiet, condiret cibos. — Janitor aperuit portam. — Cameli diu sitim tolerant. — Crocodilus ova ponit. — Amamus eum qui nos amat. — Opus opificem probat. — Noemus vitem plantavit. — Vulpes pilum, non mores mutat. — Timidus vocat se cautum, parcum sordidus.

VERBES PASSIFS.

Amor a Deo.	Je *suis aimé* de Dieu.
Mœrore *conficior*.	Je *suis accablé* de chagrin.
Hæc sententia neque nobis neque illi *probatur*.	Ce sentiment n'*est approuvé* ni de lui ni de nous.

543. Crearis. — Creabantur.— Crearer. — Creari.— Creatus fuisset. — Creatum iri. — Narrati sunt. — Parati sunt. — Doceretur. — Impletus essem. — Territi sunt. — Moveatur. — Implere. — Terrebar. — Docebamur. — Agitur. — Rumperetur. — Ruptus eris. — Empti erant. — Dicebatur. — Fracti sint. — Ducantur. — Vincetur. — Victi sunt. — Missus erit. — Erudior. — Aperiebaris. — Condietur. — Vincemini. — Lenirentur. — Hausti essent. — Hauriebar.— Nutritus eras. — Munientur.

544. Haurirentur. — Raperentur. — Mundus creatus est a Deo. — Creor, creamini, creati sumus a Deo. — Homines creati sunt, mulieres creatæ sunt, animalia creata sunt a Deo.— Fabulæ narrarentur.— Miles fortis non terretur, non terrebitur, non terreretur ab hostibus. — Milites non territi sunt, non territi essent ab hostibus. — Divitiæ augentur, augebantur, auctæ sunt, augerentur labore. — Aves territæ sunt sonitu.

545. Virgo fortis! non terreris, non territa es, non terrereris ab hostibus. — Hostes victi sunt a militibus nostris. — Oves ductæ sunt a pastore. — Dolor lenitur tempore. — Dolores lenientur tempore. — Janua aperitur a janitore. — Mortui sepeliuntur a sacerdotibus.— Oppida muniuntur. — Præmia accipientur a discipulis. — Arbores moventur vento; homines moventur cupiditatibus.

546. Dona recusata sunt ab integro judice. — Bellum suscipitur, suscipiebatur, suscipietur.— Apud Romanos, mortui cremebantur. — Cibi fame condiuntur. — Pauca probantur omnibus. — Urbes muniuntur, ne expugnentur ab hostibus.— Aureus vitulus a plerisque hominum adoratur. — Veritate amicitia, fide societas, pietate religio alitur. — Athenienses liberati sunt bello virtute regis Codri. — Uni bono viro probari malo, quàm multis improbis. — Metus hostium rectè dicitur, et quum timent hostes, et quum timentur.

VERBES NEUTRES.

Studeo grammaticæ.	J'*étudie* la grammaire.
Satisfecit præceptori.	Il *a contenté* le maître.

547. Stabant.— Steterunt. — Veneram. — Venite.— Venirent. — Sedissem. — Viximus. — Vixissemus. — Nocuisse. — Nocendi. — Nocuisset. — Puer ægrotat.— Ægrotus cubat, cubuit, cubuerat in lecto. — Cupiditates nocent, nocuerunt, nocuissent hominibus. — Virtutes placent, placebunt Deo. — Favete virtuti. — Hostis cedit, cedet, cesserit. — Boni cives obediunt legibus, obediverunt, obedivissent. — Tempora venerunt, venient, venerint. — Aves canunt, cecinerunt, canent.

548. Pastores sedent in pratis. — Sobrietas occurrit morbis. — Succurre paupertati amicorum. — Deus rebus humanis consulit. — Vir sapiens nemini invidet. — Qui favet improbis probis nocet. — Malè consulit rebus suis qui inservit ambitioni. — Nulla est justa causa nocendi patriæ. — Boni cives debent obedire legibus et reipublicæ servire. — Pastor sedet sub altâ rupe.

549. Nemini crede qui mendax est. — Vir prudens parcet valetudini. — Omnes homines libertati student.— Difficillimum est satisfacere opinioni omnium. — Aves nonnullæ altissimè volant. — Omnes ii qui divinis et humanis legibus parent, secundùm naturam vivunt. — Qui injustam dominationem appetit, neque pecuniæ, neque vitæ civium parcit. — Bonus rex magis reipublicæ consulit quàm suæ gloriæ, omnibusque civibus æquè prospicit. — Prospicite patriæ, consulite amicis, parcite hostibus. — Luscinia candida sex sestertiis Romæ venit.

VERBES DÉPONENTS.

Misereor hujus hominis.	J'*ai pitié* de cet homme.
Blandiri potentibus.	*Flatter* les grands.
Imitor patrem.	J'*imite* mon père.
Utor lacte.	Je *fais usage* de lait.

550. Arbitror. — Comitatus es. — Hortabitur. — Adulemur. — Fateremini. — Confessi essent. — Medebaris. — Meritus erat. — Adepti erimus. — Fruamur. — Lapsi sunt. — Locutus esset. — Aggredior. — Mortui sunt. — Canes comitantur pastores. — Miserere pauperum. — Imitamini bona exempla. — Veneramini Deum, parentes et magistros.

551. — Medicus medetur morbo. — Dux hortabitur milites. — Canis adulatur hero. — Vites amplectuntur ulmos. — Vir ingratus obliviscitur, obliviscetur, oblitus erit beneficiorum. — Homo temperans fruitur, fruetur, frueretur bonâ valetudine. — Infans blanditur, blandiebatur, blanditus est, blandietur, blandiretur teneræ matri. — Infans! blandire teneræ matri.

552. Miles fortiter pugnans facilè potietur, potiretur victoriâ. — Ciconiæ nidulantur in domibus rusticorum. — Multæ bestiæ aliis vescuntur. — Sequamur naturam. — Vir bonus amicos tuebitur, non irascetur eis. — Sturni et psittaci humanam vocem imitantur. — Populi quidam vescuntur locustis. — Multa polliceris, nihil exsequeris.

553. Sapiens fruitur bonis præsentibus. — Sæpè voluptatem mœror sequitur. — Canis adulatur hero; furibus minatur. — Puer ingenuus semper fatetur, fatebitur verum. — Vitis quæ amplectitur, amplexa est, amplectetur, amplexa erit ulmum altè surget. — Puer qui amplectitur, amplectetur studium, adipiscetur, adeptus erit scientiam. — Quum sumus suscepturi laborem, experiamur vires nostras.

554. Animosus miles impavido animo progreditur et libenter moritur pro patriâ. — Filii adepti sunt quod pater eis partitus erat. — Optimam adipisceris gloriam si honesta conatus eris. — Sagacitate canum ad utilitatem nostram utimur. — Si malos homines defendimus, non ipsis, sed eorum sceleribus patrocinamur. — Tempus luctui et tristitiæ optimè medetur.

EMPLOI DES MODES DU VERBE.

Indicatif.

Deus *creavit* mundum et *conser-vat*.	Dieu *a créé* le monde et le *conserve*.

555. Viri fortes pugnant, pugnaverunt.— Virtus prodest, profuerit, proderit hominibus. — Tonitru terruit malos. — Tempus delet, delebit colores. — Hostes cesserunt. — Coqui condient cibos. — Tempus leniverit dolorem.— Egregia facinora laudabuntur ab omnibus.— Aves facilè terrentur sonitu. — Fortis miles non terrebitur ab hostibus.— Faciam ut mones.— Ægroti cubant in lectis. — Animi movent corpora.

556. Qui facit bonum accipiet mercedem. — Fundamenta ædificii ponuntur, posita sunt ab architecto. — Magni labores suscipiuntur a fortibus viris. — Vir bonus precatur Deum et servat leges. — Virtus semper laudem merebitur. — Ægyptii canem et felem ut deos colebant. — David impegit lapidem et rupit frontem Goliatho. — Non eodem semper loco sol oritur et occidit. — Nihil semper suo statu manet. — Germani equites sæpè ex equis desiliebant, ac pedibus prœliabantur.

Impératif.

Ama Deum.	*Aime* Dieu.
Parce victis.	*Épargne* les vaincus.

557. Affabilis esto. — Fer auxilium miseris.— Virtus, prodesto hominibus!—Viri fortes, pugnate!—Vir bone, adjuva rempublicam. — Sta, viator! — Reges, favete virtuti. — Pastores, ducite oves. — Boni cives, obedite legibus.— Janitor, aperi portam.— Monstra, domamini. — Adolescentes, docemini a magistris.

358. Festina lentè. — Sapere aude. — Pueri, parete majoribus. — Cogita Deum quotidie. — Deum cole, parentes ama, magistrum metue, rem tuam custodi, familiam cura. — Malorum principiis obsta. — Esto ad iram tardus, ad misericordiam pronus. — Ignavi hostes, vincimini a militibus nostris. — Vir bone, precare Deum et leges serva.

359. — Meremini semper existimationem bonorum. — Semper loquere verum. — Dimicate pro legibus, pro libertate, pro patriâ. — Bonos ama et sequere. — Nimiùm ne crede colori.—Salus populi, suprema lex esto! — Ager fodiatur ab agricolâ diligenti. — Te ipsum reverere, et coràm aliis nunquàm erubesces. — In re novâ et mirabili causam exquire ; si nullam reperis, id saltem pro certo habeas, nihil sinè causâ fieri posse.

Subjonctif.

Hoc omen *avertat* Jupiter!	*Que* Jupiter *détourne* ce présage !
Memoria augetur si eam *exerceas.*	La mémoire se fortifie *si* vous *l'exercez.*
Natura poscit ut quieti et somno aliquantùm *demus.*	La nature demande *que nous donnions* quelque temps au repos et au sommeil.

360. Monstra domentur. — Dominus laudetur. — Ut hostes vincantur. — Virtus profuisset hominibus.— Viri fortes pugnavissent. — Ægrotus cubaret, cubuisset. — Tonitru terreat malos.— Reges faveant virtuti.— Quamvìs tempus deleat colores. — Pastores ducerent, duxerint oves. — Fames condiat cibos.— Quamvìs aperta sit janua. — Ut oppida muniantur. — Appetitus rationi pareant. — Quamvìs tempus leniat, leniverit dolorem.

361. Deus vos exaudiat et protegat ! — Quamvìs colores deleantur annis. — Ut hostes terreantur a militibus nostris. — Ut præmia accipiantur a discipulis impigris. — Existimationem bonorum meritus fuisses. — Si reges romani bene imperavissent, populus non illos fugavisset. —Nemo credat homini mendaci. — Cedant arma togæ. — Quamvìs tempus leniat, leniverit dolorem. — Quum fundamenta ponerentur ab architecto. — Quum oppida munirentur. — Vobis suadeo ut Deum precemini, et servetis leges.—Suum quisque noscat ingenium.

Infinitif.

EMPLOI DES TEMPS DE L'INFINITIF.

Pulchrum est *vincere.*	Il est beau de *vaincre.*
Amat *ludere.*	Il aime à *jouer.*

Infinitif actif.

Credo illum *legere* epistolam.	Je crois qu'*il lit* la lettre. (Je crois *lui lire.*)
Credo illum *legisse* epistolam.	Je crois qu'*il a lu* la lettre. (Je crois *lui avoir lu.*)
Credo illum *lecturum esse* epistolam.	Je crois qu'*il lira* la lettre. (Je crois *lui devoir lire.*)
Credo illum *lecturum fuisse* epistolam.	Je crois qu'*il aura lu* la lettre. (Je crois *lui avoir dû lire.*)

Infinitif passif.

Credo epistolam *legi.*	Je crois que la lettre *est lue.* (Je crois la lettre *être lue.*)
Credo epistolam lectam *esse* ou *fuisse.*	Je crois que la lettre *a été lue.* (Je crois la lettre *avoir été lue.*)
Credo epistolam lectum *iri* ou legendam *esse.*	Je crois que la lettre *sera lue.* (Je crois la lettre *devoir être lue.*)
Credo epistolam legendam *fuisse.*	Je crois que la lettre *aura été lue.* (Je crois la lettre *avoir dû être lue.*)

562. Dico viros fortes pugnare, pugnavisse, pugnaturos esse. — Credo ægrotum cubare, cubuisse, cubiturum esse, cubiturum fuisse.— Credo virtutem prodesse, profuisse, profuturam esse hominibus. — Censeo divitias augeri, auctas esse, auctum iri, augendas fuisse labore. — Dico virtutem mereri, meritam esse, merituram esse laudes hominum. — Socrates arbitrabatur se esse civem totius mundi. —Credo animum movere, movisse corpus. — Credo cupiditates nocituras esse hominibus.

563. Legimus Davidem impegisse lapidem Goliatho. — Credo tempus lenire, lenivisse, leniturum esse dolores. — Dico virum creatum fuisse, mulierem creatam fuisse, et animantia creata fuisse a Deo. — Spero hostes a no-tris victum iri. — Dico illos victos fuisse, vincendos esse. —Credo virum bonum precaturum esse, precatum esse Deum. — Cæsar Rhenum transire constituit. — Meritò dicitur cæcam esse fortunam. — Malè vivunt ii qui se semper victuros esse putant. — Sperant miseri fore ut melior dies affulgeat.

PARTICIPES.

Gallus escam *quærens*.	Un coq *cherchant* de la nourriture.
Cicero orationem *habiturus*.	Cicéron *devant prononcer* un discours (ou *allant prononcer*).
Puer *interrogatus* respondit.	L'enfant *interrogé* répondit.
Puer *interrogandus* timebat.	L'enfant *devant être interrogé* craignait (ou *allant être interrogé*).
Colenda est virtus.	La vertu *doit être pratiquée* (ou on *doit pratiquer* la vertu (1).

364. Sol oriens et occidens efficit diem et noctem. — Virtus profutura. — Vidi ægrotum cubantem. — Magistri docentes. — Tonitrua territura. — Virtus placens Deo. — Audivi fistulam pastoris ducentis oves. — Coqui condientes cibos. —Tempus leniturum dolores. — Aves territæ. — Divitiæ augendæ. — Bello quæsita regna. — Oppida sunt munienda. — Precatus Deum surrexit. — Amplexus patrem profectus est. — Non negligenda est fama. — Virtus anteponenda est divitiis.

565. Inimicitiæ occultæ timendæ sunt. — Potio frigida perniciosa est sudanti. — Rex Pyrrhus, a consule Papyrio devictus, expulsus est Italiâ. — Jacet corpus dormientis ut mortui. — Garrulus tacere nequit sibi commissa. —Amissum tempus nemo reparare potest.— Superandæ sunt cupidines. — Despiciendi sunt proditores. — Medici medentes morbis prosunt generi humano. — Hostes impudenter aggressus, victus est. —

(1) Voir plus loin (Emploi du cas des verbes, p. 228) des exemples particuliers de l'emploi des participes en *dus, da, dum*.

Multi cupidiores (1) sunt emendorum librorum quàm legendorum.

366. Boves oneribus gestandis idonei sunt.— Gramen nutriendis pecoribus nascitur. — Libri inserviunt eruditioni acquirendæ. — Cautio adhibenda est in eligendis amicis. — Nihil agendum est sinè ratione. — Vivendum est tanquàm in conspectu omnium viveremus. — Laboranti nullum tempus longum est. — Fortitudo est virtus pro æquitate propugnans. — Cyrus potestatem Judæis fecit templi instaurandi.—Deus nobis jus dedit pecudum comedendarum. — Ad tuendam sanitatem multùm confert munditia. — Societas humana ad vitam securè et commodè agendam necessaria est.

Gérondifs et supins.

Tempus *legendi*.	Le temps *de lire*.
Eo *lusum*.	Je vais *jouer*.
Mirabile *dictu*.	Admirable *à dire* (*à être dit*).

367. Hora cubandi.— Cubando. — Voluptas venandi. — Eo cubitum. —Cupido pugnandi. — Placendo hominibus. — Fodiendo terram. — Ad fodiendum. — Ad leniendum dolorem. — Condiendo cibos. — Cupido beatè vivendi. — Scientia difficilis quæsitu. — Puer ingenuus non omittit occasionem precandi Deum. — Gallinæ cum sole eunt cubitum. — Galli erant alacres ad bellandum.

368. Homines nihil agendo, discunt malè agere. — Alemus mentem nostram discendo et cogitando. — Dimicandi occasio datur. — Multi veniunt salutatum amicos; pauci autem adjutum eos. — Græci olim in rebus arduis mittebant consultum oraculum Delphorum. — Lacedæmonii miserunt Agesilaum bellatum in Asià. — Pleraque faciliora sunt dictu quàm factu. — Fuge quidquid est turpe dictu.

369. Pœni revocaverunt Annibalem patriam defensum. — Hoc potitus est mentiendo. — Galli legatos ad Cæsa-

(1) Plus désireux.

rem miserunt rogatum auxilium. — Bucephalus, equus
Alexandri, non fuit facilis domitu. — Spectatum ludos
veniunt. — Fabricando fit faber. — Stultitia est venatum
ducere invitos (1) canes. — Quod optimum factu videbi-
tur facies. — Libertatis restitutæ dulce auditu nomen
est. — Romani cum Jugurthâ rege bellum gesserunt,
fœdum inceptu, grave et asperum exitu.

EMPLOI DES CAS DU VERBE.

Remarque. Le verbe est souvent considéré comme un *nom*
représentant l'*action*. L'*infinitif* et les *gérondifs* sont alors employés comme de véritables cas.

Nominatif.

Turpe est *mentiri*.	Il est honteux *de mentir*. (Le *men-tir* est honteux.)
Mihi *legendum* est.	Je dois *lire*, (mot à mot *l'obligation de lire* est à moi).

Génitif.

Tempus *legendi*.	Le temps *de lire*, (ou *du lire*).

Datif.

Assuetus *vincendo*.	Habitué *à vaincre*.

Accusatif.

Amat *ludere*.	Il aime à *jouer*, (il aime *le jouer*).
Te hortor ad *legendum*.	Je vous exhorte *à lire*.

Ablatif.

Redeo *a venando*.	Je reviens *de chasser*, (de l'action de chasser).

Les *gérondifs* suivis de compléments sont souvent remplacés par le
participe futur passif en *dus, da, dum*, qui s'accorde avec le nom.

Tempus *legendi* historiam, ou *legendæ* historiæ.	Le temps *de lire* l'histoire, ou de l'histoire *devant être lue*).
Assuetus *tolerando* laborem, ou *tolerando* labori.	Accoutumé *à supporter* le travail, (ou au travail *devant être supporté*).

---

(1) *Invitos canes*, les chiens opposés, c'est-à-dire malgré eux.

Te hortor ad *legendum* historiam, ou ad *legendam* historiam.	Je vous exhorte *à lire* l'histoire, (ou à l'histoire *devant être lue*).
Consumit tempus *legendo* historiam, *ou* in *legendá* historiá.	Il passe son temps *à lire* l'histoire, (ou dans l'histoire *devant être lue*).

370. Non possumus mutare præterita. — Juvenilis ætas est tempus discendi. — Charta bibula parùm ido-nea est scribendo. — Pennæ datæ sunt avibus ad volan-dum. — Cato malebat (1) esse bonum quàm videri. — Consuetudo docet ferre laborem. — Lex universa jubet nasci et mori.—Homines sunt cupidi videndi et audiendi nova. — Gramen utile est nutriendo pecora (*ou* pecori-bus nutriendis). — Libri inserviunt acquirendo erudi-tionem (*ou* acquirendæ eruditioni).

371. Irasci minimè decet. — Peccare nemini licet. — Illecebras voluptatis vitare debemus. — Pauci sunt ido-nei ad imperandum aliis. — Aqua utilis est bibendo. — Assuesce dicere verum et audire. — Nequimus intueri solem adversum. — Opes aude contemnere. — Quàm jucundum est dare parentibus causas lætandi! — Equus aptior (2) est vecturæ, asinus ferendo. — Mens hominis alitur discendo et cogitando. — Fuge socios qui te abdu-cunt a colendo virtutem.

372. Facultas cogitandi mens dicitur. — Arripienda est omnis occasio colendæ virtutis. — Nimia festinatio inter agendum funesta est. — Vitii fœditas deterret a peccando. — Ratio agendi Reguli digna fuit admiratione Romanorum. — Aluntur equi et canes ad venandum.— Inter bibendum Alexander interdiu oculos in vultum medici conjiciebat. — Legendi semper occasio est, au-diendi non semper. — Persæ omnes æquitandi erant peritissimi (3). — Natura ranis apta natando crura dedit.

373. Homo ad duas res, ad intelligendum et ad agen-dum natus est. — Nihil deterrebit virum bonum a bene agendo.—Maximam ex discendo capimus voluptatem.—

(1) Aimait mieux. — (2) Plus propre. — (3) Très-habiles.

Etiam post malam messem serendum est. — Senibus
quoquè discendum est. — Olim calamus adhibeba-
tur scribendo, hodie pennæ anserum, vel metallicæ.
— Culex habet telum et fodiendo et sorbendo ido-
neum. — Non omnes ad discendum æqualiter propensi
sumus.

374. Contentum esse suis rebus magnæ sunt divitiæ.
— Non omnis debitor par est solvendo. — Si pluvia ge-
lascit inter decidendum, fit grando. — Qui excedit modum in edendo et bibendo sibi contrahit morbum. — In
discendo oportet ordiri a facillimis (rebus). — Discrepat a
timendo confidere. — Virtutes cernuntur in agendo. —
Bos generatus est arandi causâ, canis venandi et custo-
diendi. — Mores puerorum se inter ludendum detegunt.
— Aves quædam ad imitandum humanæ vocis sonum
dociles sunt. — Bona, carendo sæpè magis intelliguntur
quàm fruendo.

CONJONCTIONS.

Ego *et* pater, fratres*que* mei.	Mon père, mes frères *et* moi.
Cupio *ut* legas.	Je désire *que* tu lises.
Quamvis legeret.	*Quoiqu'*il lût.

375. Luna aut crescit aut decrescit. — Tempus est vel
præteritum, vel præsens, vel futurum. — Sæpè bella
suscipiuntur ut in pace tranquilli vivamus. — Festina;
exspectabo donec redeas. — Quum cœlum contempla-
mur, Dei magnitudinem admiramur. — Ubi dies illuxit,
profectus sum. — Dum hæc gererentur, hostium copiæ
conveniunt. — Lacedæmoniorum gens fortis fuit, quòd
Lycurgi leges vigebant.

376. Anseres et volare et natare possunt. — Sinè
aquâ nec arbores, nec herbæ crescunt. — Romani multa
gesserunt bella terrâ marique. — Apud nos modò dies,
modò noctes longiores (1) sunt. — Omnis ignis extingui-
tur, nisi alitur. — Ager, quum multos annos quievit,

----

(1) Plus longs.

uberiores (1) fructus efferre solet. — Sapiens non ejula-
bit quum doloribus torquebitur. — Multi cives romani
non in urbe, sed in prædiis suis, vivebant. — Honora
patrem et matrem.

377. Mollis educatio omnes nervos et corporis et
animi frangit. — Quædam terræ partes incultæ sunt,
quòd aut frigore rigent, aut uruntur calore. — Si quis
semel mentitus fuerit, postea nullam fidem inveniet. —
Quanquàm omnis virtus nos allicit, justitia tamen et liberalitas id faciunt potissimùm. — Quum sit in hominibus ratio et prudentia, Deus hæc sinè dubio majora etiam
habet.

378. Quum milites de hostium adventu edoceren-
tur, continuò summo pugnandi ardore flagraverunt.
— Quum philosophia animis medeatur, totos nos
penitùsque ei tradere debemus. — Si discitis historiam populorum clariorum (2), ut Græci, vel Romani, ad id imprimis animum advertere debetis, quæ
fuerit vita et qui mores, et cultus eorum. Si id non
facitis, nescietis quales fuerint isti populi, etiamsi
magnum numerum rerum et nominum illustrium te-
neatis.

ADVERBES.

Prudenter agit.	Il agit *prudemment.*
Cras veniet.	Il viendra *demain.*
Verè magnus.	*Vraiment* grand.

379. Orare Deum debemus mane et vespere et interdiu. — Vox lusciniæ suaviter sonat. — Festina lentè.—
Qui libenter discit, facilè discit.—Omnes moriemur, alii
citiùs (3), alii seriùs (4). — Avarus semper eget. — Quan-
tùm voluptatis affert liberalitas ! — Meritò admiramur
sapientiam Dei. — Si tibi satìs est, nihil ampliùs opta.—
Romani quidem facti sunt celeberrimi, sed etiam duriter

---

(1) Plus abondants. — (2) Plus célèbres. — (3) Plus tôt. — (4) Plus tard.

vivebant, alacriter ibant ad pugnam et pro patriâ fortiter cadebant.

580. Puer qui parentes colet diutissimè (1) vivet in terrâ. — Hunc libenter audiemus qui bene dicet. — Qui multa cupidè appetit stultè agit. — Cavete, homines, a peccatis. — Misera mors verè sapienti non potest accidere. — Plus argenti est in naturâ rerum quàm auri. — Aliter psittaccus, aliter homo loquitur. — Omnes qui de patriâ bene meriti erant, splendidè remunerabantur. — Malè parta malè dilabuntur. — Assiduè cogitemus de nostrâ mortalitate. — Qui hodie seminat, cras colliget.

INTERJECTIONS.

Væ victis!	*Malheur* aux vaincus!
Macte animo, generose puer!	*Courage!* généreux enfant!

581. Unitam possim! — Væ malis! — Hei mihi! — Ecce litteræ. — Væ ingrato filio! — Heu me miserum! — Utinàm domum meam veris amicis impleam! — Utinàm filius tuus diligentiùs ad litteras incubuisset! — Utinàm homines vera inveniant nec erroribus decipiantur! — Proh dii immortales! — O fortunatos nimium agricolas! — En illa quam sæpè optastis libertas! — Heus tu, labora! nihil loci (2) est segnitiæ.

SUPPLÉMENT AUX NOMS.

NOMS IRRÉGULIERS.

582. Fili mi, cole Deum et parentes. — Parthi utebantur solerter arcubus. — Græci ceperunt Ilion, urbem Asiæ. — Discipuli Pythagoræ abstinebant carne et fabâ. — Vis vim expellit. — Febrem quiete mitigamus. — Apes petunt sinapim. — Calcari incitamus equos. — Clavi

---

(1) Très-longtemps. — (2) Pour *nullus locus.*

porta clauditur. — Igne coquimus cibos. — In puppi sedet gubernator. — Qui erudit juventutem plurimùm prodest reipublicæ. — Orator studium grammaticæ studio rhetoricæ jungere debet. — Diis et deabus prisci immolabant.

383. Romani fascibus et securi utebantur. — Ad vim confugiunt tyranni; vi regnant. — Achilles interfecit Hectora, filium Priami. — Apollo colebat Delon insulam, Juno Samon, Jupiter Creten. — Dii mutaverunt Procnen in hirundinem et Philomelen in lusciniam. — O Virgili, dic nobis Eurydicis et Orpheos flebiles casus! — Nauta, navem prudenter rege; puppim ventis et proram undis præbe. — Irasci patriæ summum nefas est. — Ex altâ turri vigiles prospectant. — Rarò utere jurejurando.

———

SUPPLÉMENT AUX ADJECTIFS.

COMPARATIFS ET SUPERLATIFS.

Virtus est *pretiosior* auro, *ou* quàm aurum.	La vertu est *plus précieuse* que l'or.
Altissima arborum, *ou* ex arboribus, *ou* inter arbores.	Le *plus haut* des arbres.

384. Cum homine doloso, dolosiore, dolosissimo, — Vitium turpe, turpius, turpissimum. — In pœnam adolescentis pigri, pigrioris, pigerrimi. — Sinè cogitatione utilissimâ mortis. — Dotes eximiæ, magis eximiæ, maximè eximiæ. — Æstate noctes breviores sunt quàm hieme. — Quis famulus amantior domini quàm canis?— Ajax erat acerrimus. — Cantus lusciniæ suavior est quàm reliquorum avium.

385. Aer inferior crassior est quàm purior. — Silva Arduenna est maxima totius Galliæ. — Acerrimus ex omnibus nostris sensibus est sensus videndi. — Lux sonitu velocior est. — Fratres persæpè sunt dissimillimi moribus. — Demosthenes apud Græcos Ciceroque apud Romanos eloquentissimi oratores fuerunt. — Labor est utilior quàm pueri putant. — Difficilius est vincere cupiditates quàm hostes.

386. Romani gesserunt quædam bella fortiùs quàm feliciùs. — Sol multò major est terrà. — Validius brachiorum videtur esse dextrum. — Elephas est maximus et vulpes calidissimus quadrupedum; canis est fidelissimus et equus utilissimus inter omnes. — Animus corpore multò nobilior est. — Pax certa melior est tutiorque quàm victoria sperata. — Facilius èst facere vulnera quàm sanare. — Alexander hostes prudentiùs quàm avidiùs persecutus est.

387. Pars tui melior immortalis est. — Gentium præstantissima romana fuit. — Prudentiùs quàm citiùs age. — Munificentior esto factis quàm verbis. — Nihil est in homine divinius ratione. — Stude labori a tenerrimis annis. — Præterita videntur meliora quàm fuerunt; præsentia putantur pejora quàm revera sunt; futura sperantur meliora quàm erunt. — Canis timidus vehementiùs latrat quàm mordet. — Sæpè amicus amico consilium utilius quàm gratius aperit. — Nemo est quocum libentiùs sim quàm tecum.

SUPPLÉMENT AUX VERBES.

VERBES IMPERSONNELS, IRRÉGULIERS ET DÉFECTUEUX.

388. Vir timidus diffidit virtuti suæ et nihil audet. — Fortuna adjuvat viros bonos audentes, ausuros, ausos aliquid magnum suscipere. — Ingenuus puer gaudet, gaudebit, semper gavisus est gaudio matris. — Malus nemini fidit. — Morbus aufert, abstulit, auferet vires. — Vires ablatæ sunt morbo. — Vir prudens nunquàm differt, distulit, differet res serias. — Canis venatoris affert hero prædam intactam. — Mus non edit felem, sed editur a fele.

389. Ingenuus puer vult, voluit, vellet inter condiscipulos eminere. — Sæpè mavult ludo carere quàm officia negligere. — Homo prodit in scenam mundi, deinde perit. — Videmus hominem natum in vitam ineuntem deinde exeuntem et pereuntem. — Fiat voluntas Dei !— Ludite quamdiu licebit. — Discite quando opus est. — Simus diligentes ut docti fiamus.— Memento beneficium ut sis gratus. — Mavis pacem quoniam odisti bellum.— Si tonabit, jam fulguraverit. — Æstate grandinat, hieme ningit, per totum annum pluit.

590. Ubi vesperascit, pecudes domum redeunt.— Juvat meminisse laborum. — Adolescens gaudet equis et canibus. — Me pudet generis humani. — Sapientem non pœnitet vitæ anteactæ. — Hominem otiosum tædet vitæ. — Interest nostrâ servari leges. — Modestia juvenem decet, garrulitas dedecet. — Multa nos fallunt. — Ab horâ diei tertiâ bibebatur, ludebatur. — Dens malignus viperæ non exedit limam. — Dives aut doctus vir impiger fiet.

591. Qui patriæ proderit, is veram gloriam adipisci poterit. — Divitias habere velim, ut aliis prosim. — Romani juvenes qui erudiri volebant, in Græciam ibant. — Romani oderunt Annibalem ; is injurias inferre eis cœperat.— Qui bene cœperit, facilè rem perficiet. — Interest bene cœpisse quod conaturus eris. — Si malè vivitur, multa incommoda ingruunt. — Audacter itum est ad prœlium, at pauci redierunt. — Sapiens rationem sequi quàm fortunam mavult.

592. Venus nupsit Vulcano. — Tu ais, ego nego. — Animus meminit præteritorum, præsentia cernit, futura providet. — Memento mori ! — Oportet te justum esse gratis. — Non traditum est quis primus invenerit unguenta. — Præstat liberos et inopes esse quàm servos et divites. — Nostrâ omnium refert de patriâ bene mereri. — Magna mei sub terras ibit imago. — Hostes sanè queunt tibi divitias, virtutes autem nequibunt eripere.

593. Noli ulcisci injurias quas tibi homines intulerunt. — Multi periissent audaciâ, nisi imperator redire maluisset. — Tyrannus quidam dixit : « Oderint, dum metuant. » — Nemini licuit redire, qui in prœlium ire

cœperat. — Quæritur quare hieme ningat, non grandi-
net. — Nulla inter malos potest esse amicitia. — Postquàm Alexander trucidaverat Clitum, illum pigere facti
cœpit. — Tædet me eadem audire millies. — Apes tin-
nitu æris gaudent eoque convocantur. — Oracula eva-
nuerunt, postquàm homines minùs creduli esse cœperunt.

SUJETS ET COMPLÉMENTS DIRECTS ET INDIRECTS DES VERBES.

Sujet.

Magister docet, *vos* auditis.	Le *maître* enseigne, *vous* écoutez.

Complément direct.

Amo *Deum.*	J'aime *Dieu.*
Imitor *patrem* meum.	J'imite mon *père.*

Complément indirect.

Hæc via ducit homines ad *virtu-* *tem.*	Ce chemin conduit les hommes *à la vertu.*
Studeo *grammaticæ.*	J'étudie *la grammaire* (1).
Miserere *pauperum.*	Ayez pitié *des pauvres.*
Utor *libris.*	Je me sers *de livres.*

594. Cameli diu sitim tolerant. — Nulla habemus arma contra mortem. — Elephantus odit murem
et suem. — Pausanias proditionis accusabatur. — Alcibiades absens capitis damnatus est. — Crocodilus dies in
terrâ agit, noctes in aquâ. — Bonus bonos imitabitur,
eorumque vestigia sequetur. — Frustrà inimici cæde
gavisus es. — Corpora mortuorum apud Romanos cremebantur.

595. Propero ad finem. — Servi parent propter metum, boni propter officium. — Lanæ nigræ nullum co-
lorem bibunt. — Canes soli dominos suos bene novêre.
— Natura animalibus varia tegumenta tribuit, testas,
coria, spinas, villa, setas, pennas, squamas. — Avaro

---

(1) L'élève sait qu'en latin, le *génitif*, le *datif* et l'*ablatif* sont nommés *cas
indirects*, parce qu'ils indiquent des rapports *indirects*. Il n'est donc pas nécessaire de les voir précédés d'une préposition pour les ranger parmi les compléments *indirects*.

omnia desunt, inopi pauca, sapienti nihil. — Apri, in morbis, sibi medentur hederâ. — Nec sacris, nec profanis (rebus) milites pepercerunt. — Deus rebus humanis consulit. Hieme ursi in antris dormiunt. — Qui se ipsum non coercet, carcere et vinculis coercebitur.

596. Gigantes cœlum armis petere ausi sunt. — Alexander nunquàm non fortunæ et fortitudini suæ confisus est. — Platea, quum devoratis se implevit conchis, testas evomit. — Studemus placere bonis malisque displicere. — Immaturus fructus sanitati nocet. — Catilina ausus est consulatum vi et armis petere. — Corona graminea sæpè a militibus imperatori donabatur. — Omnibus hominibus a naturâ ipsâ certæ leges præscribuntur.

III.

Versions diverses.

Le Lion et le Cheval.

597. Leo quæritans escam, conspexit equum pascentem in prato, et tentavit illum dolo capere. Salve, inquit, frater, ego sum medicus; si laboras aliquo morbo, utere operâ meâ et brevi te sanum esse senties. Equus videt insidias hostis callidi, et, simulans morbum, ait : Ades opportunus; pes dolet graviter mihi; inspice, quæso, vulnus, et medicinam admove. Leo accedit; at equus impegit calcem medico, eique frontem extrivit.

Sæpè decipitur qui vult decipere.

Le Chien reconnaissant.

598. Memorant (1) chirurgum quemdam egressum olim ut inviseret ægros, fortè conspexisse, in littore cujusdam rivi, canem cujus corpus modò rhedâ elisum fuerat. Ille miserrimus canis jam non poterat artus suos

---

(1) *Memorant*, sous-entendu *homines*, on rapporte ou on raconte.

movere ; videbatur exspectare donec currus alter, ductus
ab aurigâ imperito, finem faceret doloribus suis. Chirurgus, misericordiâ commotus, accedit ad canem vulnera-
tum, assumit et obvolvit eum linteolo atque aufert
domum.

399. Usus est arte suâ chirurgus, ut canem faceret
validum, et spes gravis illius vulneris consanandi non
delusa fuit. Quamobrem, quum hunc percuravisset,
protinus eum in libertatem vindicavit ; canis autem illi
præbuit multa veraque specimina grati animi. Unum circiter post annum, canis idem repetit notam chirurgi domum, et pulsat fores pede suo. Non aperitur janua ;
latratus autem adeò crebri audiuntur, ut servi omnes
accurrant.

400. Chirurgus fortè venit ipse ; sed quanta fuit illius
admiratio, quum recognovit animal quod olim sanaverat !
Canis illum primò salutat variis caudæ motibus, illique
indicat se eum velle aliquò ducere. Chirurgus sequitur,
et in areâ conspicit catulum cujus crus erat fractum et
quem sanatus olim canis huc modò deduxerat. Cui
præstat idem officium quod priori præstiterat, et ambos
blandimentis cumulatos dimittit.

Le Cheval de Caligula.

401. Imperator Caligula (1) assignaverat equo suo
partem ædium in palatio. Dederat ei equile marmoreum,
præsepe eburneum, tegumenta purpurea, monile e gem-
mis ; addiderat etiam familiam ac supellectilem, ut invitati
ejus nomine acciperentur lautiùs. Si credimus historicis,
destinaverat quoquè illi consulatum (2). Fuisset profectò
res lepida videre equum consulem, positum in sede cu-
ruli, cum insignibus suæ dignitatis, lictores præeuntes
fascibus, et plebem romanam deferentem equo honores
consulares.

(1) *Caligula*, empereur romain qui s'abandonna à tous les excès de la folie,
de l'orgueil et de la cruauté, fut tué en l'an 41 de J. C.
(2) *Le consulat*, ou la dignité de *consul*.

L'Ane chargé de sel.

402. Asinus, sale onustus, fluvium transibat, et titubans in aquas decidit. Quum surgeret, sensit se nonnihil onere levatum, quòd in aquâ sal delicuisset. Eâ re gavisus, quum postea spongiis onustus ad fluvium accederet, speravit si rursus collaberetur, suum quoquè fore ut onus fieret levius. Igitur de industriâ lapsus est. Spongiis autem madefactis, exsurgere nequivit, ideoque oneri succumbens interiit, aquâ suffocatus.

Les Arcadiens et la Lune.

403. Complures Arcades (1) aspiciebant mirabundi lunam omnino plenam. Non procul aberat quidam lacus in quo videbatur imago lunæ; isti arbitrabantur hac in aquâ eam se lavare. Asinus quidam fortè accessit ad lacum; illi primò cœperunt ridere; sed mox, timentes ne bibendo exsorberet lunam, stolidum perterruerunt animal repetitis clamoribus.

404. Aliquantò post, quum luna jam non appareret, nube tegente, existimaverunt eam devoratam fuisse ab asino; quare insecuti sunt animal, et comprehensum illud deduxerunt ad judices. Qui, auditis testibus, jusserunt ventrem asini dividi in duas partes, ut luna indè extraheretur. Asino mortuo, luna fortè prodiit e nube; tum Arcades emiserunt lætos clamores, sibi gratulantes quòd liberavissent Phœben, sed nullo modo infelicem asinum lugere visi sunt.

Les Meurtriers d'Ibycus.

405. Ibycus (2) poeta a latronibus spe prædæ correptus, jamjam ab illis necandus, prætervolantes grues obtestatus est. Aliquanto post tempore dum homicidæ sederent in foro, rursumque grues supervolarent, per

---

(1) *Arcades, Arcadicns,* habitants de l'Arcadie, province grecque du Péloponnèse.
(2) *Ibycus,* poëte grec; 540 ans av. J. C.

jocum inter se susurrabant in aurem : « Adsunt Ibyci
ultores! » Quo sermone audito, in suspicionem inulti
homicidii inciderunt, rogatique quidnam significarent
hæc verba, hæsitanter primùm et inconstanter responde-
runt. Deinde facinus confessi, capite damnati sunt; atque ita velut gruum indicio pœnas Ibyco ipsi dederunt.

Le Renard et le Corbeau.

406. Vulpes quædam jejuna diu prædam quæsiverat
circa villas et pagos; adhibuerat omnes dolos quos no-
verat, nec potuerat invenire quidpiam quo famem rabi-
dam aliquantisper sedaret. — Devicta tandem mœrore
cibique penuriâ, sternit humi artus languidos, clauditque
oculos invisæ luci, exspectans ab unâ morte remedium
mali. Quùm sic jaceret, mortuæ similis, corvus quidam
cadaverum sectator advolat, et cœpit vulpem rostro fodere, ratus mortuam. At illa evigilans subitò capit atto-
nitum, et vorat carnem ejus quàmlibet duram. — Illud
advenit aliquando casu, quod industria, labor, aut dolus
nequeunt comparare.

Le Bonheur des enfants.

407. Pueri solent dolere sortem suam, et arbitrantur
se esse longè miseriores ceteris hominibus. Comparant
otium et delicias domûs paternæ cum disciplinâ operosâ
scholarum, blanditias teneræ matris cum austerâ gravi-
tate magistrorum. Sed si velint rem attentiùs considerare,
fateri cogentur ex omnibus conditionibus vitæ nullam
esse suâ beatiorem. Pueri enim non experiuntur mala
quæ ceteros mortales premunt. Libido non incitat eos,
avaritia non cruciat, nec sollicitat ambitio. Collegium
eis verum ergastulum videtur; at quoties postea tempus
juventutis suæ desiderabunt!

L'Enfant rusé.

408. Magistratus quidam multos ad prandium amicos vocaverat. Quum autem prandii tempus adfuisset, filius, sex annos circiter natus, mensæ pariter accumbere voluit.—Quid agis? inquit pater voce gravi, recede ociùs; brevior(1) tibi est barba, quàm ut (2) nobiscum prandeas. Pudore suffusus retrocessit puer; mater tamen mensulam exstrui jussit, in quâ lautissimas dapes apponi puero curavit.

Interea dum puer comedebat, felis quædam vetusta cibos subripere sæpè enixa est. Puer verò impatiens, caput felis percussit cochleari, dicens : « Abi cum patre meó comestum, sat longa tibi barba est. »

Éloge de Turenne (3).

409. Nemo fuit unquam Turennio modestior. Quum de suis expeditionibus bellicis loqueretur, suas sibi victorias non tribuebat, sed Deo soli, et quandoque hostium imprudentiæ. Minimè superbus erat; itaque aliorum præclarè gesta semper commemorabat, nunquam verò sua jactabat. — Postquam bella feliciter confecisset, quum urbem Lutetiam (4) reverteretur, properabant populi ut eum viderent et magnis acclamationibus ei gratulabantur. — Invitè semper patiebatur laudes quas illi tribuebat rex Ludovicus quartus decimus(5). Maximè pius erat Turennius, et tam sincera erat illius pietas quàm modestia.

Le Lézard et la Tortue.

410. Tuî me miseret, aiebat testudini
Lacerta; quæ, quòcumque libeat vadere,
Tuam ipsa tecum ferre cogaris domum.
Quod utile, inquit illa, non grave est onus.

(1) Le comparatif sert quelquefois à exprimer *trop* devant l'adjectif.
(2) *Quam, ut,* pour que.
(3) *Turenne,* célèbre général français, aussi fameux par ses talents militaires que par ses vertus privées. Mort sur le champ de bataille en 1565.
(4) *Paris.*
(5) *Louis XIV,* dit *le Grand,* roi de France, fameux par ses victoires, ses revers, et surtout par la protection accordée aux gens de lettres qui firent la gloire de son règne; 1638-1715.

L'Enfant et le Sabot.

Dum verbere torto turbinem exercet puer :
Cur te, inquit, ut agitere motu idoneo,
Pulsare cogor? Turbo respondet; statim
Iners jacerem, nisi animos plagæ darent.
Multis necesse est vexari ne torpeant.

Réponses plaisantes.

411. Dives quidam vir, quum novas ædes construeret, architectus ab eo rogavit quò terram egestam transferri vellet : Fossam, inquit, facite, et in eam injicite terram. — Tum architectus : Quò verò terra ex hac egesta reponenda est? — Aliam, respondit, fossam facite, tam amplam ut utramque capiat.

Vir quidam, postquam cibos multo sale et pipere conditos sumpsisset, mediâ nocte lecto exsurgens, et capite e fenestrâ prospiciens, magnâ voce exclamavit : Ad ignem! ad ignem! His territi clamoribus, vicini accurrerunt, ac quærentibus ubinam arderet : In gulâ meâ, respondit, in gulâ meâ!

Bias.

412. Bias (1) philosophus cum flagitiosis quibusdam hominibus quum navigaret, horribilis orta est tempestas. Omnibus vota facientibus et clarâ voce deos obtestantibus : Submissiùs, inquit Bias, aliquantò loquimini, ne dii vos hìc esse sentiant.

Idem Bias a quodam quid pietas esset interrogatus, nihil omnino respondit. Tandem illo valde responsum urgente : Quid, inquit, tu de rebus nihil ad te pertinentibus quæris?

Trait d'humanité.

413. Marcus Aurelianus (2), Romanorum imperator,

---

(1) *Bias*, l'un des sept sages de la Grèce : 550 ans av. J. C.
(2) *Marc Aurèle*, empereur romain, célèbre par sa modération, sa justice et sa valeur, 180 de J. C.

11

obsidebat olim quamdam urbem quæ acerrimè repugnabat. Itaque juravit iratus, se non relicturum esse in hoc oppido canem vivum. Milites tum gavisi sunt, magnam prædam sperantes. Urbe autem captâ, cives se abjecerunt ad pedes imperatoris, mortem deprecantes; is misericordiâ motus, benignè illos excepit. Milites verò, videntes imperatorem miseris civibus ignoscere, admonuerunt eum jurisjurandi sui. « Equidem juravi, inquit imperator, me canem vivum non relicturum esse; canes ergo omnes occidite, civibus autem parcite. »

Le Sorcier.

414. Vir quidam, Fabronius nomine, vehebat citerias per urbes et pagos, quæstum vitæ faciens jocis et salsè dictis. Ivit fortè in quoddam oppidum Helvetiæ, atque ibi voluit artem suam exercere. Postquam posuit in mensâ instrumenta suæ artis, scilicet tenues figuras hominum mobiles organis occultis, vocavit plebem tympani sono. Omnes undique concurrerunt ad spectaculum : porrò viderunt mirabundi tenues figuras moventes crura et brachia, saltantes, salutantesque. Rati istas citerias moveri arte magicâ, rem detulerunt ad magistratus (1). Hi jusserunt Fabronium conjici in carcerem, et mox illum capite damnaturi erant, quum fortè Gallus quidam suscepit causam ejus, et planè ostendit judicibus nullam Fabronio rem esse cum diabolo.

La Poule et les OEufs de crocodile.

415. Ova crocodili gallina olim reperit,
Et incubavit (2), dum fetus excluderet :
At illi vitâ vix incœperunt frui,
Altricem diris enecârunt morsibus.
Malum sibi fovet quisquis educat malos.

---

(1) Ceux qu'on accusait de sorcellerie étaient autrefois punis de mort.
(2) Les œufs du crocodile ne sont pas plus gros que ceux des oies. (PLINE.)

La Mère spartiate.

416. Mater quædam spartana quinque suos filios adversùs hostes patriæ miserat. Animo erat anxio de sorte
illorum, namque illos multùm diligebat; verumtamen
sollicita magis de exitu pugnæ videbatur. Miles quidam
e prœlio redit; mater festinans illum adit : Quid novi
refers ? inquit militi. — Quinque tui filii in prœlio in-
terfecti sunt, respondit ille. — Horrende miles ! exclamavit mater. Num illud a te quæsivi? Miles tum dixit :
Spartani vicerunt. Quo audito, mater lætitiâ exsultans,
ad templum cucurrit ad gratias diis agendum.

L'Enfant et le Chat.

417. Cibos manu tenebat, quos identidem
Mordebat et minuebat obambulans puer :
Odore capta felis æquis passibus,
Ut comitabatur, et videbatur simul
Gestuque corporis, oculisque mitibus
Blandiri, adulari, ejus erga se putat
Hunc esse amorem credulus puer, et bonam
Tribuit ciborum partem, officii præmium ;
Sed ore felis vix tenuit avidisssimo
Quod appetebat, abiit, aufugit procul.
Tum ille : Me, inquit, non sequebare, at cibos.

Mort de Pyrrhus (1).

418. Thesauros fani Proserpinæ (2) spoliavit Pyrrhus,
pecuniâque in naves impositâ, ipse terrâ profectus est.
Sævis tempestatibus lacerata fuit classis, ejusque naves,
quæ sacram habebant pecuniam, ejectæ sunt ventis in
littora unde ablata fuerat ista pecunia.

Ut diis satisfaceret rex impius, eam referri jussit pecuniam in thesauros Proserpinæ.

(1) *Pyrrhus*, roi d'Épire, était un prince rempli de talents militaires, mais
ambitieux et inconstant. Il fit la guerre en Macédoine, en Grèce et en Italie, et
mourut l'an 272 av. J. C.

(2) *Proserpine*, fille de Cérès, femme de Pluton et déesse des enfers.

Nihil ei postea prosperè successit. Pulsus regno suo, miserè interiit. Ingressus enim Argos (1) nocte, leviter primùm a juvene quodam vulneratus est; quum Pyrrhus in juvenem rueret, mater hujus, quæ prœlium e tecto domûs suæ spectabat, corripuit tegulam quâ regis caput percussit. Eo vulnere dejectus equo Pyrrhus fuit obtruncatus.

L'application fait surmonter tous les obstacles.

419. Erat Cleanthi (2) tardum obtusumque ingenium et summa rerum inopia. At ubi ejus animum sapientiæ et doctrinæ amor occupavit, tarditatem ingenii acri studio ac diligentiâ vicit, Zenoni (3) interdiu assistens auditor; inopiam verò, aquam e puteo noctu hauriens, acceptâ ab hortulano mercede.

In judicium aliquando vocatus est quòd robusto admodùm ac pingui corpore esset, quum nullam artem unde viveret videretur profiteri. At ubi quæstûs sui ac victûs testes adhibuit, hortulanum cui aquam hauriebat, et mulierem apud quam pinsebat, non solùm dimissus est, sed etiam judices ei pecuniam obtulerunt quam accipere noluit.

L'Épée de Damoclès.

420. Quum Damocles, unus ex adulatoribus Dionysii (4), Siciliæ tyranni, commemoraret in sermone copias hujus principis, opes, majestatem, magnificentiam ædium regiarum, negaretque unquam beatiorem illo quemquam fuisse, dixit illi Dionysius : Visne igitur, Damocles, quoniam hæc te vita delectat, eâdem ipse frui, et fortunam experiri meam? — Cupio, respondit Damocles. Tum Dionysius illum collocari jussit in aureo lecto strato pul-

---

(1) *Argos*, ville grecque du Péloponnèse.
(2) *Cléanthe*, philosophe stoïcien ; 250 ans av. J. C.
(3) *Zénon*, philosophe grec, fondateur de la secte des stoïciens ; 300 ans av. J. C.
(4) *Denys l'Ancien*, connu par ses guerres contre les Carthaginois, par sa cruauté, son impiété, ses prétentions à la poésie, son caractère soupçonneux et inquiet ; 370 ans av. J. C.

cherrimis stragulis, abacosque complures ornavit ar-
gento auroque cælato. Ad illum delectos servos consis-
tere, illique diligenter ministrare jussit; aderant unguenta
et flores, odores incendebantur, mensæ exquisitissimis
epulis erant instructæ.

421. Fortunatus sibi Damocles videbatur; at Dionysius in hoc medio apparatu fulgentem gladium, e lacu-
nari setâ equinâ appensum, demitti jussit, ut impenderet
illius beati capiti. Itaque Damocles nec jam pulchros ad-
ministratores aspiciebat, nec plena artis aurea vasa, nec
manum porrigebat in mensam ; jam ipsa defluebat e capite corona. Denique exoravit tyrannum ut sibi liceret
abire, quòd jam nollet sic beatus esse. Satis hoc facto
demonstravit Dionysius nihil esse beatum ei cui semper
aliquis terror ex conscientiâ malefactorum impendet.

Les Souris et les Pantoufles.

422. Græci et Romani, qui sapientes erant et eruditi,
quosque quotidie miramur, multis in rebus leviores et
insipientiores erant quàm vulgò putamus. Illi scilicet
eventus naturæ quotidianos habebant prodigia, quibus
movebantur, et inde absurdissima sæpè omina ducebant.
Fatendum est tamen quosdam sapientiores fuisse, nec ea
timuisse quæ sui cives maximè formidarent.

Manè quidam surgens corrosas a muribus crepidas ani-
madvertit. Statim territus advolat ad Catonem qui sapientissimus civium habebatur. Nihil, inquit Cato, istud por-
tenti est, quòd crepidæ fuerint a muribus corrosæ; at si
mures (1) a crepidis, id sanè portentum foret.

Franchise de Philoxène.

423. Dionysius, Siciliæ tyrannus, poematibus scri-
bendis operam dabat. Accersierat igitur ad se quoscum-
que artis poeticæ peritos esse audierat, eosque judices
poematum suorum admittebat. At illi ne regis benevo-

(1) *Corrosi fuissent* sous-entendu.

lentiam amitterent, quæ scribebat omnia laudabant.
Aderat inter eos Philoxenes (1), qui, unus adulari nescius, quum aliquando inepta a Dionysio recitata carmina
audivisset, de iis quòd sentiret liberè aperuit.

424. Qua libertate offensus rex poeta, reprehensorem
suum a satellitibus abripi, et in Latomias, qui publicus
carcer erat, detrudi jussit. Sed postridie, ab amicis exo-
ratus, rursus ad epulas eum adhibuit. Carmina sua, ut
solebat, ipse mirum in modum extulit ; et de quibusdam
versibus, quos omnium optimos existimabat, sententiam
Philoxenis exquisivit. Ille, nullâ ad regis interrogationem
responsione factâ, ejus satellites vocavit, seque ad Latomias reduci jussit. Tam facetam libertatem, quæ omnium
convivarum risu excepta fuerat, æquo animo tulit Dionysius.

(1) *Phyloxène*, poëte du IV° siècle avant J. C. Vécut longtemps à la cour de
Denys.

CINQUIÈME PARTIE.

THÈMES D'IMITATION.

AVERTISSEMENT.

Les thèmes suivants n'ont d'autre but que de montrer ce que nous entendons par *thèmes d'imitation*. Le maître pourra facilement en composer de semblables sur l'auteur qui sera expliqué, et nous croyons qu'il en retirera de grands avantages ; car rien n'est propre à rendre l'explication d'un auteur utile et fructueuse comme l'emploi immédiat des expressions et des tours qu'on vient d'y observer (1).

THÈMES D'IMITATION

*sur le premier chapitre de l'*Epitome historiæ sacræ.

TEXTE LATIN.

Deus creavit cœlum et terram intrà sex dies.

Primo die, fecit lucem. Secundo die, fecit *firmamentum* quod vocavit cœlum.

Tertio die, coegit aquas in unum locum, et eduxit e terrâ plantas et arbores.

Quarto die, fecit solem, et lunam, et stellas.

Quinto die, aves quæ volitant in aere, et pisces qui natant in aquis.

Sexto die, fecit omnia animantia, postremò hominem, et quievit die septimo.

THÈMES.

425. Dieu a créé, créa, créait la lumière en un jour. — Qu'il ait créé, qu'il créât le ciel et la terre. — Je crois que Dieu a créé (*Dieu avoir créé*) le ciel et la terre en six

---

(1) Voir la partie du maître.

jours. — Le troisième jour, Dieu a créé l'immense (1) étendue (2) d'eaux que (3) nous appelons la mer. — Les arbres et les plantes tirent leur (4) nourriture (5) de la terre. — Il y a des poissons (6) qui volent dans l'air et qui nagent dans les eaux. — J'ai fait, je faisais, j'avais fait, j'eusse fait, j'aurais fait cela en trois (7) jours.

426. Dieu a créé tous les animaux soumis (8) à l'homme. — L'homme tire, tirait, aura tiré, tira, tirera, tirerait, aurait tiré de la terre les pierres (9) et les métaux (10). — Nous croyons (11) que Dieu s'est reposé (*Dieu s'être reposé*) le septième jour, que nous appelons, pour cela (12), le *dimanche* (13). — Nous devons nous reposer le dimanche. — Dieu rassemblera un jour tous les hommes dans un seul lieu. — Nous avons visité (14) l'Europe (15) en six mois; nous sommes partis (16) au mois de mai (17), et nous sommes revenus (18) au mois de novembre (19).

THÈMES D'IMITATION

*sur le premier chapitre de l'*Appendix de Diis.

SATURNE.

TEXTE LATIN.

Deorum antiquissimus habebatur Cœlum. Duo ejus filii celebrantur a poetis, Tempus sive Saturnus, et Titanus. Hic, etsi priore loco genitus foret, eique proindè imperium orbis deberetur, jus tamen suum remisit, concessitque Saturno, rogante Vestâ matre; sed eâ lege tamen, ut Saturnus masculam prolem educaret nullam. His ita constitutis, Saturnus mares statim editos devorabat, invitâ vehementer uxore, quæ uno partu Jovem et Junonem enixa, solam Junonem ostendit Saturno, Jovem occultavit. Sensit dolum Titanus, ac Saturnum acie victum in vincula conjecit. Is liberatus postea fuit per Jovem fi-

---

(1) Immensus, a, um. — (2) Tractus, ùs, *masc.* — (3) Qui, quæ, quod. — (4) Suus, a, um. — (5) Victus, ùs, *masc.* — (6) Tournez : *des poissons existent*, sunt pisces. — (7) Tres, tria. — (8) Subjectus, a, um. — (9) Lapis, idis, *masc.* (10) Metallum, i, *neut.* — (11) Credimus, *acc.* — (12) Propter hoc. — (13) Dies, ei, *fém.*; Dominicus, a, um. — (14) Perlustravimus. — (15) Europa, æ, *fém.* — (16) Profecti sumus. — (17) Maius, i, *masc.* — (18) Reversi sumus. — (19) November, bris, *masc.*

lium suum, a quo Titanes, bellum pro Titano patre redintegrantes, fuere profligati. Saturnus vinculis liberatus, quum in fatis esse cognovisset futurum, ut ab eodem Jove regno spoliaretur, illi struxit insidias, ac bellum etiam indixit. Jupiter debellatum patrem cœlo expulit. Saturnus, amisso cœlo, eam Italiæ partem, ubi Roma condita postmodum est, venit, quæ *Latium* fuit appellata, quod ibi latuisset. Extorrem deum, Janus Latii rex, benigne accepit, ac vicissim a Saturno donatus est insigni prudentia, cujus ope meminerat præterita, futura prospiciebat : unde biceps, seu bifrons, appellatur. Eo regnante, mores optimi, artesque viguérunt, quæ illi ætati nomen aureæ fecerunt. Saturni festa dicebantur *Saturnalia*, et decembri mense celebrata sunt per dies primo tres, deinde quatuor, tùm quinque ac plures. Per eos dies senatus non habebatur ; vacabant scholæ ; munera ultro citroque mittebantur ab amicis ; de sontibus supplicium sumere ac bellum indicere nefas ; servis mensæ accumbentibus ministrabant domini, et servorum vicem implebant, ad refricandam videlicet memoriam pristinæ, quæ florebat Saturno regnante, libertatis, quum nemo serviret. Janus, de quo proxime facta mentio est, pingebatur cum clavi et virgâ : virgam gerebat, quasi viarum præses ; clavim, quia domorum januas et seras invenisse credebatur. Ab eo januarius mensis invenit nomen : aræ duodecim eidem ponebantur pro numero mensium : utque sunt anni tempestates quatuor, ita quatuor ipsi frontes aliquando datæ. In omnibus sacrificiis appellabatur primo loco, quippe qui primus aras et sacrorum ritus instituisset. Ejus templum Romæ claudebatur pace composita ; patebat flagrante bello.

THÈMES.

427. Romulus passe pour le plus ancien des rois de Rome. Les poëtes célèbrent cependant de plus anciens chefs de la nation latine, Turnus et Énée. Turnus, sachant que, selon la volonté des destins, il serait un jour dépouillé de son royaume par Énée, lui dressa des embûches et lui déclara même la guerre. Énée le vainquit dans plusieurs combats, et le tua. Turnus étant mort, Énée devint le maître de cette partie de l'Italie où Rome fut fondée dans la suite. Cette ville fut ainsi appelée parce qu'elle fut bâtie par Romulus, dont nous avons déjà parlé.

428. Une prêtresse de Vesta avait mis au monde en même temps Romulus et Rémus, qu'elle cacha. Numitor découvrit cette tromperie ; il fit saisir la prêtresse et la fit jeter dans les fers. Romulus et Rémus furent exposés sur les bords du Tibre, et furent trouvés par un berger qui, à la sollicitation de Laurentia, sa femme, les garda et les éleva, mais à la condition qu'ils l'aideraient un jour à garder ses troupeaux. Les deux frères déclarèrent la guerre aux brigands qui dressaient des embûches aux bergers de la contrée,.et fondèrent ensuite la ville de Rome.

429. Les Ninivites'accueillirent favorablement le prophète Jonas, qui avait reçu de Dieu le pouvoir merveilleux de connaître le passé et de prévoir l'avenir. — Sous le règne d'un bon prince, on voit fleurir les bonnes mœurs et les beaux-arts. — Il y avait chez les Juifs certaines fêtes qui se célébraient tous les ans pendant cinq, six jours, et davantage. — Tôt ou tard (1), Dieu punira les coupables. — Le premier jour de l'année, les tribunaux suspendent leurs séances; les écoles sont fermées; les amis se font mutuellement des présents, et les domestiques servent avec joie la famille entière réunie à la même table.

430. On représente Hercule avec une massue et la peau d'un lion, pour rappeler sans doute le souvenir de ses exploits. — Le dieu Janus, qui présidait aux chemins, était représenté portant un bâton dans la main. C'est aussi à ce même dieu qu'on attribue l'invention des serrures. C'est lui qui a donné son nom au mois de janvier. Le temple de Janus était fermé pendant la paix, et ouvert pendant la guerre. — Numa fut le premier des rois de Rome qui éleva des autels aux dieux, et qui établit des cérémonies et des sacrifices.

(1) Serius ociùs.

FIN.

TABLE DES MATIÈRES.

FIN DE LA TABLE

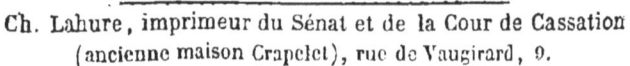

Ch. Lahure, imprimeur du Sénat et de la Cour de Cassation
(ancienne maison Crapelet), rue de Vaugirard, 9.

OUVRAGES DU MÊME AUTEUR

PUBLIÉS PAR LA MÊME LIBRAIRIE.

Une première année de latin. — Partie du maître, contenant 1° un exposé de la méthode et des procédés pédagogiques les plus sûrs et les plus rapides pour enseigner les éléments de la langue latine, et pour préparer un enfant à suivre avec succès les cours plus élevés d'un établissement secondaire ; 2° tous les textes de la *Partie de l'élève ;* 3° tous les corrigés des exercices, thèmes et versions de la *Partie de l'élève.* — 1 vol. in-12.

Cahier d'analyse grammaticale française, adapté à toutes les grammaires. In-4, broché. Prix.   30 c

Cahier d'analyse grammaticale latine, adapté à toutes les grammaires. In-4, broché. Prix.   30 c

Cahier d'analyse logique française et latine, adapté à tous les traités. In-4, broché. Prix.   30 c

Ces cahiers se composent de tableaux très-simples, renfermant la série de toutes les questions auxquelles l'élève doit répondre dans chaque espèce d'analyse. Cette disposition, ne lui laissant plus d'autre peine que celle de remplir chaque colonne du tableau, en répondant à la question qui est en tête, rend, par conséquent, son travail plus facile, plus clair et plus complet, en même temps qu'elle en facilite beaucoup la correction.

Ch. Lahure, imprimeur du Sénat et de la Cour de Cassation
rue de Vaugirard, 9, près de l'Odéon.

www.ingramcontent.com/pod-product-compliance
Lightning Source LLC
Chambersburg PA
CBHW070457030726
47503CB00004B/1079